遍地都是野芹菜

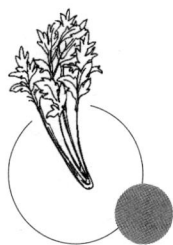

尹学芸

著

长江出版传媒 | 长江文艺出版社

图书在版编目（ＣＩＰ）数据

遍地都是野芹菜 / 尹学芸著. -- 武汉 ：长江文艺
出版社， 2021.12
　ISBN 978-7-5702-1496-9

　Ⅰ. ①遍… Ⅱ. ①尹… Ⅲ. ①散文集－中国－当代
Ⅳ. ①I267

中国版本图书馆 CIP 数据核字(2020)第 060504 号

遍地都是野芹菜
BIANDI DOUSHI YEQINCAI

责任编辑：孙 琳　梁碧莹　　　　　　责任校对：毛 娟
装帧设计：壹 诺　　　　　　　　　　责任印制：邱 莉　杨 帆

出版： 长江出版传媒 长江文艺出版社
地址： 武汉市雄楚大街 268 号　　　　邮编：430070
发行：长江文艺出版社
http://www.cjlap.com
印刷：武汉中科兴业印务有限公司

开本：880 毫米×1230 毫米　　　1/32　印张：8.375　　　插页：10 页
版次：2021 年 12 月第 1 版　　　　2021 年 12 月第 1 次印刷
字数：185 千字

定价：36.00 元

目录
CONTENTS

第一季：村庄

　　我从十几年前的一个黄昏开始迷恋村庄。在这之前我很少考虑村庄是怎么回事。村庄就是人群聚集的地方，祖祖辈辈都在这里繁衍生息，传说繁密得像天上的星星。我就住在村庄里。几间瓦房，一棵榆树，一只碾盘或一口辘轳井，还有鸡窝和柴草垛。我身居其中却可以对它们视而不见。

　　某一日，我在日落黄昏的大堤上忽然闻到了村庄的味道。那种味道是从声音引起的，是牛哞声。邻居家养的牛母子在这个黄昏经历了生离死别，小牛被人牵走了。牵到哪里了不知道。母牛从那个黄昏开始嚎啕，一声接一声地，一声比一声凄惨地，哭。虽然已经过去了十几年，我只要想到那头牛，眼眶还是湿的。

　　你不知道一头哭着的牛是什么样子，我知道。比人可怜。比男人哭更可怜。牛的大大的眼睛，就是两个小湖泊。湖泊涨满了水，就打翻在眼睑和鼻子上，牛的整张面孔都是湿的。它有一种让人心碎的眼神，如此庞然大物，却又如此孤苦无依。我围着牛转来转去。我看着它，它也看着我。牛看着我的时候也没停止哭泣。它仰着脖子，粉红的鼻子一抽一抽地，很像人。我非常想为它做点什么，比如，为它擦把脸。我知道牛有的是力气，可它没有这个能力。

我甚至想为它找回小牛，戏剧一样的场景被我演绎了无数遍。当然，也只是演绎而已，我什么也没有做。

牛哭了三天三夜，我三天三夜没有睡好。奇怪的是，三天三夜之后我发现村庄有了一种味道。我不能准确地知道那种味道是什么，可千真万确地是——我闻到了。

我发现那种味道会从房屋、树木、人群、家畜、农具、粮仓里溢出来。味道有些古旧，有些残破，可却让我迷恋。我在思考我迷恋的是什么，很久以后我给了自己一个答案——我迷恋一个叫村庄的地方。

我穿着很旧的鞋子在村庄里到处游走，因为新的鞋子都是高跟的。在这之前我会为穿旧鞋子红脸。我企图弄清楚村里所有年老女人的名字，她们的故事都很吸引我。就是在那种交谈中，本家的一个奶奶拉着我的手说，二孙女，你说我是不是日本人？我记得我当时笑了，可后来我却哭了。奶奶5岁时被家人送来做童养媳，从此竟再没见过家人的面。活到六十几岁的年纪了，仍然在婆婆和丈夫的巴掌底下过日子。那一天她迷茫地看着我，我也迷茫地看着她。不知道她为什么会突然操心自己的国籍问题，她小小的、瘦瘦的身子站在那儿，灰白的头发在瑟瑟的秋风里爬满了心事。

那个时候我喜欢一个人到很远的地里干活，累了就坐在地边田垄上，天马行空地想很多事。天地广阔无垠，沃野碧绿千顷。可我的心总像干渴的禾苗一样卷曲着，不知如何让她舒展。

我已经知道了村庄在我的感觉里很重要，可我不知道拿她怎么办。

我不能把她像只苹果一样装进兜儿里。不能把她像盘缝纫机一样带进城市。而且，她也不能变成一份嫁妆。我那段时间总是很忧郁，很难过。那种难过一点也没有矫揉造作的成分。我心里始终有一块病，就像我爱一个人，而那个人却并不属于我。

所以许多年后我仍需要不时地走出城市去看她。开始是生我养我的那座村庄，后来我发现任何一座村庄都可以慰藉我。最老的一棵树，或者废弃的一口砖漫水井。这座村庄与那座村庄没有什么不同。狗看见生人都要狂吠，天空飞的鸟有相同的名字。树下坐着的老人都有相似的面孔。他们恬淡地述说着时光和岁月，为一场春雨或一场瑞雪咧着没有门牙的嘴。

村庄是什么？是母亲，是根，是精神，是灵魂，还是爱人。

母亲的玉米地

自从家里的那片菜园种了玉米，母亲就有了干不完的活。她每天很早就起床，把玉米地里的草拔得一干二净。过往的路人都说，瞧老太太的庄稼侍弄的，比别人家的炕头都干净。母亲爱听

遍地都是野芹菜

这话，抿着嘴笑。别人夸她的庄稼长得好，她比捡了一个元宝都高兴。

母亲的腿不好，蹲不下，站不直。每天那样劳作，让我们很心疼。况且菜园就在家门口，玉米垄里长些野草和野菜，看着也是个新鲜啊。每每劝妈不要拔草了，妈总是不听。她说种庄稼就要像个种庄稼的样子，倘若庄稼让草吃了，还要庄稼人干啥。

家里已经很久不种庄稼了。大秋忙月，母亲经常坐在家门口，落寞地看着别人家的车马把庄稼拉回家。那些谷穗、豆类和玉米，都香喷喷的，馋妈的眼睛。有些被砖头瓦块颠下车来的，都被母亲宝物一样捡回来，晾晒到窗台上。母亲每天都要翻看几遍。她翻看的时候可能什么也不想，可她脸上的表情，会像婴儿一样有层圣洁的光。

去年我在外地开会，遇到了一位蔬菜育种专家。我说我们家有块三分地的园子，你能给我推荐一种优良的白菜种吗？要叶绿、帮薄、心实、味甜。会后不久，专家便把种子寄了过来，明确要求菜种下田要晚，移栽要有足够的间距。我在村里也大肆宣传，左邻右舍大都种下了这种菜种。去年本来白菜就是丰年，偏偏我们这种白菜棵棵都没膝高，菜心硬得像石头，一棵顶人家好几棵，一棵要吃四五顿。真是把人愁死了。妈经常给我打电话，问还有白菜吃吗？千万别去买啊！可这一个冬天真的吃不了几棵白菜，虽然我拼命地吃，真也吃不了多少。

春节回家时，那些白菜妈还给我保存着。虽然瘦溜得只剩下了菜心，可还有方方正正的一个菜垛，让我看一眼就晕。我对妈说明年可别种这么多了。妈说要不是你这么起劲地想种白菜，我就种庄稼了。我问妈种什么庄稼，妈说，种玉米，黏玉米。

妈跑了好几个种子站，才选好玉米种子。种子出苗以后，她每天的大部分时间都待在玉米地里。把玉米苗精育得像花苗一样。玉米吐穗时我正好回家，吃惊地发现一棵玉米秆长了六个缨须，也就是说，它想结六个玉米！天，这还是玉米吗？这不是玉米成精了吗？我在玉米地里转来转去，想找出个答案。可玉米根本不想给我任何答案，我问什么，它都置之不理。

当然，答案是在秋天得到了。每棵玉米秆上都结了两个玉米，又大又饱满，都像双生子一样。今年中秋节赶上了大礼拜，我提前告诉妈，千万别急着收玉米，给我和孩子留着。女儿长到了一米七高，可还娇弱得要命。我想利用这个机会让她干点庄稼活。一大早我们就赶回家去，做梦你也想不到玉米地变成了什么样子。女儿一语中的："它们怎么都不穿衣服啊？"把我们笑得不行。一地的玉米秸秆，都光溜溜的，连一片叶子也没有。问叶子哪去了？妈说褪去烧火了。玉米的胞衣也撕开了，金黄色的玉米都光溜溜地垂着，晃得人睁不开眼睛。光溜溜的玉米秸秆，长着光溜溜的玉米，玉米还是双生子，真的就像种了一地裸体人像一样，用女儿的话说，实在太搞笑了。真的，没有比这更搞笑的事了。我们在妈的玉米地里笑得前仰后合。节日都过去十多天了，一想到那片裸体玉米地，还是忍不住要笑。那样的风景，你在哪里都不会看到。

问妈还收不收玉米，妈说，不收。玉米在晒阳干儿呢。妈说什么时候太阳把玉米晒透了，再收不迟，然后就搓粒，然后就直接送到加工厂。这样的玉米肯定与别的玉米滋味不同，只是如果准确地描述出来，可就太不容易了。

童谣的魅力

记忆里的东西，今天还存在着，也许明天就流失了。连小孩子都慨叹自己的记忆力不行了，那么那些年老的人和半年老的人，或者，比半年老更年轻的人，忘记大于记忆大概也是可以理解的。过去的岁月中，有一段时间特别强调《千万不要忘记》，那是曾经岁月的产物，可那种提示究竟有多大作用，大概也没有谁去统计。记住的便记住了，忘记的便忘记了。这可能也不以人的意志为转移。

有一段时间，我突然觉得童谣是个奇妙的东西，它在我的大脑深处沉睡。跟谁学的，不知道。怎样储存下来的，不知道。可多少年过去了，我抻起一个头儿，它就一嘟噜一串地冒了出来。那时候女儿还小，正是牙牙学语的时候，童谣从嘴里唱出来，也就讨个有趣。童谣从女儿嘴里复制出来，就是个欣喜。如今女儿都上高中了，某一天，那些童谣又在记忆深处跳跃，因了没了实用主义功能，这倒让我从另一个层面审视它，从而有了新的发现。

有一首童谣是这样的：张大罗，李秀才。该人家面钱不要来（不敢去要）。要去，怪害臊的。门口等着，怪冷的。你胳肢窝夹的啥？大皮袄。你咋不穿？怕虱子咬。你咋不拿（捉）？我眼儿小。咋不让老伴拿？老伴上山去打枣。打多少？打一裤兜零两裤脚。

我还清楚地记得在床上拉着女儿的两只小手，前后晃动着唱这首童谣的情景。这是约定俗成的规范动作，孩子和大人你抻着我、我拽着你，尽量朝后仰，最后变成了仰面朝天。这首童谣有人物，有故事。人物有性格，故事有起伏，若是用文字描述，大约能写两三千字。我花了些工夫去解读，发现它表面的文字里藏着玄机。那个李秀才，纵使别人欠了钱他都不好意思去讨。大概家里实在揭不开锅了，才鼓起勇气，胳肢窝里夹着面口袋，来到了那户人家的门口，偏偏碰上爱奚落人的张大罗。张大罗分明是李秀才不喜欢的人，明明知道李秀才为什么来这里，却还明知故问胳肢窝里夹的啥。于是李秀才把面口袋说成皮袄，不穿是因为上面有虱子，不捉是因为眼睛小。张大罗步步紧逼，李秀才且战且退，最后以老伴上山打枣为结局，张大罗还有什么可说的？因为场景是冬天，李秀才的话看似逻辑紧密，却都是信口开河，对张大罗的态度，敷衍且不屑，既有旧文人软弱、妥协的一面，又有聪明、智慧的一面。我一直以为这是童谣中的经典。

有关童言童趣的，那就更多了。像小耗子上灯台，像拉大锯扯大锯，因为在影视剧里多有涉猎，估计传播的范围很广，这里暂且不论。在我的家乡一带，还有一则童谣十分生动，几乎妇孺皆知：狼来了，虎来了，小猫背着鼓来了。狼抱柴，虎烧火，小猫上炕贴饽饽。贴多大？贴斗大。狼一个，虎一个，没给小猫留一个。小猫回来就生气，拿着镰刀就下地。一去下大雨，回来下冰雹，专打小猫后脑勺。

在乡间，狼抱柴虎烧火被广泛应用，是因为家里孩子多，有时候需要大家一齐动手做某件事。至于那个受气的小猫，就没人提起了。只有把童谣说完整，它才能作为主角出场。而且一开始就是负重的场面。小猫背着鼓干什么？童谣里没有交代，也许就是强调它与狼、虎的地位不对等，所以饭熟了，狼、虎吃着斗大的饽饽，却没有它的份儿。小猫生气了就去干活，只是运气非常之差，又下大雨又下冰雹。天底下还有比小猫更倒霉的吗？

现在理智地看待这段童谣，当然为小猫抱不平，可想当年把童谣当歌唱的年纪，一点也不是这样的心情，只是觉得小猫就像舞台剧中的小丑，做什么都好笑，放屁都砸脚后跟。狼、虎固然有其威风，但让人愉快的是小猫，想想小猫生气了拿着镰刀下地的样子，想想那样小的猫爪能贴出斗大的大饽饽，都是让人忍俊不禁的事。

大头大头，下雨不愁。人家打伞，你打大头。

小小子儿，坐门墩儿，哭着喊着要媳妇。

小皮球，圆又圆，奶奶给我二分钱。又买醋，又买盐，又娶媳妇又过年。

下雨了，阴天了，我家的烟囱冒烟了。

留分头子大把抓，娶了媳妇不要妈，要妈就打架，打架就分家。

哩哩哩,啦啦啦,哩哩啦啦做亲家。亲家有个好闺女。会梳头，一梳梳到麦子熟。

谁跟我玩，我不玩。我上天津坐小船。小船一拐弯，我就当大官。

哪庄的，王浅的。打个小辫精短的。

丫头片子，上河沿子。打出溜子，摔屁蛋子。

下雨了，浇黄瓜，草帽底下有王八。

这还都只是童谣的开头部分，若要录得完整，就要很占篇幅了。还有一段童谣极具表演感，却与乡间的民谣是完全不同的风格。说一根棍儿，我拄着。两撇胡子我捋着。三炮台，我抽着。四轮马车我坐着。五（武）家坡，我听着。六国饭店我吃着。七层洋楼我住着，八圈牌我打着。九块钱到手了，十（实）在不行我走了。

现在想来觉得蹊跷，不知这样的童谣从哪里传来的，肯定不是老奶奶在热炕头上编出来的。可当年唱得起劲，虽然几乎不懂得里面的话是什么意思。

童谣都是民间口口相传下来的，也不知传了几代人。它生动、有趣、诙谐地在记忆中占有一席之地。而且记住了，就忘不了。疑惑的是，我从来也没想到过要把它们储存在记忆里，而那些特别想储存的，也许时间不久就被忘光了。

我们家的那只狗

我们家的那只狗是亲戚买了送来的。初到我们家有一只脚大，黑毛，点着许多白斑点。原以为是只斑点狗，一周以后再看，斑点踪迹全无，是一只纯黑毛狗。有无斑点并不影响我们爱它。那狗腿长，耳朵尖，能跑能跳，看家护院是再好不过了。白天它被拴在柿子树上，周围仅有几平方米的活动空间。夜里会把它撒开在院子里，它总要沿着墙根跑个够，还留神大门会不会被人打开，一旦被人打开，它会比风还快地钻出去逛街景，喊它回来要费许多力气。

它喜欢小孩子，家里有小孩子闹，它就撒欢儿地叫。小孩子在屋里玩，它就把两只前爪支在窗台上舔玻璃。它羡慕小孩子能够成群结伙，人家玩得高兴，它就把尾巴翘得高高的。

我们都叫它傻狗。偶尔吃一次鱼头或吃一次骨头，它就可以三天不吃饭。可鱼头或骨头不可能天天有，一般的饭食，它根本不看在眼里。身形饿得像黄花鱼一样，眼神都无精打采，别说看家护院，走路都不再有力气。这种"绝食"它最多坚持过五天，直到对鱼头或骨头死心塌地，才懒洋洋地起来吃别的东西，一旦吃起来，也香得不得了。玉米面拌些凉水，它也吃得心满意足。知道它有这个毛病，以后再有鱼头或骨头，宁可扔掉也不给它吃了，它反而少了许多吃美味的机会。

三岁的时候，它怀孕了。邻居家的狗过来串门，只来过一次，它就怀了孩子。这也成了笑柄，因为那只狗我们都不喜欢，家里的小孩子都不喜欢，嫌那只狗太丑了。可有什么办法呢，它整天被拴在院子里，哪里有许多含情脉脉的机会。四个月以后，它生下了三只小狗。那三只小狗，都是板凳腿，小眼睛。小耳朵像小小的粽子角，尖尖的分得很开。看见那三只小狗我们就笑，怎么一点也不像它们的妈妈呢。看上去，狗妈妈也不怎么爱它的孩子，除了定时喂它们奶，看不到它们怎样亲昵。有时候我们把小狗抱在手里玩，它就在一边呆呆地看，像是在看别人的孩子，一点也不像别的狗妈妈那样"护犊子"。小狗像它们的妈妈一样爱吃水果，我把苹果片分成三份，小狗见了，就从窝里匆匆出来，因为腿短，所以走得慢。还没走到苹果片旁边，它们的妈妈就把苹果片全抢着吃完了。小狗只能闻水泥地上的苹果味，这里嗅嗅那里嗅嗅，看上去别提多可怜了。我们骂狗妈妈不称职，居然跟孩子抢吃的。狗妈妈知道自己犯了错，眯着眼睛坐在地上听，能看出神情有些羞愧。可如若再喂小狗，它马上就把刚才的羞愧忘了，还是照抢不误。

小狗的伙食稍微好些，在狗妈妈够不到的台阶下，单独有一个饭盆。三只小狗挤在一起吃，吃得热火朝天，吃得满头满脸。肚子吃圆了，小狗排着队往回走，狗妈妈一个一个给它们舔脸，舔得干干净净，小狗很满足。我留意了几次，发现狗妈妈舔小狗的目的，只是为了小狗脸上的残渣剩饭，因为这个动作只有小狗吃完饭以后才有。我们断定狗妈妈情商低。一个月以后，小狗都被人要走了，某个晚上就剩下了狗妈妈自己，它居然该吃饭吃饭，该睡觉睡觉，没有半点别的反应。

看家护院的事，它倒一直做得很好。夜里外面有人用手电照蝎子，它会叫个不停。耳朵也尖得厉害，哪里有一点响动，它都小题大做地狂吠不止。母亲说，狗就是人的耳朵。只要能当好耳朵，它就是一只好狗。私心里还是觉得这狗没出息。小牛被人牵走了，母牛嚎三天呢。它的三个孩子都被人抱走了，它却连个反应都没有。可是转而又想，它再反应又能如何呢，它既改变不了别人的决定，又改变不了自己的命运，与其这样，还是情商低些好，最起码痛苦少些。

用看狗的眼光看它，它就没有毛病了。

纪念公元 1972 年

整整一个春天没有下雨，河干了，井也干了。小孩子不知愁滋味，我们乐得看见一条曾经汹涌的河流见底的样子。既可以轻易地跑到河的对岸，观赏过去难得一见的风景。也可以围堤筑堰，捉鱼捉虾。这条名叫周河的河流是一条很像样的河流，堤岸高耸，险滩无数。洪峰下来时，河套里的高粱没了脖子，红灿灿的笑脸蒙上了一层水锈。在阳光照耀下，缤纷斑斓。

那个时候我们只有蹲在河岸边，眼巴巴地望着对岸撩人的风景。对岸河堤上的紫穗槐长得好，割下来可以编筐。对岸的水草丰茂，哥哥姐姐拽着筐泅过去，回来是一筐鲜嫩的水草。对岸的放羊人也别致，穿蓑衣戴斗笠，鞭子在银亮的天空底下高举着，偶尔来个响鞭，声音会从对岸传过来，带着水音儿。每一个去过对岸的人都神气，他们牛呼呼地在我们面前指手画脚。眼睛还不时盯着水面，洪水会从上游冲来西瓜、木材之类的东西，在水浪里翻涌。他们准备随时像鲤鱼一样地跃入水中。

就是这样一条河，在公元 1972 年的春夏之交见底了。河滩的沙土被风吹得飞扬起来，我们从对岸走一个来回，鞋底是干的。广播喇叭每天都喊抗旱，上工时，村里是一片叮叮当当的水桶与水桶撞击声。我们家有两副水桶，一副是黑铁的，皮厚。一副是白洋铁的，皮薄。平时用哪副水桶担水并无讲究。可抗旱的季节就不一样了。肩头要日复一日地从清晨磨到傍晚，担水的地方又是在河的低洼处，那里一般都有很陡的堤岸，担一担水上来，要费九牛二虎的力气。父亲每天都把白洋铁皮的水桶给姐姐留着。姐姐那年初中毕业，刚当社员。稍不留神，黑铁皮的水桶被姐姐抢走了，父亲在那一天里都会觉得不踏实。

家里的水缸都是姐姐担水，她总是使那副白洋铁的。

队里的人马分为两路。一路担水浇地，一路抗旱打井。大洼深处的土地离水源远，平时都是靠天吃饭。有人异想天开地想在田里打出水井，恩泽四方禾苗。因为大洼的附近没有村庄，想象中应该是地下水充盈的地方。雨水充沛的年景里，几锹就能挖出一眼井。队里的好劳力斗志昂扬地扛着锹镐去了大洼深处，田里的禾苗已经枯焦了，土地横七竖八地裂了口子。一群人挥汗如雨地战斗了几天几夜，看见湿土了。土更湿了，攥上一把就能攥成土馒头。可就是没有水，幻想中咕嘟咕嘟往外冒的泉水始终不见影子。井还没挖成，禾苗却已经能做柴火了。领头的二叔坐在井底下不上来，呜呜地哭。他说你们埋了我吧，我不想活了。与其让水渴死，还不如死在这里……

我和二叔的女儿是好朋友。我们该跳房子跳房子，该藏猫猫藏猫猫。渴了就跑到谁家的院子里，院子里有水缸，缸盖上顶着水瓢。舀上半瓢凉水喝下去，水就在肚子里逛里逛荡。我们这一条街的人，都吃一口水井里的水。是口百年老井，泉旺，水足。井壁是用青砖垒砌的，长着厚厚的一层苔藓。爷爷活着的时候常说，二几年（二十世纪二十年代）闹大旱，村里的水井都干了，唯有这口水井像有龙王爷坐镇，水流不断。一个村子的人都来这里挑水。一早起来，水梢能排出一里地。我们玩累了，还趴到井边照镜子。井水很远，照不见自己。可能感受到井里冒上来的丝丝凉气。那些凉气扑到小油脸上，舒服极了。如果谁不小心流了哈喇子，小伙伴们会一起骂他。

有一天早晨，排队打水的人忽然惊慌起来，老井也干了！辘轳咯吱咯吱摇下去，摇上来的却只是半桶黄水汤。那种恐慌很快就在村里蔓延了，我们不能再随便到别人家里找水喝。在自己家里喝水，喝剩下的水也不能随便倒掉，而是要倒回缸里。我们家的水缸是那种大水缸，有一个谜语的谜面是形容这种水缸的：红裤白腰，猜不着是王八羔。又有裤又有腰，可以想见水缸有多大，它一共能装五担水。抗旱以来，挑水的任务就落在了妈妈的肩上。妈妈最大的愿望就是能把水缸装满。可这简直成了奢望。妈妈每天凌晨三四点钟起床，挑一担水回来，再去，就只能挑半担。还去，就连半担也没有了。担来的水不能直接倒缸里，浑。也不舍得浇花浇菜。黄瓜长了小手指粗，眼睁睁地看着耷拉了叶子，小黄瓜也蔫了，蔫成了绿色的毛毛虫。那段时间村里的人比着赛地起早，你四点我就三点，你三点我就两点。水井经过一夜的涵养，起得

最早的人能挑回清亮亮的一担水。那一担清水，能照亮所有人的
眼睛。

　　妈妈是一个聪明人。在担水的问题上，她的聪明让我们全家
人佩服。她不早起了，晚上钉鞋底钉到后半夜，她挑着水桶走了。
水井离我们家有一百米远，两边是两户人家的菜园，两家比着赛
地把寨子往外夹，原本很宽的路，就变成了一溜小胡同。扁担进
了胡同就竖在肩上，水桶变成了一前一后，想换个肩也难。妈妈
摸着黑来到了井边，把水桶梁挂到井绳的铁钩里，哗啦哗啦地放
下去。摇动井绳时把水桶往下一翻，就知道水深水浅。如果是"咕
咚"一声，水桶就能装满水。如果是"咣当"一声，就是水桶撞
到井底下的石头了，灌不满水不说，水桶还容易脱钩。妈妈每天
都是担完水以后才睡觉，天还没亮，她就要爬起做早饭。因为父
亲和姐姐，又要去抗旱了。

　　关于那场大旱，县志在《大事记》里是这样记载的：(1972 年)
2—7 月中旬，全县大旱。总降雨量仅 33.5 毫米，造成河流干涸、
水位下降、土地失墒，48.8 万亩大田作物受灾。县委、县革委召
开紧急会议，确定农业生产的中心任务就是抗旱保种。

乡村的夜

　　自从母亲摔坏了腿，我每周坚持回家一次去看她。回老家的
感觉与别个不同，每次都要住一宿，才算真正回去了。如果只打

个旋风脚就赶回城里，就不叫回家了。我是这样感觉，姐姐也是这样感觉。于是我们一拍即合，总是同来同往，还能在老家睡在一张大床上，找一找做姑娘时的那种感觉。

原来姐姐和我是不一样的。我一回到老家，吃得饱，睡得着，早晨六七点了都不知道醒。若是在城里自己的家，早晨四五点钟醒来是常事，而且不管睡多晚，哪怕凌晨一两点钟才入睡，情景也是这样。我睡得好，姐姐则睡不好。她说乡村的夜咋这么不安静呢？近处猪叫、狗叫，远处驴叫牛叫，都是她不能入睡的原因，她总说我有本事，能在这样嘈杂的环境中安然入眠。看我睡得香甜，她就愈发生自己的气。数羊，或者默想一些陈年往事，刚刚有些睡意，邻居家的牛"哞"一声，就又把她惊醒了。

一个一个的夜晚，就是在我的安然入睡和她的辗转反侧中度过的。每次我从老家回到城里，都带着一脸睡够了的表情，而姐姐都要在家里睡上两天才能缓过精神来。她问我为什么能睡得好，我当然解释不清楚，但有一种方法是我无法验证的，那就是关上耳朵。

哥哥把猪圈建在了院子里，一排十几间猪舍。最近，一头母猪生了十三头小猪，它就有功之臣似的，白天也哼哼，夜里也哼哼——其实这是一头有出息的母猪，总是用哼哼声提醒小猪它要躺倒了。它用长长的大嘴朝前一耠，就把小猪耠到了边儿上，然后自己倚着墙侧卧（免得压着小猪），把两排乳房亮出来，哺乳。说它有出息，是因为哥哥养过没有出息的母猪，庞然大物样的身躯，不管不顾地朝那儿一卧，压了自己的孩子都不知道。那些个小生命都生得滚圆，纯白色，小尾巴像线绳一样，可爱得一塌糊涂。因为乳头只有十二个，所以它们每天的争夺战，都是空前的激烈，十三只小猪闹出的动静，也像一台戏一样。那种彼此踩踏的尖叫，或者饥饿带来的委屈，都能让它们吵翻天空，夜的不宁静，也源于它们就生活在我们的窗根底下，所以最近一次回家，姐姐尤其显得痛苦。她在夜里自言自语，说你能关上耳朵，我咋就关不上，这耳朵咋关呀！

　　我睡得香甜时，居然听到了姐姐这句话。听到了就不能不笑，一笑就把自己笑清醒了，清醒了还笑，笑得自己肚子都是痛的。睡不着了，索性陪姐姐聊了半宿的天儿，话题就是如何关上耳朵的。我说我真的能关上耳朵，在我想入睡的时候，我把耳朵关上，就万籁俱寂。那一时刻，大脑感受的颜色是黑的，就像黑洞洞的屋子一样，里面一点声音也没有，就有一只瞌睡虫，在那黑屋子里晃啊晃的。不知不觉，人就开始漂浮，这时离深度睡眠已经不远了。可如果我不关上耳朵，我听那些个声音，就是一种享受。我不知道这算不算矫情，可我确实不反感甚至享受那些声音。尤其是那些小猪，它们争夺乳头时的那种激烈的对决，和吃饱以后那种满足的哼哼，都让我着迷。我甚至喜欢听它们彼此撕咬的声音，叫得声嘶力竭，却显得虚张声势。猪妈妈几声不痛不痒的呵斥，它们就能安静片刻。想到它们蚂蟥一样盯在猪妈妈身上的样子，就感叹猪妈妈也是一个伟大的妈妈，它哺育那样多的儿女给人类造福，人类实在是应该感谢它们。

　　夜晚的天空空旷而寂寥，这也是我能在闹中取静的方法之一。

窗子上的窗帘，都被母亲取下来，洗干净，收起来了。母亲为什么要收起窗帘呢？她说用不着。村里家家都是深宅大院，窗帘实在是不需要遮挡什么。可母亲说，没有了窗帘，夜里睡不着的时候，就能看到窗外的星星。我实在是为母亲的这个创意高兴，于是也在关闭了电灯以后睁开了眼睛。乡村的夜被各种声音赋予了生命，这里没有光污染，天是清湛的颜色，星星显得细小，星光月光从窗缝里漏进来，人与天空就显得距离近了。眯起眼睛，似乎就是能飞天的仙女。这个时候，甚至都不需要关起耳朵，因为心灵像天空一样宁静安详，睡着时，连梦都没有。

姐姐出嫁到另一座村庄，比在娘家生活的时间要长，所以她在言谈中，总把那个村庄当成家。虽说搬到城里好几年了，可嘴里念叨的还是那座村庄的人和那座村庄的事。我很不以为然，我们的家乡，多生动有趣啊，有童年和少年时的多少印记啊，怎么在这里就找不到家的感觉呢！可姐姐说，你没有嫁到另一个村庄的经历，那样一个全然陌生的环境，都靠你的付出甚至牺牲去融入，换得别人的尊重和认可。乡亲们的情谊会在你盖房子时，会在大麦两秋时显现出来。他们放着自己的活计不干，披星戴月地为你拉土倒粪，为你把地里的庄稼拉回家，连口水都不会喝你的，因为没工夫。有这些东西垫底儿，你说我又该把哪里当成家呢？

我恍然大悟。我说难怪你关不上耳朵，结子原来是在这里。姐姐也明白了我的意思，她说什么时候回一趟我们的幸福庄，看你还能不能关上耳朵。

我叹了一口气，说那时能关上耳朵的，肯定是你了。

放　生

　　老家的人打来电话，说他们在雨后的田垄里发现了稀罕物，让我们回去看看。那个稀罕物很快来到了我家里，被放进了一只大的洗衣盆。洗衣盆里放上水，它就浮游起来。小眼睛东张西望地满是好奇，细细端详，它的小脸上还有表情，那种表情，其实应该叫声色不动。

　　那是一只相当沉稳的龟。用秤称了称，足有一公斤重。乡间有许多关于龟的传说，龟虽然跑不快、跳不高，连声音都无法发出，但不影响它具有神性的力量。有一个传说是这样讲的：某年某月发大水，整个村子都被冲垮了。有一对老夫妻的房子因为地势高幸免于难。这个晚上来了个乞讨的老人，背上背着一顶大草帽。老夫妻把自己舍不得吃的饼分给了乞讨者，把乞讨者感动得泪水涟涟。乞讨的人问老夫妻有什么愿望，老夫妻都说，要是能把村庄恢复成原样就好了。这天乞讨人就睡在了老夫妻的炕上，因为烧得热，乞讨人夜里不止一次起来喝水，天亮之前嚷着好热好热离开了。老夫妻发现客人走了追出了门，没看见客人的踪影，却发现村庄与洪水前一模一样。他们赶忙跪下磕头，方知那人哪里是来乞讨的，分明是一只神龟。

　　我小时候捉过龟，都只有一只烧饼大小。那个时候大堤上能挖到许多龟蛋，我们家淹鸡蛋的一只小坛子，曾经装满过。可我没见过这样大的龟。发现它的地方在一片黄豆地里，离河水足有一千米。它是什么时候从河里爬出来的、又是因为什么爬出这么远，我们当然不得而知。我们的车子已经跑上了回家的路，还有辆摩托在后面追我们，说要花 200 元钱买下这只龟。我们当然没有同意。买龟的人软磨硬泡，问我们把龟带回去有什么用。这话把我问住了，我不知道这只龟对于我有什么用，但我知道我不会卖掉它，给多少钱也不会卖。从心里说，我喜欢龟这种动物，那种喜欢与传说中龟的神性无关。

龟在我家的洗衣盆里安营扎寨。每天早晨的第一件事，就是给龟换水，喂它早餐。早餐开始也讲究，知道它喜欢吃小鱼，我们便买些小鱼放进冰箱，每天喂它十几条。小鱼都只有一厘米左右，很适合吞食。而且颜色周正，保证是水库里出产的鲜鱼。后来小鱼买不到了，我们就喂它猪肉。乍一换食谱它竟欣欣然，吞咽的动作明显比平时快。猪肉偶尔接应不上，也喂它些羊肉。显然它不是羊肉爱好者，饿极了才勉强吃一点。隔一段时间我们给它称重，居然发现它的体重是负增长，也就是说，我们想尽办法让它吃得好，结果它还是吃得不好。它的体重减轻了。

我对女儿解释说，它太喜欢运动了。它无时无刻不在"峭壁"上爬行。盆沿不是朝外仰的，而是朝里收的，这给它的爬行增加了难度。盆沿有十几厘米高，它每次都是爬到一半摔下来，有时摔个四仰八叉，家里如果没人，它就要那样仰面朝天躺半天。开始我们还有心情开玩笑，说这是一只龟的运动会，它是一只屡战屡败、屡败屡战的运动员。后来它昼夜不停、不知疲倦地往复爬行，摔倒的声音能把我们从睡梦中惊醒，我们才觉出了自己的残忍。洗衣盆不是它理想的生存场所，它渴望从这里爬出去。即使洗衣盆外的世界更不适合它生存，它仍为此坚韧不拔。这个时候我们已经养了它大半年，每天孩子放学或大人下班，第一件事就是蹲在盆前看它。它痛苦的折腾带给了我们许多欢乐。有一种欢乐是单纯的，不能咀嚼。

我们还是决定把它放生。城市东面那一片华北最大的人工湖该是它理想的栖息地。我们选择一处有沙滩的地方，把龟身上撩了些水，想它会迅速潜入水底。可它半天也不动一动。前方那样大的水面，仿佛一点都不吸引它。把它放到了水深些的地方，它却疏忽转过身来，爬到了岸上。这让我们大为惊讶，难道它还在留恋我家的洗衣盆不成！这回我们又把它往远处放了放，那里的水下有块大石头，石头周围长着许多水草。我们在岸边静静地等，只一瞬间，它的小脑袋就从水里冒了出来，游回了岸上。我们真的发愁了，不远处就是垂钓的人，我们前脚走，它后脚也许就会成为别人的盘中美味。我问女儿怎么办，小孩子的想法往往出人意料。她说是不是湖水太多把它吓着了？老家的河水可没这么多。我说，是不是它不舍得我们？女儿连连摇头，说我们都把它养瘦了，还说我这样以为是自作多情。

后来我们还是把龟带回了老家。原本想到河边试一试。河水越来越少了，打鱼的人却越来越多了，它在河里不安全。我们想，如果它在河边也不走，我们就把它带回城市，坐船把它投放到湖中心。可不可思议的事发生了，它可能刚闻到河水的腥气，就像离弦的箭一样不见了，快得连我们眨个眼的工夫也来不及。水面平静如初，我们在岸边等了半天，它连头也没回。

失 眠

连续三个夜晚睡不着觉，人都有些恍惚了。眼睛干涩，耳畔生风。脑子总有一种声音在响，仔细听，却又听不清楚那种声音是什么。很多办法都试过了，但都不奏效。我对家人说，我得回家了，回老家。老家的大炕上我总能沉沉入梦，听不见石英钟"当当"的敲打声，也听不见狗在院子里狂吠，还能把钟表睡上一圈。在自己的家我可从来没有这本事，总是睡得晚，起得早，即便没有什么事，生物钟早就上好弦了。

家人说，那是你过去没失眠，所以才睡得好。现在失眠得这样厉害，不看医生能行吗？我其实是咨询过医生的，还按医嘱加倍服了药，然后便静静躺在床上，等待睡眠的降临。睡眠真是一个好东西，想念她就像想念远方的亲人。可睡眠真是一个坏东西，我这样恭候她，却连影子见不着。实在忍无可忍，我从城市逃了出去。脑子里只有一个念头，回家。只要回到家，一切都会好起来。

家里过冬的烧柴一直没有准备足，我早就想抽出时间帮妈捡一天的柴。现在捡柴的那份容易简直没法形容，不像我们小时候，走上十里八里都搂不满一筐草。园子外边就是一片河套地，承包人种了一大片玉米。玉米收净了，秸秆都被北风刮倒了。我拿了镰刀、绳子奔向那里。那天风很大，干爽的玉米秸秆闻风起舞，风把人吹得东倒西歪。口罩、手套、帽子捂得严严实实，仍感觉心都被吹凉了。我在空旷的地里干起来。玉米秸秆在地上倒得横七竖八，稍稍用一点力，它们就能被连根拔起。我把玉米秸秆码放整齐，用那些仍然长在地上的玉米秸秆做腰子，因为它们还柔韧。用脚踩扁实，就能把码放好的玉米秸秆结结实实捆成捆儿。这些事情都难不倒我，我小时候经常干这种活。虽然许多年不干了，可东西摸在手里，还是熟稔的感觉。

地里躺倒了一大片玉米秸秆捆儿，我便着人用车把它们拉回家。气温还是显见的低，可我却是热气蒸腾。一个放羊人抱着羊鞭瑟缩地和我搭讪，问我捡柴干啥使。我知道村里人都不烧柴了，可我家始终保留着一铺火炕，炕上铺着苇片编的炕席，席缝都被炕烟熏黑了。放羊人吃惊地说，你们家还烧柴火啊，咋不用煤气呢？我笑了笑，不知怎么回答。我不能说我们喜欢烧柴火，这样显得矫情。可我们就是喜欢烧柴火，还喜欢柴火烧出的饭。每次做饭我都抢着坐在灶膛前填火。灶眼插上余子，上面锅响下面水开。灶灰里埋几块白薯，留着午后打牙祭。那样的日子，想一想就舒服呵。

一点也不夸张，我捡柴的时候丝毫也不孤单，身前身后总有许多喜鹊起起落落。它们就在离我很近的地方觅食，我干我的，它们找它们的。累了的时候我想数一数它们有多少只。我翻来覆去地数，总也数不清。它们不等我数清楚才飞来飞去。因为有了它们，我这一天有了加倍的愉快。

我捡了一天的柴。妈过来看了我两次。上午一次下午一次。妈的腿不好，攀那样高的河堤很费力。我打着手势喊她别下来，我捡够了就回去。妈却非要喊我走，这样冷的天，这样大的风，腰累坏了怎么办呢？我说我不累。我告诉妈妈我一直在失眠，多干些活是想夜里能睡个好觉。妈站在河堤上无奈地看着我。我晃手让她走，我说累了我知道回家。

玉米秸秆都摆放在了院墙外，从东头一直摆到西头。我喜滋滋地站在那里看，真不相信我一天能捡那么多。我问这些都是我捡的吗？不等妈回答，我就知道是的。自己经手干的活，认得。妈说这一冬天可算有柴烧了，再不用每天算计了。

夜里躺在炕上，妈总一声一声地咳嗽。我知道她是在提醒我她没睡着，她想跟我聊天。村里的许多人和事，都是她聊的话题。我使劲想听清妈都说了些什么，可根本不可能。妈的声音都在空中飘着，像催眠曲一样。

这一觉，我一直睡到日上三竿。

童年印象

许多年前 7 月 27 日的那个晚上，我们村放电影，是吕剧《李二嫂改嫁》。情节都忘得差不多了，但依稀记得李二嫂抱着碾棍推碾子，嘴里还咿咿呀呀地唱。电影散场晚，回家都十点多了。

一铺大炕上睡了母亲、姐姐和我三个人，好像还没怎么入梦，母亲就把我提拎起来，说快跑快跑，地震了！我在炕上转圈子，似乎也想跑，却不知道怎样才能跑。还是母亲下了炕，一把把我拽了下来。屋子里的空间本来就狭窄，门后墙柜上的一个被垛坍塌了，正好堵在了门口。母亲已经跑到了屋外，我却犹豫着不知怎样从被垛上越过去。被子都是春天拆洗过的，夏天还在院子里的铅丝上晾晒过，太阳香暖暖的味道，在意识深处残留着，抹不掉。

我至今还记得在母亲急促的呼唤声中，我的一只脚在被子上轻轻顿了一下，蜻蜓点水一样跳到了屋外。院子里是豁然开朗的一个镜头，院墙倒塌了。院墙外边的园子纳入院子里来了，是水灵灵的一个世界。青砖门楼塌了一多半，让街巷摆到院子里来了，好像院子也成了街巷的一部分，感觉特别不习惯。姐姐是最先逃到院子里的，只穿了贴身的小衣服。多亏天光还青着，薄雾烟似的遮挡了人们的视线。街上不断有人跑来跑去，没有人因为我家门楼塌了感到惊奇。

那个早晨，我和伙伴小芹走了东家走西家。东家房子歪了，西家房子倒了。村庄显得冷寂和破败。因为没有伤着人，村里没有多少哀伤的气氛。我和小芹一家一家地"查看"灾情，电报车一样向所有遇到的人汇报。我们是有些兴奋的，突然遭遇的变故一点也没有令我们感伤。生活换了另一副面孔，在我们小小的年纪，是一件新奇的事。

实在无事可做了，我们像往常一样，拿了长秆秫秸到大堤上去找知了皮。知了皮是一味中药，我们找上一夏天,能卖三五块钱,可以变成一年的学费。每天找知了皮的人都很多，有大人也有孩子。这让知了皮像珍宝一样稀有。它们大都藏在不易被别人发现的树胡子里，需要我们仰酸了脖子，才能发现那么一两个。这个早晨的大堤却空无一人，雾气散了以后，柳树和柴榆树的叶子都水淋淋的，知了皮小灯笼一样挂在树叶上，身上也是湿的。我们从来没有见过那样多的知了皮，把一棵树都爬满了。我和小芹惊喜的叫声回荡在长堤上，把刚睁开眼睛的蝉吓得一窜一窜的。

有个三十几岁、骑着自行车的阿姨停下来喊我们。她叫我们小妹妹。问你们是哪庄的？我们答了。阿姨又说，你们庄没地震吗？我和小芹抢着说，地震了，房子歪了，墙也倒了！我们争先恐后向阿姨报告村里的情况，阿姨脸上却有了鄙夷的神色，她说，都地震了还找知了皮，谁家的孩子这么没心没肺。

阿姨骑车走了，我和小芹面面相觑。很显然阿姨不高兴了，我们都对她热情，想不明白她有什么不高兴的。

家里用炕席支起了简易窝棚，一家老少都睡在窝棚里。生活用品还要去房子里拿。我还记得我去屋里找一样东西，人刚到堂屋，头发就根根直竖起来。总觉得地在动，房子在摇。心也长了翅膀，在胸膛里扑腾得厉害。把手长长地伸过去，拿了东西一刻都不敢停留，就从屋子里飞出来。家家都烙厚厚一摞白面饼，一天三顿吃。地震让大人的观念翻了个儿，他们说，白面不赶紧吃，说不定就没有吃的日子了。

村里有三个人在唐山的开滦煤矿上班。都说那里是重灾区，可谁也不清楚重到什么程度。地震的第二天，其中一个人的媳妇就骑着车子找去了。什么也没带，一个人骑着车子哭着上了路。还有一个几天以后回来了，人却不吃不喝，光睡觉。只有二叔一点音信也没有，七八天过去了，还是没有消息。二婶每天都哭哭啼啼，人软在炕上，起不来。村里每天都有人去探望，我们也裹在人缝儿里，瞪大眼睛看稀奇。经常被人像轰鸡一样往外轰，但一点也不会减少热情。

有一天，二叔终于回来了，是自己走着回来了。矿工的帽子还在头上戴着，脸上花花绿绿的尽是煤灰。二叔显然是被地震吓坏了，进了村就又哭又骂，说家里的人不管他的死活。他哪里知道二婶没日没夜的惦念呢。见了二叔，二婶也顾不得羞了，一下子扑了过来——二婶会走了。二叔身子一软，又不会动了。

童年眼里的世界总是有着特殊的色彩和味道，不同于成人的。

猜撞客

五一休假回家，躺在老家温热的土炕上，竟不胜其乏。近一段时间许多要紧的事情都忙到了一起，许多日子都没睡个囫囵觉，外加上身体别样不适已半月有余，这顿困乏迟早都是免不掉。我们是晚上到家的，被子已经被五月的阳光晒得香暖暖，妈的笑脸比五月阳光还要灿烂。我们还是清明前回的家，算起来已一月有余。这在我们好像只是倏忽一瞬，可对于妈来说，是她掰着指头一个一个数过的日子，那些个日子都在她记忆的绳索中系成了疙瘩。

　　夜里三点，还听见她和姐姐断断续续在说话，所以这一夜我该是在似梦非梦似醒非醒中度过的。清早起来到大堤上转了转，河水快要干涸了，水草丰茂得像原始次生林一般，在浅浅的水面中扶摇。没有水的河流是条悲伤的河流。即使春天的两岸满目翠绿，鸟的歌声此起彼伏，花香弥漫的空气馥郁芳菲，都抵不住一条曾经气派的河流带给人的感伤。堤下有机器正在给土地覆盖塑料薄膜，想是播种的西瓜。往年这里也是西瓜园，小麦成熟之日，是西瓜上市之时。过去一直以为这项工作是手工的，看着机器走得那样快，转眼就让大片的土地湖水一样泛起一片白，新奇之余，又生出许多感慨。堤下到处堆放着隔年使用过的薄膜垃圾。河水是暗的土地是白的，这一暗一白，让人平添了许多愁绪。

　　整个上午都赖在炕上没起来，午饭是大锅炖排骨。这本来是我爱吃的，可没吃上几口，就觉得上下眼皮直打架。午后妈忙完了所有的事情爬上炕来，摸了摸我的额头，说我得撞客了。我在家一贪睡她就说我得撞客，从小到大，也不知被她猜了多少回。姐姐也在旁边煽风，说一定是我早起去河堤遛弯时撞见"鬼"了。她是调笑的口吻，妈却一点也不调笑。她下炕从墙上取下一面圆镜子，上面放一枚硬币，在我身上正绕三圈逆绕三圈，口里还念念有词：神归庙，鬼回坟。然后把镜子平放在炕上，用那枚硬币往上戳。姐姐在明里笑我在暗里笑，但妈一点也没被打扰。她说是前院的二爷撞上丫头了？要是，二爷你就站住吧。二爷没有站住。她又猜后院五叔，五叔也没站住。又猜她能想起来的另外两

野芹菜 遍地都是

　　村庄就是人群聚集的地方，祖祖辈辈都在这里繁衍生息，传说繁密得像天上的星星。我就住在村庄里。

遍地都是

野芹菜

　　某一日，我在日落黄昏的大堤上忽然闻到了村庄的味道。那种味道是从声音引起的，是牛哞声。

名死者，都死于不久前，人家也没站住。妈自言自语说，还能有谁呢，这么着吧，要是后街的哪位鬼你就给我站住。说来也怪，那枚硬币"啪"地站住了。姐姐笑得不行，我也爬起来看，见那硬币抖抖嗦嗦地"站"在镜子上，四周都是它的影子，果然一副鬼模鬼样。妈边骂哪里的死鬼兴风作浪，边去厨房拿来菜刀，一刀就把硬币砍进了水缸里。姐姐说，这下你可好了，起来吧，别躺着了，越躺越乏。

十几、二十几年前妈给我猜撞客，用的是铜钱，中间是四方孔，从鸡毛毽子上拆下来的。找不到铜钱，妈还用过鸡蛋，只是鸡蛋不能削到水缸里。我每次贪睡其实都有别的缘由，心里有过不去的事了，或在哪里受了比天还大的委屈，跟谁都不愿说，只求好好睡一觉，就能把所有的烦扰都丢开。妈从来都情愿相信我得了撞客，我无论怎么解释都不行。她说猜一猜，又不费啥搭啥，又没坏处。猜完了，她也不问我管事不管事。只要铜钱站住了，那就万事皆休了。那些年妈给我猜撞客，我心里很抵触，觉得那是迷信，经常很不配合。妈叨叨咕咕地猜，我在一旁说风凉话，说鬼都是很厉害的，哪能让人一猜就着。我的话怎么风凉妈也不介意，照样猜得很认真。有时候铜钱或鸡蛋一猜就能站住，有时候却要猜上老半天。妈都累得出汗了。反正只要它不站住，妈准会猜得没完没了。最后甭管是神是鬼都斗不过妈，都能被妈杀得落花流水。

私下里我们也玩过这个游戏，用一枚硬币在镜子上戳。硬币的棱有齿，在平整的镜面上很容易被戳住。铜钱则不是那么好对付，棱壁太薄，要把它戳到镜面上，真要费九牛二虎之力。所以从铜钱进化到硬币，在我是一件开心的事。

这让妈省了不少力气。

丧　俗

村里做样板的那些年，废除了许多陈规陋习。比如丧事简办，不但得到了大多数人的认可，简办的人家，还觉得脸上有光。丧事简办首先要求火葬，骨灰盒直接埋进墓地。不得请吹拉弹唱的闹丧，还不许穿白戴白。人人只可一块黑纱一朵白花吊唁死者。开始人们当然也抵触，也偷偷摸摸地做逾规的事。当时的村委说话做事一言九鼎，慢慢人们就心悦诚服了。外村的人也开始羡慕我们村，经济条件好，有了事又少负担。移风易俗的理念逐步深入人心。

丧俗是何时死灰复燃的，当然无法考证。可有一点毋庸置疑，便是与村里的经济衰落有关。集体经济垮了，人心也散了。许多村民无事可做，便自己想自己的辙。我的一个工友结婚前曾做过民办教师，结婚时正好赶上村里红红火火的那些年，我们在一个厂子做事，彼此结下了很深的友谊。几年以后，再也想不到她成了赚死人钱的"执事大王"。"执事"是一种俗称，不是字面理解的那层意思，而是指糊纸人纸马纸车纸船的那种人。一个偶然的机会我去了她的家，偌大的院子都被红红绿绿的纸糊玩意堆满了，甚至高过了墙头。她自己糊，还请了几个帮工。纸车纸马的骨架都是秫秸绑成的，家里炕上炕下到处都是碎纸头子柴火叶子。不断有人来取预定下的纸糊玩意，竟是买卖兴隆。我问她怎么想起干这个行当，她说一家几口得活着，要是有好干的营生，谁也不愿意与死人打交道。

丧俗一点一点地活跃和繁荣起来。骨灰盒要装进棺材里，被六个人抬进墓地。出殡那天孝男孝女一片雪白，吹鼓手卖力地鼓起腮帮子，吹出的曲子也许是《好日子》。抬棺木的人轧着路走，几百米的村路要走三四个小时。孝子头一个接着一个地磕，招魂的白幡像旌旗一样猎猎地飘。死人的日子更像一个节日，全村的人闻风而动，能把路挤得水泄不通。

墓穴挖在向阳通风的地方，里面撒几枚硬币。棺木头朝东脚朝西，孝子们每人朝里撒一把土。坟头攒得越大越好。媳妇们每人攥一把土往家里赶，谁先到家谁能把日子过得红火。如果这家有妯娌几个，从墓地到家这一段路，就如在举办赛跑一般。一蓬纸钱燃起来，用酒壶洒一圈水，拎出几张纸钱扔到圈外，答对路过的野鬼。转天五更要来填新坟。填坟还有一个别称叫插房子。插房子的人起得越早越好，最好太阳不出、鸡不叫，插出的房子是瓦房，否则插出的房子是土房。在西方极乐世界，人们对瓦房也是情有独钟。然后便是三天圆坟，做一七、二七、三七。所有的丧俗中，有的是祖辈传下来的，但也有了改良。比如那一身孝衣，过去要找裁缝裁剪，要请几个上了年纪的女人连夜缝制。现在则是整个一块布披在身上，腰间用带子一扎。不是图省事，而是为了孝衣拿回家去可以派别的用场。也有些是当下的人创造出来的，比如有了月经的女人不能进坟地，上了年纪的人都不知道有这么个老例儿，很显然是现在的哪个聪明人给自己不去坟地找的借口，结果一不留神，流传开去。

攀比之风盛行。有人请了吹鼓手，就有人不但请吹鼓手还请歌手。有人请那些人热闹一宿，就有人热闹三天。人死以后的规矩越来越多，但不孝顺的儿女也越来越多了。村里就有那么一对老人，为了表达对儿女的不满，自己还活得健健康康的，就请了吹鼓手在自家院子吹拉弹唱。有人问他们为什么要这样做，他们说，到了那个时候唱得再好、吹得再好也听不见了，先自己给自己热闹一场，这一辈子就算没有白活。

——他们的言外之意村里人都懂。儿女都不怎么管他们，"活着不孝，死了乱叫"。这是一句俗语，村里人都知道。

与丧俗配套的还有许多妈妈例儿。比如猫头鹰站在谁家房脊上笑，谁家就要死人了。"不怕猫头鹰叫，就怕猫头鹰笑"。村里有个男人死了，接下来死的就一定是个女人。这种说法我小时候就有，现在不时还有人旧话重提。村里有一个"大了"，谁家有红白喜事都少不得他，他因病下不了床，他的位置马上就有人添补。新的"大了"会有新的丧俗说法，有的是祖上传下来的，有的则是为了显示自己的与众不同，费尽心思编的。

说　驴

　　民间有"天上龙肉，地上驴肉"的谚语。驴肉蛋白质含量比牛肉、猪肉高，而脂肪含量比牛肉、猪肉低，是典型的高蛋白质低脂肪食物，驴肉具有补气血、益脏腑等功能，对于积年劳损、久病初愈、气血亏虚、短气乏力、食欲不振者皆为补益食疗佳品。这是中医的说法，很多女士不以为然。比如我吧，就从来也没觉得驴肉有什么特殊，从河北永年的驴全宴，到家门口小店里的驴肉蒸饺或火烧，吃也吃一点，但吃过之后，从没觉得它比羊肉牛肉更好。

　　驴的全身是宝，说得一点也不错。《神农百草经》中写道：阿胶"生东平郡，煮牛皮作之，出东阿。"可见阿胶最初是用牛皮熬制的。传至唐代，人们发现用驴熬的阿胶，药用功效更好，便将牛皮改为驴皮，并沿用至今。山东的阿胶企业，1952年建厂，1996年已成为上市公司，同年七月，A股股票在深交所挂牌上市。十几年下来，很是对得起股民。我之所以说这些，是想说明驴与人们的生活关系密切的程度，套用一句现成的话，不管在政治、经济、文化等诸多方面，都有相当大的影响。

　　我国是农业大国，在不同的历史时期，驴在人们生产生活中的作用，大概都是相同的。中华人民共和国成立前，谁家能有一头小毛驴，那就是好过日子的人家。姑姑出嫁时，甚至都不问男人长什么样，只知道对方家中有头驴，就嫁了。驴轧碾子拉磨，还要戴着捂眼，有点像旧时女人的命运，所以乡间能听到许多与驴有关的女人的说法，那都是些苦命的女人，像驴一样在磨道里转一辈子，却没能赢得最起码的尊重和待遇。

由此说来，人类对驴是有着悲悯情怀的。知道它们付出的最多，且几乎没什么回报。有的只是几句与人类有关的骂人的话，让人匪夷所思。驴命的女人，必定是苦命的女人。驴脾气的男人，必定是坏脾气的男人。说一个人懒，便说他勤得像驴一样。要说哪个人是"活驴"，就是天底下最难听的骂人的话了。最起码在我家乡那方区域，意味着这个人不懂事、不好调教、不可理喻、不知好歹，等等等等。对驴盖棺论定，不知基于怎样一种认识，驴的地位重要，可反映到口语表达中，怎么就有了轻辱的含义呢？

散社那年，我们与邻居叔叔家共分得一头母驴。驴在两家轮流饲养，你养两天我养两天，对它都像对待宝贝一样。两家都努力让驴吃饱吃好，几月以后，毛发就变得油光水滑。更不可思议的是，它居然又生了头小驴，给我们两家带来了巨大的欢喜。母亲和叔叔达成协议，小驴归我们家饲养。于是这头有着灰色脊背的小毛驴就成了我们家庭中的一员，每天放学的第一件事，就是去给它割草。驴吃草也挑剔，爱吃鲜嫩的洼地生长的青草，水分大，爱吃猪爱吃的野菜，口感好。一年以后，它的模样和个头就又威武又雄壮了。邻村一个买豆腐的人总爱在我家门口转，后来才知道，他受人之托要买头好驴，看上了我家这头。那天他坐在我家的炕沿上，大大咧咧地让我母亲出个价。可他没想到，不管他出价多少，我们全家异口同声地说不卖。现在想起这件事也觉得可笑，除了缺少经济头脑，更主要的可能还是因为我们家人对它的感情，已经不是金钱所能衡量的。

家里养驴若干年，父兄用它犁地，我们用它拉车，从没见它发过脾气。它大大的灰色眼睛，总是一眨一眨地把外部世界的喧嚣屏蔽在外，沉默地做着自己的事。那一年从大洼里拉小麦，一天跑六个来回，每一遭都有十几里地，我们坐在车上，都觉得精疲力竭，它的苦累，只有它自己知道。它拴在我家大门口的若干年里，甚至都没怎么听它叫过。直到它老去的那一天，庞大的身躯轰然倒塌，我目睹了它的两泡泪水流下眼睑，让芬芳的春天，一下子就有了悲伤的味道。

有一次在外吃饭。饭桌上一位家里开着屠宰场的先生说，饭店卖的驴肉，很少有真的了。让我大为惊讶，我问不是驴肉还能是什么肉？他说马肉，骡子肉。驴现在越来越少了，就因为大家都爱吃驴肉，驴现在都成稀有动物了。

这话让我半天也没缓过神来。

第二季：村里人物

　　我每次回娘家，都会在坡上的一个路段遇到傻来。他还是我小时候见的样子，黑裤袄，绿胶鞋，头发像麦草一样朝天。不看人，但嘴里叨叨咕咕一刻也不闲着。傻来的衣着没变，脸孔也没变。我认识他时，我扎羊角辫，他都三十大几了。如今三十年过去了，他有多大年纪，我都有点算不过来了。

　　我问女儿，看那个叫傻来的，有多大年纪？女儿说，三十岁，四十岁，顶多四十五岁。看我摇头，女儿又给傻来添上了两岁。我不摇头了，也看傻来的脸。傻来是一个眉目俊秀的人，鼻梁很高，嘴唇有一抹红。他目光清澈地打量远处，额头和双颊还是我小时候见过的那样，一点褶皱也没有。

　　我扎羊角辫的年纪，傻来的背上总背着筐，但从没见筐里的柴装满过。傻来背上的筐就像道具，傻来就像台上的演员。舞台就是村南广袤的土地。别人拾柴，傻来也拾柴。别人挑菜，傻来也挑菜。只不过傻来从不像别人一样固守在一个地方。他通常走的地方都很远，然后背着空筐回来。傻来拾的柴，会送给他遇见的随便什么人。通常是别人还不知道是怎么回事，傻来就把自己的筐卸下肩，把柴抱到别人的筐里。傻来嘴里叨叨咕咕说的那些话，从来都与他的行为无关，所以谁都不知道傻来那样做是为了什么。

傻来有母亲没父亲。这是他常年衣着整齐的主要原因。据说傻来的母亲每个傍晚都倚着门框等傻来。年轻的时候，她叫傻来"我的心肝儿"。傻来家离我家远，我从没见过他母亲。女儿要和我赌傻来能活到多少岁，因为我告诉她，傻来至少有六十五岁了。看着女儿的嘴巴张得那么圆，就知道她有多么吃惊了。

多　头

我在迈进家门前，前后有三个人告诉我多头死了。

告诉我的人都喜气洋洋。说多头得了癌，没人给治，一宿一宿地在炕上号。多头总算死了。告诉我的人说，这下咱们这条街可要太平了。

多头是一个什么样的人呢？有点不太好说。他年轻的时候，经常拦下一个女孩子，在地上写个字让人家认。那个字谁都不会见过，是他杜撰的。他说出来时把女孩子吓跑了，足见不是什么好字。

有一年，村里出了一个女大学生。我们在芝麻地里见到了女大学生的坟墓，只一个窝窝头大小，上面飘着白幡儿，白幡儿上写着女大学生的名字。我们把白幡儿送到了女大学生的家，让多头遭了顿暴打。

多头做的那些事，真是三天三夜也说不完。比如园子里种的向日葵，会在某一个夜里都被砍了脑袋。比如，收大白菜的季节，会发现每棵菜心里都有泡人粪。还比如，夜深人静的时候院子里突然落进块砖头。还比如，东家晾丢了鞋子，西家晾丢了衣服……

多头很小就没有母亲，但有父亲。还有一大溜哥哥。丢东西的人家找上门去，明明那些东西就在院里摆放着，可多头的父亲对来人说，你叫那东西的名字，它答应你吗？它不答应你，怎么就是你家的？他的哥哥们像哼哈二将一样，全不作声。他们碗里盛的，身上穿的，许多都是多头偷来的。

多头离我家，只几丈远的路。我无论在哪条路上遇到多头，都会转身朝后走。许多年里，多头在异性心里，角色就是一匹狼。

所以多头的死，让许多人大大地松了一口气。我问多头有多大年纪了。人们抢着告诉我，刚到五十。凭他的体格，谁都以为他会长命百岁地活下去。做梦也不会想到，癌早就钻进了他的胸里。

癌若不是长了眼睛，怎么会钻进他的胸里呢？

村里人问我。

命 运

　　小春是我的堂妹，三岁时得大脑炎，高烧烧断了一根筋。从小别人都说她是少根筋的人。

　　她是叔叔唯一的女儿，别人若说她傻，叔叔会找人拼命。小春的童年和少年都是在蜜罐里泡大的，虽说家境也不怎么富裕，可小春吃得好，穿得好，很让我们羡慕。我们都觉得小春命好，长得肥头大耳，一脸福相。小春十八岁的时候自己找了个男人嫁掉了，男人家里穷，很把小春当回事。我们去参加小春的婚礼，男人抱着体重高于自己的小春，满脸阳光灿烂。

　　婚后小春生了两个儿子。小春对男人好，男人无论下班多晚，她一准站在桥头等着。不管雪天还是雨天，小春就像石头雕像一样风雨不怕。作为女人，小春除了会生儿子之外一无是处。不会针线，甚至不会做饭。家里到处乱糟糟的，脏衣服堆得小山一样。我偶尔到她家里去，总埋怨她该学着做些事，我说孩子大了，家要有个家的样子，要干净整洁。我说什么小春都点头，可转过头去小春就忘得一干二净。好在男人不嫌弃，男人什么时候提起小春都是笑呵呵的，说小春从来不跟他吵架红脸，跟婆婆姑子的关系也好。私下我们议论，也许小春连吵架也不会。但小春是幸福的，小春的幸福是天底下最纯粹的幸福。

　　有一年，小春的男人给人家装卸木头时，被木头戳坏了肝脏，送到医院人就不行了。许多事情小春不得不自己做，人总是愣愣的，让人担心她和两个儿子怎么活。不管怎么活，小春他们娘仨儿挺了过来，两年以后小春与一个年貌相当的山里男人结了婚。我陪他们去婚检，小春根本无视我的存在，与男人风趣默契得像前世夫妻，话说得没完没了。中午我睡午觉，他们就在我家客厅叽叽嘎嘎地笑，一次次将我吵醒。

小春有先天性心脏病，住了两次院。我和姐姐一起去看她，见识了小春与男人的种种，让我们感慨良多。男人不但给小春洗脚，还剪指甲。每餐小春一个鸡腿，男人却是一包方便面。男人说小春的心脏病复发是累着了，让我们哑然失笑。男人解释说，有一天他在外喝酒回来晚了，小春跑了七八里路到厂里找男人，小春不会骑车，七八里路就靠一步一步走，小春又胖，这样一个来回，咋会不累着。男人趴在床头问小春：以后还瞎跑不？小春咯咯地笑。小春对我们，是亲姐妹的那种感觉，没有拖鞋、毛巾、香皂，都打电话跟我们要。小春说她不能乱买东西乱花钱，男人挣钱不容易。小春的样子让我们很感动，知道心疼男人，而又有男人疼着。许多心智健全的女人都享受不到。我们只得归结为"命"。小春从小就命好。第一个男人虽然也疼她，但没怎么赚到过钱。第二个男人有手艺，会做一种水泥管。能赚钱，又甘心养小春的两个儿子。两个儿子也喜欢这个继父，晚上经常一起下象棋，一家人其乐融融。

春节前的某一天，小春的男人酒后驾驶摩托车撞到了桥墩上，人被甩出去十几米远。当时很多人都说他不行了，脑袋摔漏了，血像泉水一样喷了出去，染红了一大片栏杆。医生说，如果做开颅手术，人或许还有一丝希望，但也不能保证救回来的是个健全人。手术需要家属签字，小春说什么也不签，她不相信人被开瓢儿了还能活，她说死也要男人有个全尸首。况且她没钱，医院要三万块钱押金，她连三千都没有。就这样男人被拉回了家。她每天熬些米汤喂男人，还买了两只生蛋的鸡，鸡蛋一个一个被她生着喂给了男人。

　　说真的，那段时间我们不敢打探小春男人的消息。小春的两次心脏病，已经把我们弄得身心俱疲。哪怕做个彩超，小春也一定给我打电话，让我找人少花些钱。可人哪里是那样好找的。可小春在电话里要挟我，不找人她就不照彩超，138块，太贵啦！我只得跑过去，替小春把钱交上，把小春送进彩超室，我才离开。我对自己说，男人毕竟不是小春，与我们还隔着一层。我们这样对他不算没有情义。想是这样想，可心底毕竟是虚的。我们在最初的几个月一直在努力忽略他，我们不愿意想起他。半年以后，我们差不多把这件事淡忘了，平静地问家里人小春的男人怎么样了？结果让我们大吃一惊。家里人告诉我们，小春的男人早就去挣钱了，他的伤完全好了。而且也没留什么后遗症，当初要是听了大夫的话做开颅手术，人不定会落个什么样呢！

　　我们简直大喜过望。除了感叹命运，我们还能说些什么呢。

侄媳妇

她已经七老八十了，可按照辈分，我还得叫她侄媳妇。妈打来电话说，侄媳妇来过咱家三次了，想请你帮些忙。她手里有五十个大铜子儿，想换些零用钱。听说姑父经营过古董生意，看能不能把铜子儿卖给他，多少钱都行。

侄媳妇叫我姑姑，姑父就是我爱人。妈很快就把铜子儿捎了过来。铜子儿上分别有"大清铜币"和"光绪元宝"的字样，一撂也沉甸甸的。我满怀希望地看着我爱人，希望他说出一句石破天惊的话，比如，这些东西价值连城。可我没等来石破天惊。连次一点的说法也没等来。他把目光从电视上移过来看了一眼，说，五毛钱一枚，你要多少我给你多少。

我把这个信息告诉了妈，妈转告给了侄媳妇。妈又一次打电话来转述侄媳妇的话，说五毛钱也给你们，二姑能不能快些回家来？

我的这个侄媳妇，连个名字都没有。她十三岁那年，是被婆家的一头驴换来的。从驴背上下来，她就成了谁谁家的。这个谁谁，就是侄子的大号。他大她五岁，一辈子只用拳头对她说话。犁地时，他在后头扶把，她则在前面牵耱。走上几个来回，他把驴拴在树上，让驴啃草休息。让她站到驴的位置，一遭一遭地拉犁。别人看不惯，说他太娇惯驴了。他说驴比人值钱。驴值一头驴钱，人咋能值一头驴钱呢。

他把每一分钱都缝进自己的裤衩或胸兜里，就是买盒火柴，他也得亲自去跑小卖铺。有时候她比他收工早，她在门口张望他的身影，知情人就知道，她准是最后一根火柴使完了，点不着柴草就做不了饭，她等他就是为了等一盒火柴。

前些年，我那叫侄子的男人瘫痪了。大家都想，这下侄媳妇的日子该好过了吧？可谁都不知道男人的意志有多么顽强，他依然自己去小卖铺买东西，一寸一寸地爬着去。他出人意料地长了头黑头发，眼球也是黑的。他双手撑着地，一点一点往前挪动时，眼神坚定得什么都不在话下。好在他家离小卖铺并不远，大约有100米。可这100米爬下来，也要一两个小时。爬至小卖铺的拐角处，他一寸也不愿再往前挪动了，把腿团在屁股底下，招呼人给他拿东西。他的脖子上挂着一个布兜，布兜里装上要买的东西，再一寸一寸往回爬。他仍然能把侄媳妇打得鼻青脸肿，是出其不意打的。比如，侄媳妇给他端饭，他抽冷子就能给她个满脸花。

我放下电话就打的回了家，侄媳妇已经坐在炕沿上等我了。她大约只有一米四几高，脸孔也小得像个孩子。肤色是白的，褶皱却是黑的。我想，是那些年代久远的灶灰在她的脸上生了根。她看见我就呵呵地笑，说铜子儿是她从男人的身上偷来的。她一辈子都想偷男人，睡觉的时候，洗衣服的时候，都想男人能有差池，给她个机会。可男人一辈子都把钱看得紧紧的，她一辈子都没得过手。人瘫了到底不一样，她得意地说，他有时候睡得死，扎他一锥子他都不会醒。她偷这些铜子儿时又拆线又缝线，折腾了好半天他都没有醒。我说你怎么不偷些钱，这些铜子儿又不值几个钱。侄媳妇赶忙说，我现在不想偷钱了，他还能活几天，让他伤心干啥。这些铜子儿他花不了，装在身上又死沉，把皮肉硌坏了他都不知道，人越来越傻了。侄媳妇叹口气说，他原先是多精明的人啊，打场三天三夜不睡觉，睡了也像醒着的。要不我怎么偷一辈子，咋啥也没偷着呢。她呵呵地笑。

她把铜子儿铺排到炕上，一枚一枚地数。她数完了还让我数，说整整五十枚，一个也不少。我把妈拉到一边，说给她些钱算了，我要这些东西也没用，那样一点点钱，也拿不出手。妈怪我不知道侄媳妇的脾气，说人虽然穷，却一辈子不占别人便宜，是个刚性人。你白给她钱，是打她脸呢。无奈，我把铜子儿收了起来，给了她一百元钱。她把钱收起来才告诉我，要不是担心铜子儿把他的皮肉硌烂，她就不会偷他了。她一手捂着装钱的兜儿往外走，并没有问我何以给她这么多钱。妈把她送走才对我说，给她多少钱也白给，她不识数。我说，她不傻。妈说，不傻她也不识数。早些年，闺女给了她十块钱，她到处问人家十块钱该咋花。

如今这五十枚铜钱仍在我书橱的一个角落里，我已经把它们忘了。某一天的清晨，妈忽然给我打来电话，说侄媳妇死了，我的心忽悠了一下。我把那些铜钱一枚一枚地排开看，每一枚铜钱都像块镜子，映出了侄媳妇那张小小的脸。

赘述一笔：侄媳妇的一辈子生了三儿三女。她的长孙在去年不仅考上了大学，而且考上的是国内首屈一指的大学。

我们全村的人都为之骄傲。

巧 莲

我们这一条街，一个属相的女孩七八个，巧莲是比较特殊的。赶车的二爷经常指着我们一群女孩叫鼻涕包，说看人家巧莲，鼻子底下永远是干净的。我们便凑过去看，都奇怪巧莲怎么会没有鼻涕。别的伙伴经常鼻涕过河，她的鼻涕去哪了呢？

这真是个百思不得其解的问题。

巧莲的妈妈是地主家的女儿，受人欺负，但也欺负别人。她是个厉害角色，一点也不像她那种身份的人应该有的样子。她骂人的水平，在这一条街上是最高的，被骂的人都回家吃饭去了，她还叉着腰，在朦胧的夜色中没完没了。我们认真探讨过巧莲的妈妈为什么可以这样，探讨的结果是，第一，队长对她家好。第二，她爸爸是个剃头匠，全队的脑袋瓜儿都归她爸爸修理。

十五岁那年，每家每户都住了出河工的人，巧莲家住了六个。她家的房子很小，能住六个房梁似的大人，简直是奇迹。出河工的人吃伙房，能偷出小枕头长的大馒头。还按人头有补助，所以谁家住得多，不光荣耀，便宜还多。三个月以后，出河工的人走了，我们怎么看，怎么觉得巧莲变了模样，腰粗了，脸更显得小了。大家在一起踢毽子，巧莲刚踢了几下，就累得气喘吁吁。我们拍着巧莲的肚子说，你那里是什么，都是玉米饼子？巧莲说她很能吃，过去吃一个饼子，现在可以吃两个。我们"咿"一声，表示认可，乡下的贴饼子都有大人的鞋底子大，能吃两个，是可以把肚子吃鼓起来的。

又过了两个月，我们终于知道了巧莲的秘密。她是队里的马车从镇上的卫生院里接回来的，她是去引产了。晚上，我们三个伙伴去看巧莲，巧莲在炕上侧卧着，见到我们，一点也没有难为情。我们也没觉出她是做了丑事，她喝很稠的红糖水，她妈妈用毛巾把儿给她敷额头，一切都像电影里演的那样。当时她妈妈神气地说，那个男人赔了巧莲 140 元钱，巧莲一点都不亏。

说真的，我们当时很羡慕。我们三个人，从巧莲家里出来，都很感叹，说没想到巧莲的妈妈像是在演电影，敷毛巾把儿的那个动作，就像个电影演员，哪个妈妈都不会做得出。

转年巧莲就嫁掉了，当时我们还在上中学。巧莲生的两个儿子，只有几年的工夫，就像妈妈一样高了。村里的人说起巧莲都很羡慕，说早养儿早得济。可又过了些年，村里来了个银匠做首饰，就住在了巧莲家。巧莲的丈夫某天下地回来，才发现巧莲和银匠都失踪了。他哭哭啼啼来到岳家报消息，巧莲的妈妈拄着棍儿在门口站着，听说女儿跟人走了，只说了一句话：也不知道还回不回来。

这是五年前的事了。

我最近回家，还跟巧莲妈妈打听巧莲。她说，死丫头，也不知死哪去了。口吻还是许多年前的，我甚至觉得她们都没有长大，巧莲没有长大，而巧莲的妈妈，许多年过去了，除了容貌显得有点老，其他哪都没有变老。

瓷　器

　　大爷大妈吵了一辈子的架。

　　但凡吵了一辈子架的夫妻，总是一个强些，一个弱些。大爷在村里当了一辈子干部，比大妈强。大妈私下常对别人说，自己受气。两口子如果在一张桌子上吃饭，大妈连饭都吃不饱。几十年都那样。

　　他们吵得最凶的一次，是大妈卖了两件瓷器换回一块穿衣镜。那些年穿衣镜刚在乡下流行，镜子上有花，镜两边有对联，上面还有横批。大妈买穿衣镜那天，队里的妇女都跑过去看，都在那块镜子里好好照了照自己，都说大妈买得值。两件瓷器都是没用的货，一只帽筒，一只花瓶。花瓶只能插鸡毛掸子用，大妈说卖了它们，也是为了腾地方。

　　大爷举着扫把追着拍大妈，骂大妈败家。大爷当然不是因为自己有先见之明，料定瓷器日后会增值。大爷只说那是祖上留下的，饿死都不能用它换饭吃。但别人都觉得大爷说的不是真话，他生那样大的气，只因为大妈事前没跟他商量。大妈一辈子都没为什么事做过主，这次是伤了男人的自尊心。

　　那以后的许多年，大爷和大妈的感情好像一直没有弥合。他们一个住东屋，一个住西屋。我每次回家，都看见大妈孤零零地在门口的石头上坐着。大爷倒背着手从哪家串门儿回来，看见大妈只一句话：还不做饭？大妈也不言语，拍打一下身上的土，回家。

春节我去给大爷拜年，发现他老得已经不成样子。耳朵很聋，说话要对他嚷，他才能听得见。大爷家的陈设，还是大妈在世时的样子。一口墙柜，一架老式座钟，座钟两边塞着两卷毛头纸，是两张分家单。最早的一张是光绪年间的，是大爷的爷爷与自己的侄子分家。后一张是民国初年，是大爷的父亲与自己的兄弟分家。我们小的时候就看过那两张分家单，几十年过去了，大爷还留着。大爷对祖上的东西看来是珍惜的，不像别人以为的那样。

大妈去世七年了，是包饺子的时候歪在了炕上。大爷哭成了泪人，非要去棺材前给老伴磕个头。七年前的大爷还能做买卖，驮着两只大筐到处追集，卖葱卖蒜，现在却连走路都困难了。大爷跟我说的话，都是有关大妈的。说大妈临死连一句话也没说，什么东西也没留下，除了这块穿衣镜。大爷说着，还用掌心在镜面上抹了抹，镜面上原本有浮尘，让大爷给抹花了。只是大爷看不见，他端详镜子的时候，就像看着自己心仪的儿女。

大爷的墙柜上还有两件瓷器，一只帽筒，一只花瓶。是大妈当年卖掉的那两件瓷器的另一半。不知为什么，当年大妈没有卖掉一对，而是都卖掉了单只。现在剩下的这两件，一高一矮，一胖一瘦，站在座钟的两边，都显得很孤单。我在与大爷聊天的空隙，举起瓷器看了看底款，把我吓了一跳，花瓶居然是康熙年间的，帽筒则是洪宪瓷，如果不是赝品，那可真是值钱了！我吃惊地问大爷知不知道这两件瓷器的价值，大爷说，买老瓷的追了他好几年了，他们争着往上递价儿，大爷只两个字：不卖。给多少钱也不卖。我说，这是好东西，难怪大爷舍不得。大爷说，这两个东西，与墙上的镜子合在一起，就是你大妈这个人。我再缺钱，也不能把你大妈卖了，是吧？我愣愣地看墙上又看柜上，有点搞不明白大爷话里的意思。镜子与瓷器能合成一个人？这也只能是八十几岁的老人想得出来。这时门外的狗叫起来，又有人来串门儿了。我发现大爷对外面的狗叫无动于衷，他也许听不见。他的耳聋真是让人担心。

我对回收瓷器的熟人说，大爷家的瓷器早卖了，你就甭打算盘了。熟人哪里肯信，他说几天前他还去过大爷家，那两件瓷器还在柜上摆着。我说瓷器上面依附着人的灵魂，你还是收手吧。熟人则笑话我迷信，说都什么年代了，你还相信这一套。你就是不帮我，我也一定能把那两件瓷器搞到手，你等着瞧吧！我那天夜里做了许多梦，梦里都是熠熠发光的瓷器碎片。

爱　情

乡村是出产爱情的地方，可贫困又使爱情走样。

这些年我有个突出的体会，时代发展了，生活水平提高了。工资越来越多，房子越住越大。马路宽了，公园美了，可乡村有一点变化就那么难。因为工作关系，我到过一个山村采访，因为修一条通往山外的路，一位村支部书记累死了。他要筹措资金，要说服不愿出资出力的村民，还要像别人一样去现场挖土修路。几千米的路修通了，他的身体也不行了。他的妻子哭着对我说，他就是累死的，如果不是因为修这条路，他就不会死。

走在城市宽敞的马路上，我经常想城市的路与乡村的路有什么不同。城市的路不需要我们修，不用我们出资出力。修路带来些出行的不便，还有人骂娘。没了粮油补贴，普通市民与村里的乡亲并齐了肩膀，乡下生活还惹人艳羡。每到节假日，城市的人疯了似的往乡下跑。可城市与乡村到底是不能换位的。城市人热爱乡村是暂时的，乡下人羡慕城市，是永恒的。

前些年，村委会统一规划了一批二层小楼，曾让村里的有钱人趋之若鹜。楼房就是城市的象征，它们整齐划一地站在村庄的西南角，在一片青砖灰瓦中，分外醒目。要说楼房与宽宅大院有什么不同，就是楼房有楼梯，人能顺着楼梯登到高处。人在高处的感觉，大概是天底下最美妙的感觉。那个地方离我家远，又不通路，我遛弯时从没走到过那里。几年以后，我去那里找嫁过来的一个同学，才发现楼后是偌大的一个水塘，水中浮游着许多猪皮草，天气已经凉了，水塘还有些味道。同学的家门口正好对着水塘，我问水塘就这样下去了？同学说，周围的人家都往里面倒垃圾，希望有朝一日能把水塘填满。我便想这片水塘如果在城市会怎么样，它很快就会被改造成人工湖，周围种上花草，水里养上金鱼。城市改造的力量，委实太强大了。

同学家过去的宅院挨着路，路下是一级一级的石头台阶。小坝台上长着许多藤本植物，开着红红绿绿的花，从那里走过，就香气扑鼻。同学在买楼房的同时就把宅院卖掉了。那户人家不喜欢花草，小坝台上堆满了劈柴棒子。同学提起自己经营的一株金银花还唏嘘，说如果活到现在，该把一面墙都爬满了。

我来见同学是来转交一封信。这封信是我们一同读高中的男生写的。当年他们之间的爱情曾轰轰烈烈，男生到女生家里求婚，被女方父母轰了出来。原因就是男生家里穷，只有一间半房。男生说穷不扎根富不养老，他就跪在女生家的门外，希望感动女生的父母。后来男生当兵，报考军校未果，四年后复员了。女生就是这个时候嫁给了现在的丈夫，也是我们的同学。个子很小，不爱说话。那些年我们村的男孩子十六七岁就订婚。因为土地集约经营，不用下地干活。农村的女孩子不用下地劳动，当时是个不小的诱惑。

我与那个男生毕业以后一直没有见过面，直到有一次在饭局上不期而遇。看得出他正春风得意，额头很亮，眉目清朗。司机坐在他的下方，一顿饭都为他跑前跑后。饭局不久他又单独请我，让我无论如何转交这封信。这封厚厚的信被信封包裹得很严密，也不知涂了多少糨糊，信封的背面都硬得像夹纸。我说我不想做这件事，你找别人吧。同学则软磨硬泡，好话说了三火车，让我无可奈何。我说你告诉我信中都写了些什么，如果对别人构成伤害，打死我也不做这种事。同学反复强调只是礼节性的问候，虽然信厚得让我狐疑。我这次回乡不是专程来送信。可送信又是我此次行程重要的一件事。

我与同学夫妇一起坐了很长时间，当然是在楼上。他们从一开始就请我到楼上坐,楼上有一张床,我们分别坐在床边上。女同学显然对当下的生活不满意,说多半年的时间,男人只挣了两千块钱。早知道生活是这个样子,当年说什么也要复读考大学。男人一直沉默着,半天也没说什么话。女同学一次又一次地问我怎么想起来看她,我的手好几次都已经探到了包里,但都没有说出真实的理由。

那封信,被我原封不动地带回了城市。

偏　方

村里不知刮了一股什么风,一条街上便有三个人得了蛇疮。因为天气热,我大概有三周没有回家,偶一打电话,妈接电话的声音有气无力,我才知道她已经被蛇疮缠了十多天了。她不告诉我们,怕我们惦记。

因为几年前做过直肠手术,妈的身体一直是我们密切关注的焦点。稍有风吹草动,就让人胆战心惊。我和姐姐相约回了家,见妈憔悴得不成样子。蛇疮从前胸一直延伸到后背,一块一块的皮肉,像是被鞭子抽开了一样。妈说开始只是几粒水疱,后来便像带子一样连成了线,汇成了片,并伴有持续低烧。另两个患同样症状的是男人,离我家不远。人家都在住院,一个在县医院,一个在部队医院。我们焦急地问妈咋没去医院,妈轻描淡写地说,用不着。住院的每天都挂点滴,症状没减轻多少,倒是妈用了偏方,有了好的疗效。

　　妈长了蛇疮的地方，被类似红药水的东西涂满了。那些东西让我们半信半疑。民间的许多偏方我们也信，毕竟是这块土地长起来的，摸得透脾性。记得有一年，我因为脱早了棉衣，身上起了大片大片的红疙瘩，奇痒无比。妈让我点燃陈年的秫秸，用烟熏，居然一试就爽。可这件事涉及妈，妈的身上有大片溃烂的皮肉，怎么能让人放心偏方呢。我们执意要送妈去医院，妈耐心地说服我们，几天前蛇疮什么样，真像有头蛇一样在身上窜，每天面积都在扩大。可自从用了偏方，蛇疮已经明显收势了，边沿的地方甚至已经开始结嘎巴。妈说的这些我们看不出来，我们看到的是几近恐怖的蛇疮在妈的腰间围了带子，幸好另一边的腋下还有一块好皮肉。民间有种说法，蛇疮若把人完整地"系"起来，那就是要命的事。

　　费了许多唇舌都没能说动妈，妈只信那个偏方。本来转天才到换药的日子，可我们想看看那个兜售偏方的人什么样。驱车十余里路来到了洼区的一个小村庄，路上妈告诉我们，那个大夫根本就不像个大夫，就像个农民。人家治病还不收现钱，说好了再给。说话间那个村庄就到了，狭长的一个胡同，用玉米秸秆夹了寨子。我提前下了车，跟村里人打听有没有会治蛇疮的人，被问的人都摇头。我提起了那个人的名字，被问的人都"哧"地笑，说只知道那个人会养鸡，养鸡的人必是会治蛇疮？口气里满是调笑和轻慢。妈已经走进了那个胡同，我赶紧追了上去。我这时不是将信将疑，我是深信不疑了。

054 | 遍 地 都 是 野 芹 菜

那个院子是我见过的最肮脏最杂乱的院子。到处都是猪舍和鸡笼，摆得杂乱无章。到处都是乱糟糟的杂物，仿佛自从有了这个院子，就没有谁收拾一把。行医之类的标志是没有的，房屋很低矮，屋里居然和院子里一样，乱得不堪入目。原来我想，怎么也得是个乡村医院的样子啊！再不就是鹤发童颜，是个民间隐士。可那个被妈称作黄大夫的人，分明只有四十岁。贫弱，憔悴。衣衫不整，他的女人见了生人低着头走路。一只狗在屋里出出进进，也是只瘦得脱了形的狗。我没听黄大夫说什么，我把他的两间屋子都寻遍了，别说行医资质，家里连个药盒也没有。唯一让我看得下去的是男人脸上的笑容，怪朴实，让我不忍说什么。他已经把妈的衣襟撩了起来，手里拿着一个铁盒子，里面装着印油一样通红的东西，用手指抿一下，朝妈身上的患处抹。我都有些打冷战，因为我看清了那个铁盒子，上面写着三个字：凡士林。

问他这些药里都有些什么成分。他说不知道。我说你不知道药里都有些什么成分就敢给人治病？他说他不治病，他只治蛇疮。药是他爷爷留下来的，这是最后一盒，用完也就没有了。爷爷留下了几盒药，却没有留下配方。我从他憨实的脸上看出了狡诈，我想他这样说话，就跟街上那些卖狗皮膏药的没区别了。他说妈的蛇疮好得挺快，这次多涂一些，下次就不用来了。我意识到他这是在提醒我们给钱，我问他收多少，他散漫地说，有就给一些，没有就算了。

我给了他一百元钱，他收了。什么也没说。

我们走时只有妈一个人向他道谢。其余的人谁都没有什么表示。

几天以后，妈身上的蛇疮真如那个黄大夫说的那样，好利索了。只是皮肤上留了许多疤，阴天下雨就疼。

赶　集

二娘的儿子女儿都在城里工作，他们都想接二娘去城里住，二娘去几天，就腻了。二娘说，城里的楼上楼下走着别扭，谁都拿谁当贼防着，连个门子都没处去串。早上起来还要排队上厕所，为了不耽搁儿子媳妇上班，二娘总是早上四点多就起来，好在马桶上坐够了。赶上停电停水就惨了，二娘要穿越一个广场去公厕，走一个来回，要半个钟头。二娘每次去城里回来都不想吃饭，在城里不想吃，回来也不想吃。什么时候把家里的味闻足了，把城里的味忘得差不多了，二娘不想吃饭的毛病才会好起来。

一年中的绝大多数时间，二娘就独自住在乡下的四间瓦房里。阴历逢四、九是镇上大集，二娘每个集都去赶。二娘在家实在没有事，没有孩子需要照料，也没有土地需要经营。镇上离村里有四里地，二娘骑一辆三轮车，早早地去，晚晚地回。二娘赶半天集，也不见得买多少东西，二娘赶集就是为散心。集上人多，卖东西的也多。二娘这里看看，那里看看，还没把整个集逛完，就晌午了。二娘吃的用的穿的都是儿女们从城市里买的，他们还特别嘱咐二

娘别在大集上买食品，说不卫生。也别买穿的，说质量差。也别
买用的，说都是假冒伪劣。有一次，二娘在集上给自己买了条围
巾，是萝卜紫的颜色，围着自己觉得挺好看。却让女儿好一顿数
落，女儿说二娘买的围巾都是化纤成分，围着烧耳朵。下次再来，
女儿就给二娘买来了羊绒围巾，二娘却一次也没有围过。二娘说，
羊绒围巾才烧耳朵，围上总觉得脸上热辣辣的。当然这种感觉二
娘不会对女儿说，女儿是高中语文教师，漱口都用矿泉水，说没
细菌。二娘其实对女儿的做法很不以为然，二娘平时就喝生水，
喝了一辈子，身板好着呢。

　　不知从哪天开始，二娘就成了一条街的义务采购员。二娘推
着三轮车从家里出来，家家门口都站着拿着零钱的女人，从针头
线脑，到青菜猪肉，捎什么的都有。二娘一份一份地把钱收下，
把人家要捎的东西记下。遇到没有零钱的，二娘就先给人家垫上。
为了抄近路，二娘总是从河堤走。河堤很高，坡很陡。二娘每次
走到河堤下面，就有两三个人抢着给二娘推车。那些都是与二娘
年纪相仿的人，一拐一拐地上去，看着二娘稳稳地骑上车，再一
拐一拐地下来。

　　车厢的白铁片在颠簸中哗泠泠地响，喜鹊在大堤两边的白杨
树上跳来跳去。二娘偶尔摸一把衣兜，那里面都是零钱。二娘这
个时候总是很满足，她年轻的时候当过妇女队长，是统领，是女
人中最能干的人。不知从什么时候，二娘发觉自己成了多余的人，
谁都不需要自己，相反，自己还需要别人去惦记。想起儿子女儿
的样子，二娘就觉得心酸。别人家的老人愁儿女不孝，二娘却是

愁自己的儿子女儿太孝顺了，那种孝顺有时会让二娘觉得沉重得说不出口，二娘渴望自己还能对别人有些用处，如果单是混吃等死，那活着就没啥意思了。

二娘给左邻右舍捎了一春天的东西，从没出过差错，人人都对二娘捎的东西满意。二娘曾是好庄稼人，对什么东西都有自己的主见。所以把钱交到二娘手里，谁都很放心。有个大集正好赶上星期天，二娘早上起来就有些犹豫，怕儿子女儿今天回来。可不等二娘拾掇利落，就有想捎东西的人家上门了。二娘当然不能推辞，把三轮车推出了家门口。一些以为二娘今天不去赶集的人跑着回家取钱。二娘抿着嘴笑，这个时候的二娘，脸上灿烂得像盛开的花朵一样。

正是无巧不成书，这一天二娘的女儿回来了。二娘比女儿晚一个小时到家，娘俩儿在街上遇上了。这之前好多人都让二娘的女儿去家里坐，二娘的女儿都没去。她惦记二娘，路上车多，她总怕二娘让车碰了。二娘的小车厢里放满了东西，看见二娘回来，让二娘捎东西的人都欢喜地跑来取回自己的东西，连一句感谢的话都不用说。车厢里转眼就空了，二娘女儿的脸也阴了。她埋怨二娘不该答应给人捎东西。别人不满意怎么办？钱丢了怎么办？别人说东你捎西了怎么办？二娘解释说，自己加着小心呢，捎了一春东西，一点差错也没出过。女儿忽地就把眼睛睁大了，说您敢情是受人使唤啊，您是她们的使唤丫头吗？太阳那样大，脸都晒糊了，她们咋那样狠心，让您这个七十大几的人替她们捎东西，她们也真好意思！女儿当即流下了眼泪，她觉得这是自己的母亲在受人欺负。她所教的学生就是这样，谁挨欺负就要多替别人干活。她没想到自己的母亲也扮着这种角色。她去了附近的好几户人家，柔中有刚地乞求她们别再使唤自己的母亲，母亲年纪大了，使唤她不合适。那些人都红了脸，被二娘的女儿那样一说，都觉得无地自容。

女儿走了以后，二娘挨门挨户去给人家说好话。二娘知道女儿把人家得罪了，二娘就是想告诉大家，女儿是城里人，城里人的想法和乡下不一样。无论二娘怎么解释，谁都不吭气。二娘再去赶集，也没人让二娘捎东西了。

母亲的时间

母亲是地道的乡村女人，年轻的时候，用太阳的光线估摸时间。也有起早起猛了的时候，原本想四点下地干活，可越干天越不亮，不得已回家又去睡了个回笼觉。据我观察，母亲对时间总比对别的什么在意，比如吃，比如穿，她一辈子都很马虎。从来都不知道自己喜欢吃什么，喜欢穿什么。我们经常就笑她是个傻妈。可母亲时刻都想感知自己处在时间坐标中的位置，似乎每一分钟从她身边滑过，她都想有印象。

她对钟表充满了热爱。

三十年前父亲在北京务工，买回来一架木头座钟，花费28块钱。座钟头部呈拱形，坐在我家墙柜的木头底架上，被母亲蒙上一块花毛巾，模样就像一个小老头。三十年过去了，座钟还在滴答走，只是越走越慢。母亲每天都要跟收音机的整点报时对时间，哪怕只慢一分钟，母亲都要把它拨过来。三十年过去了，座钟的钟摆敲动的声音还像个小伙子，底气十足，嗓音洪亮。我们回家住在大炕上，越是无眠的夜晚越能听到它响声如鼓。午夜那十二声巨响，简直有点振聋发聩。于是我们对母亲建议说，把钟摆拿掉吧，多耽误睡觉啊！可母亲说，她在钟摆的叮当声中才睡得踏实，醒来就能知道几点几分。漫漫长夜里不知道几点的感觉，才是最难熬的。

那个时候我就说过母亲，天黑即睡，天亮就起，既不上学也不上班，您何必在意几点几分呢。

可母亲就是在意。她看时间不是为了做什么，我甚至觉得她能看出几分禅意。

城里一供暖，我就把母亲接了过来。开始是住在书房。家里每个房间其实都有可看时间的东西，比如电话，比如闹钟，比如电子台历，不但能看时间，还能看阳历阴历。可母亲对这些统统看不习惯，字小的看不清，字大的又看不懂。于是母亲跟我商量，能不能在书房安个挂钟呢？母亲从没对我提过什么要求，这个要求实在是太容易满足了。于是我第二天就跑到了钟表店，选了个像大个儿向日葵一样的大表盘，给母亲挂到了躺在床上睁开眼睛就能看到的地方。有了这个大表盘，母亲似乎从心里就觉得亮堂了。我发现她总爱朝那里看，经常看着分针和秒针一下一下地蹦，脸上居然是欣慰的表情。我问母亲一个钟表有什么好看的，母亲说，看是没有什么好看的，可有时候就是愿意朝那里看，看了心里就清楚。

母亲的话说得我一愣一愣的。看了心里就清楚。我不知道母亲所说的清楚会是什么意思。

今年女儿选择到外地去上学，我把女儿的房间收拾了一下，让母亲住了进来。女儿的房间在阳面，太阳一直能照到床上来。已经七十八岁的母亲，因为腿伤已经不能出户了，是最需要阳光的季节。母亲搬进来的第一天，我就主张把书房的挂钟移过来。可母亲不同意，她先说费事，后又说不好挂。还说自己既不上学也不上班的，不用总看时间。我们以为母亲终于听从劝告了，因为她经常习惯性地看时间，都影响睡眠了。母亲因为血糖高，夜里要起夜许多次，每次都要习惯性地看一下钟表，是会转移注意力的。所以母亲既然不同意移挂钟，我也就乐得省事。

母亲来的第二天，不知从哪里找了一节五号电池，就让女儿用过的一个小闹钟行走正常了。小闹钟只有女儿的小巴掌大，指针和表盘都是花里胡哨的颜色，眼神尚好的我都不容易看清楚。不知道母亲用了多少时间才让自己看得习惯。闹钟放在了写字台上，那天我跟母亲靠在床头聊天，随口说了句现在也不知几点了，母亲探了下头，就准确地说出了闹钟显示的时间，让我大为惊讶。我说，我以为您不想看时间了，夜里会耽误觉的。可母亲说，耽误点就耽误点，以后睡觉的时间多着呢！

我知道母亲这句话的含义，让我忽地起了一层冷痱子。

于是我突然想起，我或者我们不在意时间已经很久了。我们

野芹菜　遍地都是

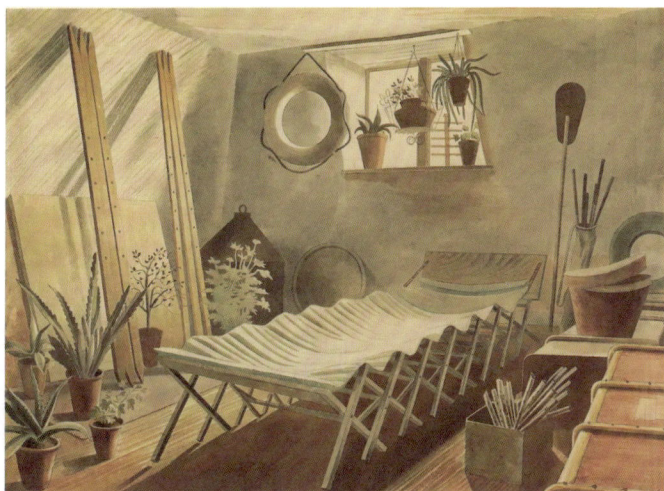

　　我发现那种味道会从房屋、树木、人群、家畜、农具、粮仓里溢出来。味道有些古旧，有些残破，可却让我迷恋。我在思考我迷恋的是什么，很久以后我给了自己一个答案——我迷恋一个叫村庄的地方。

野芹菜　遍地都是

　　乡村的夜被各种声音赋予了生命，这里没有光污染，天是清湛的颜色，星星显得细小，星光月光从窗缝里漏进来，人与天空就显得距离近了。眯起眼睛，似乎就是能飞天的仙女。

很多时候都不知道时间是怎么像水一样流淌过去的。今天跟昨天没有什么不同，昨天跟前天没有什么两样。日复一日的循环往复麻木了我们的神经。我们甚至回忆不起最近都做了哪些有意义的事。我们越来越忙，可我们的忙越来越不能表述。因为忙得越来越空泛，越来越表象。我们总不能把耗在酒席宴上的时间、把耗在休闲娱乐的时间说成忙的理由吧？可那些空泛和表象经常让我们引以为荣。从什么时候起，我们的"意义"越来越停留在口头上，越来越多地出现在会议文件里。而从我们的内心，不管生活之内还是生活以外，"意义"都已然是一种奢望了，我们悄悄改变了对意义的认知和领悟，能有"意思"已经不错了，社会就是这个样子，我们何必苛求自己呢？

我们每天无数次地看时间，除了上下班，除了约会和应酬。我们很少想起时间是与我们的生命息息相关的吧？许多年前我在汉沽开文学笔会，宴会的热闹处我突发奇想，觉得人生其实就是一本厚厚的日历，如果每一页都需要自己亲手撕去，面对那本越撕越薄的日历，我们还会那么在乎眼前的浮华么？

母亲已经老了。可母亲曾经像我们一样年轻过。

第三季：女人说话

经常登山，经常看到男人和女人一起登山。经常看到女人落后两步，嘴里喋喋不休说着什么。而男人仰着脸在前边走，目不斜视，声也不吭。逢到这种时候，我就恨不得朝男人喊一声：哎，你老婆跟你说话呢！

看多了这样的场景，就经常想女人为什么那么爱表达。很多时候甚至不分场合和环境，年龄越大，话题越仔密。年轻的时候，恋爱的时候，女人是不让人烦的，那时她们嘴里吐出来的，还是优美的诗歌。上了几岁年纪，那些诗歌就腐化成了陈旧的丝绵，不但面相不好，还有呛鼻子的灰味。

男人这样说女人：都过去多少年了，你还提这些陈芝麻、烂谷子干什么？

孩子这样说妈妈：哎呀，不用你提醒，我都知道了！

中年的时候，女人还会理直气壮地反驳几句，她们一边忙着手里的活计一边说：长着嘴不光是为吃饭吧。我不提醒你永远都不会知道！那个时候男人在上班，孩子在上学。女人家里外头忙得不可开交。再上一些年纪，女人的气焰就像天上的云彩一样连影子都没有留下，许多的话，她们只能说给自己听了。男人虽然也退休了，但每天都有自己的玩法。孩子有了自己的世界，一周也难得见上一次，见了面也不耐烦听妈妈叨咕些什么——妈妈叨咕的那些，是几十年里一直在叨咕的，耳朵早就起了茧子。

面对孩子的不耐烦，女人会惶惑得像个犯了错的孩子。

有一次，在酒桌遇到了女同事的爱人。女同事的爱人妙语连珠，不时令人捧腹大笑。之后偶然与女同事聊起家长里短，我随口问：你爱人在家里说话也这样幽默吗？其实问完这话就后悔了，这是一个能够想象得到的答复。果然，女同事说，人家进家就躺在沙发上看电视，一句话也没有。你跟他说话，他眼睛也不会离开电视，顶多用鼻子哼一声。女人说这话时虽不乏温情，但也听得出几许荒凉和无奈。

我们称赞一个男人，会说他绅士。可绅士这样的词，都不是能放在家里用的。假如在家居生活中男人对女人绅士起来，女人大概要用笤帚扫满地的鸡皮疙瘩。所以男人的绅士，是表现给外人看的。就像女人的服饰是穿戴给外面的人看一样。

女人的世界，自是与男人不同，就像女人的思维方式、行为方式与男人不同一样。很多时候，女人是懒惰的。这个懒惰，应该与身体无关。比如，女人宁可去干家务活，也不愿意读懂家用电器的使用说明书。通常是，女人要等男人或孩子把使用说明充分理解了，然后转换成一两句话告诉女人怎么使用。女人最常说的一句话是，不愿再动脑子。不愿意再动脑子，就是不愿意再接受新鲜事物，不接受新鲜事物，你嘴里的话题，就只能重复陈年往事。找一找女人自己的毛病，大概这也算一条。

可是，从我自己的角度来体察女人，就觉得男人和女人之间的差异差得多。很多事情，女人想瞒住男人，其实是瞒不住的。不定什么时候，女人一高兴，很容易自己爆自己的料。比如，女人存了一点私房钱，原本是想打理娘家的大事小情。可一旦家里有事用钱，女人会在第一时刻把自己的私房钱拿出来。再比如，女人在这一天里干了些什么，遇到了哪些人，经历了哪些事，也会在第一时间告诉男人。许多女人说起寻常生活也绘声绘色，这一点，男人又欠缺了很多。男人的话题，永远是直线型的，不起伏，也不曲折。既无悬念，也不生动。所以，男人不会叙述生活，自然在生活中，也就显得话少。

话多的女人招人烦。但如果哪一天女人突然不说话了，男人一定会觉得不对劲——这个家必是哪里出毛病了？一位朋友是电影人，总跟各色明星打交道。他对女人的总结，让我很受启发。他说女人就是一本书，分特装版，精装版，平装版三种。特装版的女人，自然是指那些影视明星，活在闪光灯的光晕里，有自己的专业美容师。粉丝如过江之鲫，但能让大众看到的，也只是生命中的那一段华彩。精装版的女人，是指那些职场的女性。有着合适的衣着和得体的举止，连微笑都恰到好处。气质一词，大约就是形容她们的。第三类平装版的女人，就是你家中寻常的那一位。衣衫不整，或蓬头垢面，每天絮絮叨叨地惹人厌烦。围城中的那道墙，就是她们用行为和思维设置的，令无数男士做梦都想破城而出，从而演绎许多悲情和感伤故事。

可是，我突然意识到，这里面是有玄机的。特装版的女人就不用说了，离咱的生活远，咱完全可以视而不见。但精装版和平装版的角色，是完全可以相互转换的。你家里平装的那一位，也许就是别人眼里的精装版。而你眼里精装版的女人，恰恰是别人家里平装的那一个。

老照片

在一个名叫结庐桃源的网络论坛，许多网友都成了朋友。有一个名叫无人独舞的网友突发奇想，说我们都秀一秀老照片吧。于是应者众多，隔着电脑屏幕，似乎都能看到有人在翻箱倒柜。甚至有人跑到老家的祖屋里去寻找。找到的除了老照片，大约还有别的吧。照片光找到不行,还要翻拍,或电脑扫描后发到网上来，才能让众多网友看见。网友中摄影发烧友不在少数，这都难不倒他们。于是有人给出建议，要想照片翻拍得好，一是要找块黑布，或一个黑色的电子相框做背景。二是如果没有专业的台子，可以把椅子放到阳台上，上午的光线最好。三是要用三脚架固定好相机，选好角度，避免拍出的照片变形等等。诸如此类，都是肺腑之言。第一个人发了张大学毕业合影，那是一位名叫按时的老先生，大约有六七十岁了。看那合影右上角的日期,写的是 1964 年。

那个时候，大部分网友都还没有出生。有了老先生做向导，论坛马上刮起了发合影照片热。高中的，初中的，小学的，甚至还有幼儿园的合影照片，都从天南海北的方向聚集到了一个网络空间，网友对图片总是比对文字更感兴趣，因为图片更直接，更具体地帮你认识并了解一个人。

合影照片一般都有两个特点，一是人头多，二是影像小。人数最多的一张合影照片六十几个人，还别说从未谋面的网友，就是主人公的亲朋好友，要从这六十几个头像中找出想找的那一个，大概也绝非易事。这就提供了一个类似猜谜般的有趣游戏，调动了大家的参与热情。有些人从小到大变化都不大，或者脸部有某些明显特征，这样的人总能被人从众人里一眼提拎出来。更多的人，则都属于芸芸众生中的某一个，还别说让陌生人辨认，就是自己指认出来，还要惹大家打趣：这个是你吗？你小时候有那么漂亮或那么帅气么？

怀旧是人类的一种本能。不管是年长的，还是年少的，岁月的划痕带给人的温馨和怅然感觉大概都差不多。同样都是"小时候"，因为横跨了差不多半个世纪（从五十年代到九十年代），有时候居然会产生错觉，时间似乎是在某种状态下停滞了，五十年代的你，和九十年代的他，在时光的影像中，重叠了。时代不同，背景不同，但经纬线路都在时空纵横里，就有一种被嫁接的绵延感觉，让人生出厚重遐思。

照片看得多了，我突然发现了一个问题。我把许多人的合影放到一起比较，就发现，年代愈久远，照片愈好看。比如，二十世纪九十年代的照片，远不及七八十年代的照片好看。而这些好看的照片，又不能与五六十年代的相比。而时光更远些的照片，甚至不能说是好看，而要说魅力了。这个好看，当然不是指面相，不是指哪个人。而是从整体而言，那些老旧的黑白照片，凸显出来的那个群体，皆眉目疏朗，目光纯净从容，蕴含着一种向上的气韵，让人感觉到他们的前面，是宏大的天空。而时光愈往近里走，愈发现虽然照片上了颜色，服装漂亮了，背景漂亮了，高大的教学楼占据了整个画面，孩子们的脸上，却是一种拘谨和压抑的表情，与年龄很不相称。甚至，在偌大的画面上，孩子每人一只木凳坐在那里，却仍是显得拥挤。这既有人为因素（摄影师的手艺），好像又不单纯是人为因素。虽然穿了校服显得整齐划一，却又显得呆板和空洞。让猜谜的人们，寻找得很费力气。面对那些照片，有时我会发很长时间的呆。好看的，怎么看都看不够。不好看的，则想看出点什么来，解答自己心中的疑问。当然，我期望自己的感觉不准确，但在网上与朋友交流，才发现许多人的感觉居然跟我　样。

有一张合影让我印象深刻。一位网友发了自己父亲的一张初中毕业照片，那是个边远省份，天空显得高远，现在也被许多人说成是火星人居住的地方。奇怪的是，那张照片上的人看上去都让人愉悦，愉悦就是赏心悦目。那些花季的少男少女，穿越遥远的时空与我们相遇。现在他们都已经是垂暮之人了，但先前的美丽，仍温暖着我们的心。美丽其实就是一种自然怡然的状态，与长相无关。当时我就想，让他们美丽的条件是什么，难道是他们身后的那片山水？老照片透露的很多信息，都让我着迷。闲暇的时候，我会在网上淘一些。民国的，前清的，可惜更古远的时候还没有摄影技术，否则，我们的生活，会丰富很多。

网人网事

被几个朋友拉入一家网上论坛，从此便成了那里的常客。闲暇时经常登录上去看看，发个主帖，或者跟一下别人的帖子，久了，便认识了一群网友。这群网友天南地北，五行八作，脾气秉性不同，却各有各的神通。有的写得一手绝妙文章，有的诗词歌赋样样精通。有的擅出谜面，几千个谜面看一遍就让人眼花缭乱。有的则擅猜谜底，任你有千变万化，我则能一猜定音。那些网友偶尔会搞个见面会，华北的，西南的，还有新加坡和美国的，男女老少各年龄段的都有，但因为一张网，仿佛比在现实生活中更容易彼此沟通和了解。否则也就很难想象天南地北的人坐着飞机去赴约会，而那种约会，又与爱情无关。

网友都有马甲，有的还不止一件。其实就是在网上的一个称呼，自己可以起得随心所欲，越个性越好，越吸引眼球越好。一条鱼，观弈，铁将军把门，三杯不倒，十三幺，烛影摇红，煎饼，烧不死的鸟，墨菲，等等等等。熟识的都像邻家人，文风，语气，习性，都一清二楚。今天叫千里纵横，明天叫小小蚂蚁，可只要在论坛上一冒泡（发主帖或跟别人的帖子），不张嘴则已，一张嘴就能让人猜个八九不离十。

我当初在论坛上发主帖，是因为写《慢慢消失的乡村词语》这本书。我每周发一篇，既为征集线索，也为能让自己坚持下去。每篇稿子都有很多网友跟帖，提供线索和参与交流。有许多网友期待下一篇稿子，这无形中就是一种激励。还记得当时有位河北的网友叫小李飞刀，因为地处邻县，许多乡俗和口语的表述方式都有近似之处，他给我的创作提供了不少素材，也给了我许多中肯的批评和建议。可惜后来再也见不到他了——这也是网络的一个特点，对于大多数网友来说，上网了，才是朋友。下了线，就成了纯粹的陌生人，而且非常可能从此杳无音信。

论坛就是一方敞开大门的城池，随时可以进来，随时可以出去。随时可以发表任何你想发表的见解和观点。偶尔还能冒出思想的火花，点亮别人的心房。或者求助，或者学术，都是以文（字）会友。我喜欢论坛，是因为那些网友幽默风趣，能让你发出会心的笑，能让枯萎的日子开出花来。不知道红烧鱼翅怎么做，什么牌子的化妆品适合油性皮肤，你尽可以问得随心所欲，有问的就有答的。知道答案的认真回答，不知道答案的灌灌水。灌水也是网络行话，开个善意的玩笑，既让别人觉得有趣，又让自己觉得开心，真是两不耽误。网络原是虚拟空间，但带给人的快乐，却是实实在在的。

我起初上网，许多网友的话都不懂。不知道第一个跟帖的叫坐沙发，第二个跟帖的叫板凳，第三个跟帖的则叫地板。甚至给别人发小纸条，问什么叫"六毛"？网上的朋友跟生活中的朋友其实没区别，只是交往更纯粹也更简约。因为相熟，会开些无伤大雅的玩笑，有些玩笑会显得暧昧，便让人称之为"六毛"。"六毛"原来是"流氓"的变异，可这变异来得有趣和灵动，说谁一句"六毛"，都不会觉得尴尬。反之，若叫谁一句"流氓"，那可是塌天的事。

女儿读初中的时候，我经常被那些深奥的数学题弄得一头雾水。我把那些百思不解的数学题发到网上，不消几分钟，便有各种不同解法得出的答案传到网上来。网友的聪明和热情，给我留下了深刻印象。其中有叫门口儿和茶包的，脑瓜儿聪明得让人五体投地，任是什么样的题都难不倒他们。后来得知，茶包是著名的 IT 专家，而交往几年，门口儿是男是女我都不知道——这是网络的又一个特点，你张扬的，只是你的文字。而另一些属于你隐私范畴的包括姓名、性别、年龄、祖籍、职业、婚否等等，都可以无条件地秘而不宣——我上网几年，都没有网友主动要过我的电话号码，网络自有网络不成文的规定，人们都在有意或无意地遵循着自然的法则，这一点给我的印象很深。生活中曾经有人把网友妖魔化，让我好一阵辩解。

5·12 汶川地震，也牵动了网友的心。我们这个论坛是私家论坛，所以访客并不多。但因为有四川的网友，大家都在第一时间上线，关心网友的安危，询问灾区的情况。又在第一时间组织捐款，提供账号的就是位四川的网友，女性。她把全部捐款分成两部分，将一部分现金亲手交给受灾严重的小学校的校长。另一部分现金，买了大量的妇女和儿童卫生用品，亲自押车送到了灾

区。有关捐款和捐献物资的图片被迅速传到网上，让大家明晰资
金和物资的流向。我一向觉得这是效率和作用都发挥到极致的一
次捐款，什么时候想起来，都觉得很感动。

　　网络带给每个人的感受肯定都不一样，是因为上网的目的不
一样。有的人是为了发泄，穿一件马甲，就成了隐身人。既然可
以隐身，说话就可以不负责任。而这样的人往往又会成为众矢之
的。你向别人发泄，就有人向你发泄，很多无谓的争端就是这样
引起来的。更多的人，则是把网络当作通向世界的一个窗口，我
认识的一位居住在南京的老教授就是这样，他眼睛不好，每天家
人限制他上网时间，所以他很少发主帖，只是在熟悉的网友后面
跟跟帖子，谁有学问方面的问题，都会向他请教。而他会把自己
掌握的以及搜索到的资料贴到网上来，供人家参考。施教与受教，
在网络上是最寻常的事，但因为穿件马甲，从任何一个角度看上
去，两个人都是平等的。

　　许多人愿意到网上来，寻找的其实就是这样一种平等的感觉。

网上村庄

　　这座名叫"结庐桃源"的村庄，坐落在网上空间内一个不起
眼儿的地方。村里有村主任，名唤尖子。有妇女主任，名叫再别
康桥。当然这些都是网名，熟识得连喘口气儿都能辨出谁是谁，
但照样不知道他们姓甚名谁是男是女。村干部都不是民主选举产

生的，而只是一个约定俗成的称呼。你这样叫他也这样叫，久了，便成了村里公认的领导人。干部也没啥权力，也就是比别人多些打趣的话题。既是结庐桃源，一个"义"字，一个"情"字，都能让人生出许多遐想。

住进虚拟的村庄有许多好与不好，省鞋子，但费眼睛。省唾沫，但费电。相信这样的好与不好还能找出许多来。但有一种好，是可以润心润肺的。来网络村庄的人，或多或少都有些心事，通过主帖抒发情怀，记录自己在工作和生活中的所思所得，既在岁月中留下了印记，又与网友进行了交流。读帖的人则一路默默相跟，有心与心的碰撞，有灵魂与灵魂的交流，情感就是这样一点一滴建立起来的，了解也是这样一点一滴深入的。网友之间的相互信任，是一种奇妙的现象，因为没有利益和人际关系牵扯，那种恣意和放达，是生活中不多见的。怎样育儿，或怎样为人妻为人夫，怎样与同事或刁钻的上司相处，怎样理财，怎样学好英语，怎样买打折的名牌商品，怎样养好宠物，都可以成为话题。不得不承认，网络有时候更像良师益友，因为不用知恩图报，心里也少了许多负担。

心情不是随时随地都能说与人知的，不想说，不愿说，或不能说的事，都可以到网上说一说。不说出来，就是心事。说出来了，就成了往事。一个叫娜娜的网友在新疆当过兵，人也豪爽得让人想不爱都不能。在部队的一段情缘，成了心中永远的痛。某一天，她记录了那些青涩日子的往事，并坦诚地宣告，在一些特殊的日子里，我想他！随即发出哈哈哈的一通笑，告诉大家千万别告诉我老公啊！帖子看到这里，由不得人不动容。人这一生，是有许多无奈的，我们选择的也许根本就是不该选择的。可既然选择了，也只能一路走好。网络让女人有了释放的窗口，不释放前，那些情绪是个球，在心里滚来滚去。释放了，那些情绪就成了一缕风，有时候，自己都找不到它的行踪。

网上有成就姻缘喜结连理的，甚至上了凤凰卫视的《鲁豫有约》。记得一个细节，小夫妻的父母收着自己孩子的结婚证，怕他们争争吵吵着就拿上结婚证去打离婚。网络是伴随着他们日益成长和成熟的，也难说没有网友的功劳。女孩子谈恋爱，心情和男朋友都要到网上晒晒，征求一下网友的意见。有时候与男朋友有了小矛盾，到网上说一说，网友的主意五花八门，但都还客观。不客观的，那一定是打趣，博得女孩子一笑，心情好了，就什么都有了。当然，摩擦起火的事也时有发生，男人和女人，或女人和男人，斗嘴，或产生生物电。斗嘴斗到激烈时，会有人"遁了"（隐身）。人跑了，心却留在了桃源村里，被谁出面喊一喊，离去的就又回来了。因为隔着时空，生物电的火花可能曾经耀眼，但时间会让那些火花变成烟花，虽说灿烂，却只开一瞬。而后，情感埋在心底，村庄归于岑寂。那些喧嚣和热闹，就像节日的舞台，总有落幕的时候。村庄以一种温婉祥和的姿容面对每一个村民，不由得人也温婉祥和起来。一个网上的村庄，也会有这样那样的人，这样那样的故事，除了不食柴米油盐，和生活中的村庄没有什么两样。

网友写的帖子，其实就是各种各样的文章。网友都不是专业的写手，所以那些文字都显得随心所欲。但他们都是热爱文字的人。写作不是为了发表，而是为了表达。没有功利概念，文章便有了另一种味道。不功利，就绝少粉饰。于是那些文字就有了朴实和自然的底色，很多文章读起来灵动，俏皮，妙趣横生。用一些常规的话讲，那就是语言生动，人物鲜活，细节感人。我熟悉的几个女网友，一个叫香香，一个叫冬瓜，一个叫纤纤，一个叫实心大包菜，还有一个叫叶萋萋，经常把自己的生活搬到网上来。有时候，会把那些文字命名为小说，就如张爱玲的执子之手一样，明眼人能看得由表及里。那些情感的印记，即便是用了第三人称，即便是以文学的名义加以掩饰，还是难逃法眼。而这些动人的文字，经常给我以启迪。

村庄里也会有空无一人的时候。我喜欢这个时候到网上村庄来，写一些关于女儿的故事。女儿的成长过程中，有许多新鲜有趣的事。从出生到上幼儿园，小学、初中、高中，哪一个年龄段，都有许多故事储存在我的记忆里。我把那些往事攒在一起，预备将来有一天，给女儿做嫁妆。

醉酒以后

女友告诉我，她又结了一次婚。在网上。

应该说这没有什么特别。媒体上这样的消息很多。结婚算什么，还有人在网上安家，养孩子，养宠物，连窗帘的颜色都要彼此协商。一切都像在现实中居家过日子。可现实中的日子就那么乏味而疲累，网上则新鲜有趣得多——比如女人给男人准备了一杯咖啡，虽说咖啡冒着热气，问题是你喝得到吗？只有喝不到才会被吸引，生活也许就该这么折磨人。

这是梨花似雪的春夜，女友瑟瑟敲开了我家的房门。一股酒气先于她苍白的面色扑门而入。她告诉我，她一个人在酒吧喝了酒，是为了给自己壮行。明天她将赴遥远的一个城市去见一个人，三个月前，她与那座城市的某个人在网上结了婚。

她歪斜着醉眼看着我，手指神经质地敲击着沙发扶手。她说你会笑我吗？我说我不会。她说你不要给我忠告，我不是小孩子。我说我不会。她说你不要阻止我，我已经下定决心了。我说我不会。我的确什么也没有对她说，我不知道应该说些什么。私心里我甚至对她有几分崇敬。四十岁的女人了，还有勇气寻找爱情，想一想都觉得悲壮。

你是不是不相信我说的话？她从随身携带的包里拿出了火车票，在我的面前挥了挥，就迅速收走了。她神秘的样子就像个小女孩。

我知道女友的婚姻一直不幸福。不幸福，又不愿意离婚。因为结婚的时候不是缘于爱情，所以也不会因为爱情而分手。她说如果没有网络，日子真就这样浑浑噩噩下去了，可网络突然为她开辟了一片天，她在那片天地里居然找到了爱情。虽然两个人都未曾谋过面，可爱情居然也能穿心而过，心心念念地向往和惦记，泪水会把枕头濡湿。一方荧屏仿佛只是一堵墙壁，一个人在里，一个在外。夜梦里一场车祸会让她大汗淋漓，她说他们谁都不能死，因为不会有人传递死的消息，那样还不把对方等成一块石头？

我什么都不想说，却挡不住好奇。男人什么样子？多大年龄？你这样千里迢迢地奔了去，想没想过会有意外发生？酒醉的女人大都很可爱，神情俏皮得根本就不像她的年龄。她仰头望着屋顶，脸上满是憧憬和迷醉。她说意外肯定会有，但现在还不知道。生活肯定是由许多意外组成的。有意外才有未知。有未知才有悬念。有悬念才有刺激。有刺激的生活才是生活。否则人都要窒息而死了。我伸过一只手去扳正了她的脸，我说你这话到底是不是醉话？我听着怎么像似醉非醉啊！她狡猾地朝我挤了挤眼，说醉话与非醉话，你听不出来吗？会有本质的区别吗？

应该说，我是了解女友的，她头发梢上的事情我都知道。十几年前我们都是小姑娘的时候，就一起做过许多白日梦。后来那些梦就散了，像云烟一样无影无踪了。没有了那些梦，人就平实得像地里长出来的萝卜，尽管心里带些颜色，但要切开了才看得见。醉酒也许就是最好的一把刀，端出来的心心肺肺也许会令人感伤，但难得一见。我在上班的路上遇到了外甥女。我一直把女友的女儿叫外甥女，上小学五年级，是个鬼精灵样的小丫头。我没有问起她妈妈，我有点问不出口。是外甥女主动跟我说，这两天妈妈连班都不上，总赖在床上起不来，胃疼。我吃惊地问，她没出远门儿？外甥女跑着去追公共汽车，回头冲我招手说，去看看我妈，看上去她病得不轻。

见面我们两个不约而同就笑了。说起那天的醉酒，她有点不好意思。因为很小的事跟老公吵了一架，就动了喝酒的念头。我向她要火车票，我说那天你看都不让我看一眼。她吃惊地说，什么火车票？我微笑着看她，我说你不是要去遥远的城市吗，那里不是有你的网上恋人吗？她沉思地看着窗外，树上刚好落下一只鸟，鸟在树叶上弹跳，朝屋子里的人打招呼。女友说，我不知道你说的话是什么意思，我记得我醉酒以后去了你家，至于说了什么，我真的一点都想不起来。

我提那座城市。我提网上婚姻。女友居然一脸茫然。她说她的电脑停网一年多了，哪里能扯上什么网上婚姻。

我说，是你亲口说的，你赖不掉。

女友平和地说，请允许我对你说一句真话。如果真有那样的事，我不会告诉你。即使是最好的朋友，我也不会把隐私示人，你说对不对？

轮到我无话可说了。

都只道酒后吐真言，原来还有酒后说妄语。

女人爱美

都说爱美之心人皆有之，男人与女人在某个年龄段是不一样的。小时候就不用说了，小女孩的两只毛毛眼刚一开窗子，就已经知道臭美了。用我母亲的话说，鸡追狗撵年龄的秃小子只知道傻淘。女人从成年到老去，心理年龄并不像生理年龄的变化那么明显。尤其是到了垂暮之年，显而易见的是，这个年龄的男人思维已经开始单向了，但女人的一颗爱美之心却不曾泯灭。这个年龄的女人，已经没有高矮胖瘦的评判标准了，即使身体已经不那么健康，可她们的眼睛，仍然是心灵的一扇窗户，对美的认知和追求，仍然在自己力所能及的范围内用心用力，这一点给我的印象很深。

先说邻家的四娘，年轻的时候摔坏了一条腿，没有接好骨头，七十几岁的年纪，不得不借助一支拐杖走路。一次来我们家串门，门前的台阶很高，四娘费力地下了台阶，我才发现她的腿一拐一拐瘸得厉害。那支拐窝在腋下，四娘要拧过身子，把全身的重量往拐的方向倾斜，才勉强能移动脚步。我好奇地说，四娘，您咋不挂两支拐啊，安全不说，还可以省很多力气。四娘却停下了脚步，扭过脸来认真地对我说，挂一支拐就够寒碜的了，挂两支拐，真是丢死人了。

在我的眼中，四娘挂一支拐或两支拐，是没有分别的。我不觉得四娘挂一支拐好看，挂两支拐就不好看。相信大多数人都和我持相同的观点。还别说古稀之年的女人，就是再减去一二十岁，在寻常人的眼中，女人的好看与不好看，还能算回事么？但你我的观点，显然都不能代表四娘的观点，四娘在这个问题上，是有着独特想法的。四娘是一个白脸女人，所谓一白遮百丑。年轻的时候什么样，我是不怎么知道的。我看四娘的好看与不好看，自然是通行的标准。通行的标准很显然不适合四娘自己。所以四娘的话给了我很深的震撼。当时我目送四娘艰难地走过了街拐角，还在想一支拐与两支拐的区别问题，说实在的，我感觉四娘的话有点"雷人"。

婶子与村里的其他女人不一样，这从她的形容可以看出来。衣着总是让人想不到的鲜亮。有时候村里的年轻人都非议，说七老八十的人了，怎么还穿花骨朵一样的衣服呢！婶子是一个敞亮的女人，心里有什么，就说出来。想穿什么，就穿出来。所以大家能从她的身上看出来流行。记得前两年流行花裤花袄，婶子首先把大团的牡丹穿在了身上，带动了一条街的风景。婶子还频繁地去逛集市，有一次，我吃惊地发现，她大冷的天逛了半天集市只为买瓶擦脸油。

我留意到，婶子不止用擦脸油，还用护手霜。所以婶子的脸和手都不像她这个年龄的女人。村里的大娘们说起她都是艳羡的口吻，婶子的儿子在深圳工作，一回家出手就给她几千块钱，所以人家是有条件讲究的人。婶子是这一条街上最早不烧柴做饭的人，原本我还想复复古，说柴草烧出的饭菜香甜，可那些都有了一把年纪的大娘们一律不同意我的说法，她们说，你说柴草做出的饭好吃，是因为你自己不烧锅做饭了。但凡有一点条件，谁愿意过锅上一把、锅下一把的日子呢，灰头土脸不说，按照城里人的说法，也不卫生啊。于是我赶紧检讨自己，是不是犯了站着说话不腰疼的毛病。

要说女人爱美，最具代表性的当属六奶奶。这一条街，过了九十关口的就只有六奶奶一个人。儿孙都在城里工作，六奶奶每天的任务，就是去跟那些小她一轮的小姐妹们玩纸牌。邻家的一个孙辈的年轻人负责给她的水缸挑水，其余的一应事务，六奶奶都自己料理。每天出门之前，六奶奶都要用梳子沾了水，抿一抿鬓角，然后对着镜子左照右照，那份仔细，都赶得上演员上妆了。院子里无论开了什么花，都要掐一朵戴在头发上。金银花，喇叭花，芍药花，月季花，都能装扮六奶奶的那张脸。人活到那把年纪，就跟老神仙差不多了，无论穿了什么戴了什么，都觉得好看，都觉得有趣。过年时，六奶奶的儿媳妇回家来，嚷着腿疼。儿媳妇都已经七十岁了，可六奶奶说她，你那么小的人儿，咋就闹了腿疼呢？

儿孙休完年假要回城里上班，六奶奶眼巴巴地对儿孙说，你们谁有旧手机么，我也想用呢。六奶奶是个从不对儿孙提条件的人，这个要求，可是出乎所有人的意料了。于是孙子开车赶回城里，花一千多块钱给奶奶买了部新手机。六奶奶再去玩纸牌，手机就在口袋里揣着。如果儿孙哪天没给她打电话来，她就央人把电话拨过去，对儿子或孙子说，我没有事，就是告诉你们一声。大家看着她都笑，六奶奶自己也忍不住笑个没完，说你们都笑我臭美吧？我还就是美不够呢。

在世界范围内，女人的平均寿命比男人长五岁，这是巴西的一家研究机构的科研成果。他们认为，女人长寿的奥妙是因为活动量小，体质较弱。而英国科学家，在本国进行了一次大规模的针对人类心脏血管系统，对人类衰老影响的研究，结果发现，女性比男性拥有更"年轻"的心脏。随着年龄的增长，女性的心脏泵血能力并没有明显减弱的迹象，这一点与男性正好相反。

专家的看法自有专家的道理，我更倾向于自己的观察。女人长寿，也许就与爱美有关。

更年期

办公室的老秦每天上班都哈欠连天，说老伴整宿睡不好觉。老伴睡不好觉他当然也睡不好。经常是他睡得正香时老伴突然坐起了身，把他捅醒。说结婚这么多年，我给你们家卖了多少力气啊，我这一身的腰腿病，都是这些年在你们家累出来的。然后便如数家珍，一宗一件，公公婆婆，大姑子小叔子，受了谁的委屈，挨了哪些劳累，均说得一清二楚。老秦一直在城里工作，前几年才在城里买了房，把老伴接了出来。结婚几十年，老伴一直是个任劳任怨的人，从不喊苦叫累，把一家老小侍候得舒舒服服。不知从什么时候起，老伴就变了脾气秉性，有时半夜把老秦叫醒，就是为了告诉他某年某月某日，她从地里背粮食时曾经崴了脚。

一个办公室五个人，每天听老秦的诉说成了固定节目。更年期这个词语，也迅速在办公室蹿红，成了使用频率最高的一个名词。谁哪天心情不好，顺带着就会说一句：我是不是也更年期了？开始老秦还说得愁眉苦脸，经常八字眉倒挂，作痛不欲生状。后来这个话题有了诙谐的成分，人们用轻松的语气打趣老秦，嘻嘻哈哈中，老秦逐渐也摆平了心态。再谈起老伴的更年期，老秦开始谈笑风生，哪怕又被老伴折腾得半夜没睡好，也不再恶声丧气了。

　　稍一留神，才发觉更年期在生活中成了时尚词语。哪个女同事脾气不好，一准会有人说她犯更年期呢。妈妈爱叨叨孩子，孩子便说妈妈患了更年期综合征，其实那位妈妈刚 35 岁。一位大姐总觉得胸口憋气，吃了很多调节更年期的药品，结果事实证明她不是。X 光显示是肺部隐蔽的一个部位出现了炎症，差一点耽误了治疗。还有些人到了谈"更"色变的程度。因为经常登山，认识了一位"山友"，她谈起自己姐姐的更年期，说得更邪乎。姐姐原本是个贤惠的女人，对丈夫和孩子都很好。自从到了更年期，整天闹得全家鸡犬不宁，总怀疑丈夫会在某一时刻出轨。于是黏豆包一样跟在丈夫屁股后头，尤其是晚上丈夫出门儿，走到哪她跟到哪，让丈夫不胜其烦。记得那天我们在山顶上为这个话题探讨了半天，也笑了半天。笑着笑着，心便有些苍凉。女人的这一生，是生理告诉身体你走到了哪一步，就像山上的花儿一样，不经意地为季节开放。

　　有一次回老家，无意中问起母亲记不记得自己的更年期什么样。母亲追问了我半天——她居然从没听说过这个词儿，就更别说有关更年期的种种症状了，母亲懵懂的样子像个孩子。这让我诧异，母亲那辈儿人的辛劳，是多少文字都难以描绘的。但再辛劳，属于女人的性别特点不会改变吧？我索性串了左邻右舍的门，问起母亲的两个老姐妹。另一个我叫婶子的人，像母亲一样对更年期一无所知。她甚至追问我更年期是个啥东西，我费了许多唇舌，也没能解释清楚。二娘见多识广，是知道更年期的人。她回忆起自己的那段岁月，一口咬定从来没有"更"过，身体一点反应也没有，有也不知道。"当时刚包产到户，一家分了十六块地，每天都有干不完的活，哪有工夫更年期呢！"二娘如是说。从二娘的嘴里我琢磨出的意思是，更年期原来是可"更"可"不更"的，那是闲人的"活儿"，"忙人"是没工夫或者不屑于"更"的。

事实当然不是这样。作为一种生理现象，每一个女人，都有"更"的权利，这就像吃饭和睡觉一样，是必然经历的一个过程。可这个过程本身，也有些有趣的现象。记得十几年前，一位老大姐说自己好像更年期了，就有同事说她，这是隐私话题，不能随便让人家知道。当时那位老大姐已经五十几岁了，办公室里都是女人，同事还为这个话题红了脸。现在我留意到，更年期的话题已经能上公开场合了，老秦老伴的更年期倒还在其次，有位朋友三十出头，有一天心情不好，就大张旗鼓地当着男女同事宣布：我更年期了，谁也不要理我！

男的更女的也更，老的更少的也更。当然有人"更"得真，有人就"更"得假。更年期像时尚物品一样，似乎有了流行的趋势。母亲那代人，是没工夫生病的，即便发烧了，也只是用被子捂一捂，出身透汗，也就没事了。至于更年期这样的洋名词，更有些像奢侈品，劳动的女人，是无福消受的。

不否认更年期的反应程度人与人不一样，但现代人的更年期有矫情和夸张的一面，当是所言不虚。如果说，我对母亲她们小范围的调查不足为凭的话，那至少也说明，更年期是与生活水准和劳动强度成反比的，虽然说起来让人有些心酸。

私人空间

儿子考学走了，家里一下子富余出老大的空间。女人把自己使用的电脑、书籍、私人物品之类从卧室的一隅搬进了儿子的屋里，并用铅笔写了四个漂亮的美术字贴在门上：闲人免进。

看了又看，觉得这四个字未免生硬。找了儿子用过的橡皮涂去了"免"字，改成稍温和一点的"莫"字。再看，这四个字就像女人一样笑模悠悠了。家里房子窄巴，女人一直想有自己的私人空间。那种想，都有点成心病了。

男人下班回来，看见了那四个字却假装没看见。女人在厨房有点忐忑，想男人会不会感觉复杂。女人真的没有别的想法，她只是想拥有一块属于自己的天地，当然还想体会一下别样心情。这些年，夹在丈夫和儿子中间，她把妻子和母亲的角色扮得都很好，可她总是对自己不满意，她丢掉了她自己。

女人从厨房出来，意外地看见男人正在往卧室的门上贴横幅，却是狂草：闲人免进。男人的狂草当然很不成样子，但那种心绪却是表现得淋漓尽致。女人觉得男人是在用这种方法提出抗议。女人一点也不为之所动，她的那种渴望实在是太久了。

吃了饭，男人和女人相视一笑，各回各的屋子。他们有点像电影中的那种合租者，彼此心照不宣，甚至还有点客气。那种距离一下子就产生了，他们有点别扭地彼此道了晚安。

女人躺在床中间，听着乡村音乐，跷着二郎腿看书。电脑打开着，荧光一闪一闪地辉映着窗外的星星。这就是女人想要的生活。安静的，没有人打扰地做自己想做的事。可女人却发现自己很难集中精力，即使那本书是她几年前就渴望读完的。

房间安静得能听见窗外黑夜行走的声音。那种安静让女人很寂寞。女人想知道男人是不是和自己一样寂寞着。女人决定偷偷去看一眼男人。女人差点把鼻子气歪了，男人把电视抱进了卧房，歪在床上，举着啤酒瓶子，边喝啤酒边手舞足蹈地看足球。那种滋润，一点也不像被女人关在门外，而像是把女人关在了门外。

女人还睡不好觉。身边没了呼噜声和磨牙声，就像演员声音到高处少了伴奏，要多不习惯有多不习惯。

坚持过了一周，女人每晚都以各种理由到男人屋里做回"闲人"。女人在电视前晃来晃去，男人伸长脖子晃来晃去躲着她。男人的眼里只有电视屏幕，即使偶尔被女人的身体撞上了，也不肯稍作停留。女人很生气，女人没想到男人这样。女人每天到这里来做"闲人"，男人却始终不肯光顾女人的屋子，即使有时候女人故意在屋里整出很大的动静，男人也像老和尚坐禅一样无动于衷。有一天，女人突然想明白了一件事，自己一直吵着想要的私人空间，原来白手送给了男人。

女人借口男人把卧室弄得像个猪窝狠狠跟男人吵了一通。男人女人都知道这通吵有点醉翁之意不在酒。虽然声色俱厉，却外强中干。这天女人下班回来，发现男人在客厅里看电视，卧室门上的两个横幅都不见了。女人什么也没说，进了厨房，做饭。

女人后来还是在儿子的房间里看书和写东西。门上没了"闲人莫进"，女人心中的那种寂寞没有了。

形式主义的东西害死人。

想起那段生活，女人会在心中调笑自己。

温 柔

我从女友身上总能受到很多启发。

不久前一个暖洋洋的冬日，是女友结婚十五周年纪念日。我说，好好庆贺一下吧，十年辛苦不寻常。女友淡淡地说，想不起有什么特别要做的事。我知道女友一向婚姻幸福，人送外号"你你我我"。便说："把你的感受写出来，是篇好文章。"女友连连摇头，说："你们已经叫我'你你我我'了，再说，夫妻之间不都是这样吗？"

不是。我说。

我在单位里做了个小小的调查。你正坐在沙发上看电视，听见了丈夫上楼的脚步声，你会怎么做？我的几个同事都回答：无动于衷，该干什么干什么。听见敲门声才把门打开，还不忘抱怨一句：钥匙呢？

女友却是无论做着什么也要放下手里的活计等在门边。她说有我在家里，就不让他用钥匙。也许这个不重要，重要的是要在第一时间让丈夫看到家里有张笑脸在等他。她说男人一天忙在外边不易（其实她也不易），既然回家了，就要让他感到温暖。

丈夫是一个小单位的小头头，每天烦心的事不少。"我的任务就是让他忘掉外边的一切不愉快。"女友说。"因为只有他快乐了，我才快乐。如果他的脸上每天都爬满官司，我看着能不堵心？"

他们之间总有一些亲密的小动作。因为丈夫回来得晚，她的等待里难免有些焦灼。当空寂的楼道里突然传来丈夫的脚步声，她的心情可想而知。丈夫说："注意时间、地点、人物。"这话是指儿子。儿子已经上小学了，也会幽默父母一把："只当我什么也没看见。"而她把那些小动作做得很从容，对儿子说："像爱你一样爱他，懂吗？"儿子说："不懂。如果我像他那样爱你就麻烦了。"丈夫说："我们都相亲相爱，儿子，放心吧，没麻烦。"

他们能坐在一起的时间不多。电视里放着蹩脚的电视连续剧，他们在剧情外经常牵一下手。"过去他也不习惯这样，是我让他习惯了。"女友说。"结婚十五年，我的爱情没有被时间打磨掉，我希望他知道这一点。"

"影视剧和文学作品中的很多女人都不知道爱男人什么。怎么可能呢？我就爱得十分清楚。他的字写得好，有事业心，会心疼人。我们住在五楼，每次我回家晚了，他都会在楼底下转来转去地等我。于是我想，可再也不能让他久等了。"

"可要小心呢。"我开玩笑说。"这种男士在市面上奇货可居。"

女友狡猾地笑了，说："对内开放对外搞活。我做了我应该做的，他要怎样做，那是他的事。"

女友给我讲了一个小故事。

丈夫如果不值班，从不在外留宿。有时单位加班晚了，别人都住在厂里，只有他一个人往家里跑。有一年的冬天，丈夫去市里办事，正好赶上下大雪。那时家里还没装电话，通个信息比登天都难。那天晚上，女友的听觉神经发生了混乱，每天万无一失的丈夫的脚步声一再听走了音儿。十点以后，她跑到外面看了看雪，足有半尺厚，还有雾，几米远的路灯像只萤火虫。她为丈夫不回来找到了充足的理由，改变了要坐等下去的计划。12点以后，楼道里忽然传来了熟悉的脚步声。女友旋风一样卷了出去，迎来了须发皆白、耳朵冻得硬邦邦的丈夫。丈夫说路没法走，雾实在是太大了，车灯根本打不亮。他从商店买了加长的手电筒给司机照亮，一点一点蹭回来的。一百千米的路，走了六个多小时。

"你怎么不住在市里？"她担心地问。

丈夫亲密地拥抱了她一下，说："你担心，我担心你担心。"

这一夜她怎么都睡不踏实，起来捅了三遍炉火，让房间温暖如春。

结婚十年

十多年前男人女人结婚的时候几乎没有哪天不生气。他们生气的理由五花八门。比如，男人没有洗脚就上了床。女人买了一双颜色很跳的鞋。男人仰躺在沙发上看电视，烟灰弹到了烟灰缸以外的地方。女人约来了闺阁密友在卧房深谈，闺阁密友恰是刚离婚的……哪一件都是大事，都值得大动肝火。因为没有哪一件事是孤立的，它们都能派生出很多枝节，让男人和女人的口水仗绵绵无休。那时候他们住两间小平房，吵到伤心处，通常是男人抱着被子去睡沙发，或女人夜阑人静时离家出走。娘家并不远，可女人并不回去。冲出家门的一刹那泪飞如雨，心中自有天大的委屈，却不肯对父母说。

男人在男人的圈子里打牌喝酒聊足球，日子就那样过去了。

女人在女人的圈子里数落男人的种种不是，日子也就那样过去了。

女儿出生了，家务活儿多了，争争吵吵的事更多了。无论女人心中的委屈是什么，男人总是出气筒。任何不相干的事，拐上几个弯总能归结到男人是罪魁祸首。不那样紧着争吵了，少了泪飞如雨的场景，很多时候他们选择了沉默。一两天不说话，或三五天谁都不看谁一眼。男人不再去睡沙发，女人也不再离家出走，他们躺在一张床上，中间却像隔着天堑。又好比两条平行的铁轨，距离不远，可纵使到地老天荒，也没有彼此交叉的愿望和打算。

他们平静地谈到了离婚。男人要孩子，女人也要。男人说，把孩子给我，我什么都不要。女人奇怪，这是我想说的话，怎么他倒抢先说出了口？谁都不妥协，离婚就只停留在口头上。即便没有进一步实施，女人对待男人，或男人对待女人，都变了许多。女人不再作河东狮吼状，看男人的眼光有了柔情。男人一改懒散的毛病，总想偷偷为女人多做一点事。离婚的事以后谁都没有再提，虽然一段时间以后，女人继续河东狮吼，男人继续不拘小节，他们有了一个重要发现，彼此不伤心了。

转眼女儿就上学了。日子就像长了腿，稍不留神，日子就被时光打了包裹卷走了。男人三十几岁，居然钻出了几根白头发。女人让男人把头枕在自己的腿上，把那几根白头发连根拔了下来。看着那几根带着血肉的白头发，女人想，男人这些年受委屈了。大大小小生了那么多次气，都因为什么？却一个也想不起来。想不起来女人就觉得那些气生得没意义。女人对着镜子照自己，原先光洁的额头也添了皱纹，头发原本就不多，那些年又一把一把地脱。女人心疼得不得了，想那些年究竟在跟谁过不去——原来是跟自己的头发。

突然有一天，女人学会高兴了。女人高兴男人就高兴。女人问男人，知道我今天为什么高兴吗？男人猜，升职了？女人摇头。涨工资了？女人又摇头。女人终于忍不住了，告诉男人，我突然发现今天的太阳特别好，空气特别新鲜，窗外的鸟叫得特别动听……当时女人正站在窗前，面目清新得像初恋时的模样。女人看着窗外高兴，男人看着女人高兴，后来他们就拥抱了一下。结婚十年了，他们第一次拥抱了。

女人在单位夸女儿的时候也夸老公。家里剩菜剩饭老公抢着吃；冬天骑摩托车老公一手扶车把，一手捂着女人的膝盖；女人遛弯没带雨具，老公披荆斩棘去送雨衣，结果女人赶在下雨之前回来了，老公却被浇成了落汤鸡……他们偶尔会用手机发个短信，短信的内容秘而不宣。同事都觉得不可思议，十年婚姻都成破抹布了，早该千疮百孔，哪有像他们那样你你我我的？同事眼热得不得了，让女人秘授机宜，如何才能夫妻和谐。把女人问愣了，女人说，我们和谐吗？同事说，你们和谐得都成模范了。女人说，可我不觉得啊！如果你们觉得这就是和谐……那就是一不留神，我们就和谐起来了。

女人说的是实话。只是女人的实话，没有一个人相信。

女人之约

我认识小何的时候小何还是姑娘，后来小何做了妻子又做了母亲。这本来是女人躲也躲不开的一种宿命，可小何的妻子和母亲做得艰苦卓绝。先是丈夫误入一场官司锒铛入狱，后小何生育时恰逢难产，偏远山乡的卫生院差点糟蹋了母子两条性命。

我和小何只是认识却并不熟。几年前和几年后均是如此。我们没有机缘坐在哪里说说话，所以偶然见面时只是点点头，张开嘴却不知说些什么好。关于小何的事情我知道一些，都像风刮来似的零零散散。小何的丈夫出狱后曾想回原单位做临时工，单位却坚决不要。小何和丈夫双双跪在单位领导面前，要领导怜恤，领导却借上厕所的机会走了。小何夫妇从领导屋里出来都面白如纸，他们孤单单地走在楼道里，以为早已是人去楼空。不承想许多只门板都是似掩非掩，许多双眼睛都躲在门后觑着。男人屈辱的眼泪洒落在楼道上，小何却连眼泪也没有。她挽着丈夫的手臂说，不求了，谁也不求了，求人不如求己。我们能活出个人样来。男人孩子样地被小何拖着走，像极了一幅电影慢镜头。

小何摊上了一个好单位。好单位不是进步快，而是挣钱多。小何积攒每一分钱帮丈夫开了一家五金店。店从小到大，从弱到强，也就七八年的光景，小何已经是一个优越的妇人了。

那天我偶然收到了一封信。看信封的模样就有些古怪。信封是用什么纸糊成的，有着浅蓝色的条纹。字迹写得潦草又不耐烦，寄信的地址是一串似是而非的数字码，让人百看不得其解。展开信来读，更如坠云里雾里。既无称谓也无署名，只是约某个晚上在哪里见面，我掐指算了算，竟是一个遥不可及的日子。我被搞得哭笑不得，也真想团成废纸一扔了之。但又一想，也许这里面有故事。还想，是一件奇特但有意思的事呢。我把信收了起来，隔段时间就拿出来看看，怕错过了赴约的时间。

这是春节前的事。三个月里我几乎没有哪天会忘记这件事。闲下心来我总要猜猜来信者是谁。有时也想，是谁在搞恶作剧吧？可这种想法一点也深入不到我的内心。日子在等待和期盼中一天一天地过去了。冬天来了又走了。春天来了。春天是从山上下来的，先是缓缓的柔柔的风，然后便是枯草丛里忽然冒出一簇新绿。还有鸟的声音逐渐变得水亮和清脆。我每天都去山上走，山在我的眼里蜕去了冬的外衣。我一日一日走近了那个日子，我对自己说：一定有一个出人意料的结尾。

我提前一刻钟来到了那家咖啡屋。我想早一点知道那个叫我

遍地都是
野芹菜

    清早起来到大堤上转了转，河水快要干涸了，水草丰茂得像原始次生林一般，在浅浅的水面中扶摇。没有水的河流是条悲伤的河流。即使春天的两岸满目翠绿，鸟的歌声此起彼伏，花香弥漫的空气馥郁芳菲，都抵不住一条曾经气派的河流带给人的感伤。

野芹菜　遍地都是

　　我们很多时候都不知道时间是怎么像水一样流淌过去的。今天跟昨天没有什么不同，昨天跟前天没有什么两样。日复一日的循环往复麻木了我们的神经。

等了整整一个冬天的女人是谁。可还没容我找到隐身的地方，一个白衣女子早早站到了门前，向我招呼道：早。

是小何。

不知该如何描绘这个不是女友的女友。不敢看她也不敢不看她。看她的目光不敢不专注也不敢太专注。我就是在这种犹疑中听完了小何的故事。小何的故事其实非常简单，三个月前，她误入一户人家，那户人家的户主竟是自己的丈夫，丈夫一家三口的大照片挂在墙上，丈夫在这里另有妻儿。

就是那天晚上小何给我写了信。她写信的原因很简单。她需要时间做些什么。她需要有人证明在这段时间里做了些什么。想来想去就想到了我。三个月的时间对我来说有些漫长，但对小何来说却相当短暂。她爱她的丈夫。据说她的丈夫也爱她。小何割舍这一切不仅需要勇气，还需要忍受割裂自身的疼痛。可为了尊严，小何终于走出了那一步。她说她走不出那一步就不会来见我。她见我的目的其实只有一个，宣布她是一个离了婚的女人。

小何说完这一席话就轻飘飘走了。那样一副决绝的神情是我所不熟悉的。其实我又了解小何些什么呢？起风了。弥漫的风沙吹得我睁不开眼睛。印象中的春风不是这个样子。印象中的小何是这个样子吗？说不准。一点也说不准。小何的白衣身影很快被风沙掩映了。可我仍然站在原地，任垂柳柔软的枝条在我的脸上拂来拂去。

到底是春天了。

遇见小何的频率仿佛多了些。依然是彼此点点头，张开嘴却不知说什么好。后来我发现我们再见面时都不点头了，只是会心一笑。

狗的哲学

自从不小心养了一条博美狗，家里就发生了很多变化。几年前看别人遛狗，还在提醒自己玩物丧志，可当这个小东西在早春的季节来到我家，心底油然升起的是一种怜爱和柔情。也是在下了很大的决心以后，它成了我们家庭中的一员。每天的一日三餐，饭后的登山散步，它都如影相随。从不会上下台阶，到在山道上奔跑如飞，我见证了它的成长和与生俱来的聪明智慧，对狗的观察和思考，变成了一件有趣且有意义的事。

古往今来，狗的名声都不好，想一想都让人觉得不可思议。那些有关狗的成语，甚至都没有中性的，都无一例外的是贬义词，可无论是现在还是以前，狗对人类最大的威胁，大概也就是恶犬伤人。伤人的狗是恶狗，这是毫无疑问的。可狗伤人有的时候也有理由，比如，你侵犯了它的领地，让它意识到了某种危险。或者，它干脆就瞅谁不顺眼，就像人一样，恨不得咬谁一口。这个时候的狗，是不是也与心情有关呢？

成语形成的年代，狗的职责大概仅是看家护院。那时有家宅需要看护的，只是大户人家，是芸芸众生以外的那一小部分人。我一直以为，人们对待狗的态度，其实就是对待人的态度。再明确一点，是对待狗主人的态度。所以有一句稍稍温和一点的俗谚：打狗还要看主人。把人与狗的关系，描摹得入木三分。所以关于狗的成语，里面几乎都有个"人"字，狗仗人势，狗眼看人。狗拿耗子中虽没有"人"字，但内中的缘由，说到底也还是与人相关。把对人的不满强加于狗的头上，而且一点也不顾及狗的尊严和面子，这应该是人类文明中，最差劲的一页。

狗初来我们家，我们叫它王阿雷。刚满月的王阿雷，只有一只脚大，浑身毛茸茸的像只玩具狗。天气好的时候，它被放在阳台上晒太阳。阳台只有一个平方大，栏杆是通透的，王阿雷喜欢看外面的风景，经常把两只前爪登到高处，把头伸到栏杆外面，半个身子都探出去，吓得我们一惊一乍。后来我们发现，对王阿雷的所有担心都是多余的，它甚至到栏杆的外面行走，那地方的"路"大概连十厘米都没有，王阿雷不但行走自如，且从来都不让自己失足掉下去。我们经常感叹，它那样小，却比小孩子更知道深浅。

很快，王阿雷就得到了全家人的喜欢。每天下班回家，别管多轻手轻脚地开门，王阿雷一准在门边恭迎。主人一进来，它就又叫又跳，欢喜地抱住主人的小腿。摇着小尾巴，扭动着小屁股，没完没了地跟人亲热。那种长久的热情，真是比人强得太多了。许多人养狗，许多人把狗当儿女养，不养狗的人，很难理解那种感情。过去我也不理解，觉得狗会给人增添许多麻烦。养了狗才知道，那些麻烦其实都好打理。与那些麻烦相比，它带给人的快乐和愉悦更多一些。

狗也是有哲学的。如果它会用语言表达，我猜它会对整个世界都有占有欲。别的狗留下气味的地方，它都要撒上自己的尿，然后用鼻子仔细闻，以期记住自己所属的领地。很多时候，它其实没尿可撒，可也要做个撒的动作，以强调自己的不容忽视和同样享有权利。女儿跟我撒娇，它会急得又蹦又跳，争着让我抱。它垫在身下的小毯子，我什么时候动，它都会迅疾跳上去，团下身子躺在上面，小脑袋扬起来，瞪着眼珠看我，分明在告诉我那是它的东西，非礼勿动。

它对棍子有种天生的恐惧。那天我带它去物业办事，刚走进楼道口，有个小朋友拿着木棍正好出来，把它吓得一个劲儿往远处挣跳。小朋友把自己贴在了墙壁上给它让路，它仍然不敢从那棍子面前走过去。家里人从没有拿棍子吓唬它，所以它的恐惧，肯定是属于遗传学的范畴。它的祖上一定饱受过棍棒之苦，所以才把对棍棒的惧怕，一代一代传了下来。

它的谄媚最能体现其生存之道。只要看到谁吃东西，它就会匍匐在谁的脚背上或膝盖上，眼巴巴地看着你，让你觉得倘若不把手里的食物分给它，就是罪过。这个时候有个成语叫摇尾乞怜，最是形象和生动，不但有动作，还有神情。你若不理它，它会跳起来一下一下拍打你的腿，提醒你它的存在。倘若再不理，它可要生气了。它会趴在不远处，两只前爪编成十字，把小脑袋放在前爪上，不时偷偷看你一眼，这时它还是存着希望的，随时准备一跃而起。再不理，它就一扭一扭地走到窗下去了。这个时候，连它的背影都是黯淡的，它皱起眉毛，小脸上是失望至极的表情。

它贴在窗玻璃上往远处看，这个时候不是看风景，而只是表达一种伤心和绝望。

不记得从哪一天开始，它就再不到门口来迎接我了。家里没人，它就偷偷让自己在沙发里卧得舒服，我都开门进屋了，它才伸了个懒腰，探过头来看我一眼。我顿悟，它从没有在欢迎主人回来的时候得到好处，大概早就欢迎腻了。因为不再纵容它跟人争抢食物，我再吃东西时，它看都懒得看一眼，百无聊赖地咬自己的尾巴尖。但它听得懂我说话，喊吃饭了，它会颠颠儿地跑过来。一说洗澡，它就开始夹着尾巴逃跑。

总之，在狗身上，体会最深的就是"本能"二字。就在昨天晚上，它跟我出去登山时，居然扑到了一只小麻雀，把我吓得大呼小叫，追出去好远，才让它松了口，但小麻雀早已被它咬死了。在山上走了半天，我的心还是凉的。这样小的宠物狗都有残忍的一面，尽管它每天都有肉吃，可还是喜欢自己捕杀猎物。就像它虽然每天吃饱了肚子，还是喜欢翻垃圾箱一样。

乡下女孩的三个理想

活到 40 岁，人生已经变成了一条河流，经历便是河底细细的沙。表面上河水蓝如玉石绿如翡翠，沉沙似天外之物目不能及，可那种潜伏是有条件的。有风吹皱河水的时候，水动沙亦会动。一年前，冰城的一位编辑来北京办事，顺路过来看我。席间他问我都有过什么理想，我想了又想，记忆深处的一些沉淀慢慢浮了上来。我曾经有三个理想，那三个理想都是关乎我未来生活的，曾经向人提起过，但别人说我那是做梦。

十六七岁的年纪，梦该是五色斑斓的。可我的头脑里除了斑斓的色彩，都是实实在在的对生活的期盼。先说第一个理想，我希望在生活中能使上自来水。村里的饮用水都来自一口老井，井沿上的石头，磨得比丝绸都要光滑。井壁上生着厚厚一层苔藓，俯在辘轳上朝下望，井里的水会顺时针旋转。我多少有点恐高，摇动井绳时，要仰头望天。桶经常脱钩掉进水里，用铁锚捞桶时，想不看水面也不行。家里有哥哥姐姐，担水不全是我的事。可我想，哥哥姐姐总不能管我一辈子，我迟早都要面临这样一个局面——我不担水就没水吃。我是一个未雨绸缪的人，从那时起就主动锻炼自己。那个时候我胳膊腿都细得像麻秆，但可以努力让自己担一担水不打晃。可我却没法让自己看着井里头不晕。尤其到了冬天，井沿会结一层厚厚的冰，稍不注意就脚底下打滑，我再抬脸望天，就有点拿性命当儿戏了。

如果能吃上自来水，就是天底下最幸福的人。

第二个理想是冬天能洗上热水澡。女孩子都爱干净，热水澡是多诱人的祈盼啊！光有热水不行，还要屋里暖和，水还要会流动。这就条件高了，曾有人对我说，我这个愿望一辈子也不会实现。第三个理想是做饭不用烧柴火。我喜欢做饭，但喜欢那种干干净净的方式，围裙是白的套袖也是白的，手不要接触灶灰。我固执地认为染上灶灰的手就洗不干净，村里很多的女人都是这样，她们手的褶皱里，都有陈年的灶灰在那里生了根。我把我的理想对本家的一个姐姐说了，姐姐说我那是做梦。她说你总喜欢做梦，做饭不烧柴火烧啥，烧大腿？她这样揶揄我。可我觉得我的理想一定能实现，没有什么特别的理由，就是觉得我好好地做人做事，生活就会越来越好。生活变得越来越好，这不需要理由。

我把我的理想，也告诉了要好的伙伴，可伙伴们却说，你这哪儿叫理想，理想会是这个样子吗？我问理想该是什么样子，她们说，要当科学家，要做惊天动地的事。譬如你，要当伟大的作家。我说能当伟大的作家当然好，但前提还是要实现那三个理想。如果那三个理想与伟大的作家我只能选择一个，那么我选择前者。

我说的是真的，一点不骗人。

三个理想都实现的时候，当是二十世纪八十年代末。当然不是我个人实现了理想，而是社会的飞速发展，帮我圆了梦。我是一个实现了理想的人，这很重要。什么时候想起这一点，都会觉得很满足很坦然。

那位编辑朋友呵呵地笑，他说："我接触了那么多的人，还没有像你这样奇怪的。"

第四季：遍地都是野芹菜

那天下着若有若无的毛毛雨，我步行回家的路上，看到一对夫妻蹲在马路边的山坡地上采野菜。每天都从这里过，每天都看见满眼清湛的野菜野草，厚实得密不透风。但从没意识到那是野芹菜——野菜中的极品。过去经常听人说要到遥远的河套地里，才能采到这种喜欢生长在水边的植物，是那对蹲在细雨中的夫妻让我走近探寻了一下：真的是野芹菜啊！那样密密麻麻的野芹菜比养殖的都整齐啊，况且又长在山坡地上，连一点人为的痕迹都没有，那种水灵，那种鲜嫩和干净，真让人馋涎欲滴啊！

于是也顾不得回家了，蹲下身去就开始采野菜。那样多的野菜令人目不暇接，都只采顶尖上最娇嫩的那一段。手里满了，怀里也满了，才恋恋不舍回家了。晚上做了手擀面，也下了野芹菜做点缀。它的碧绿与西红柿和蛋黄相得益彰，看着就赏心悦目。与从超市买的香芹比，模样改变了许多，味道也绝不一样。野芹菜有一种古远的原野的味道，那就是，香芹走进历史的味道。似乎那种味道能够穿越，从亘古，原汁原味地走到了今天，就为了与我的不期而遇——除了我，谁又能识得它并因为感动而留下有关它的文字呢？

说起来，我这是第一次采野芹菜。从春天野菜萌动的时候起，我就和同事计划着利用下班时间采一回。每年都有位大姐从遥远的地方把野芹菜采来送到我家里，所以我认得野芹菜的模样，也知道大致哪个方向有。可就是因为路途遥远，春天的季节一晃就过去了。有时候和有同好的朋友碰在一起，还会遗憾地念叨一句，今年没采成野芹菜，明年吧。我们都觉得野芹菜是春天的产物，却忽略了它对雨水有格外的要求。它原来是生长在河边的，也只有雨季能让它茁壮成长。说到这里，就觉得野芹菜与水的关系，有点像女人与水的关系。水做的女人，就一定是好女人。

我第一次吃到野芹菜，是十几年前了。单位有位同事家住山里，就从山溪旁采了野芹菜送给我。我那个时候，甚至都不知道世上有野芹菜这种植物。记得晚上回家做了菜馅儿合子，才发觉那种味道让我着迷。那种远离了味精和五香粉以及杂七杂八调料的味道，与我的味觉神经一拍即合。因为着迷，总也念念不忘。而吃到它的机会，十几年里也不过三五次，而且不记得哪次让我一下吃个够。每年春天出去采野菜，但都难觅它的身影。所以它在我的心目中，甚至有些尊贵，因为百闻却难得一见。谁能想到呢？它突然那样大面积地从地底钻了出来，而且出现在地势较高的山坡上，不是传奇又是什么呢？

周日回 20 千米以外的老家，才发现传奇竟远没有结束。家乡三面环河，被一条碧绿的大堤包裹着。那条大堤我从小走到现在，熟悉得就像自己身体的某一部位一样。它上面长得草，有可以做牛羊饲料的麻麻枕，老牛干儿。再奢侈一点，有兔子爱吃的苦菜或苦蝶儿。或者，能熏蚊虫的艾蒿和狗尾巴草。但千真万确的是，从没见它长过野芹菜，否则我不会在三十几岁的时候才认识它。又是在雨后清冽的空气中，我走上了大堤，才发现大堤的两个坡面都被野芹菜爬满了。我的惊讶无法形容，继而告诉我见到的所有村里人，这种野菜能吃，好吃！乡亲们都朝我笑，笑得宽容。我不知道他们的笑容是什么意思，大概还是笑我少见多怪吧。家门前，树荫下，凡是鞋底走不到的地方，都是野草野菜茂盛的地方。我家门前的车前子长有一尺高，齐展展得像麦田一样。但野芹菜毕竟不同于别的野菜，它是新近来这里安家落户的，又绿色，又无污染……无论我怎么说，也没见有人动心，邻家二嫂甚至鄙夷地说了句，不就是野菜么……

　　我很快就想通了村里人对野菜的态度。今年因为雨水好，家家菜园里的蔬菜都长疯了，老黄瓜都扔到了猪圈里沤肥。城里人孜孜追求的又绿色，又无污染，在乡亲们那里是件好笑的事。没有了城里人所谓的那种更高层次的追求，谁又把野菜当回事呢？

　　回头再看野芹菜，我又想不通了。它们那样大的规模，从哪里来的，怎么来的，为什么现在才来，不都让人浮想联翩么。它们就那么想当然地来到了我的家乡做客，然后反客为主，倒让我不知所措了。

在太和洼放飞心情

大年的正月初四，算准了没有客人登门也不需要登门拜客，我和女儿开车直奔太和洼而去。我一直觉得，蓟县的地理环境差不多就是大中国的缩影，既有山区、库区、平原、丘陵，又有青甸、太和两大洼区。我的家乡在青甸大洼的边上，但许多农田都在洼区腹地，所以对青甸大洼从骨子里就有种熟悉。大洼地广人稀，水土肥厚，红高粱黑豆之类的作物年年顺风顺水地稳产，三年困难时期,地里的燕春苗(一种爬行的野菜)救活了不知多少人。许多年前，我写过一篇名叫《燕春苗》的小说，就是取材于当地发生的真人真事。村里一个人去大洼里挖燕春苗晒死了，他媳妇用双轮车把他拉回家，又亲手把他埋葬了。有些故事我已经记不清了，但对青甸大洼的那种熟悉感觉，许多年来都觉得丝丝入扣。

太和洼与青甸洼隔一条周河，分东西两厢相向坐落。河流是个好东西，老话说隔河不算近（过去主要因为没有桥）。河两岸的村庄和村庄里住着的人都显得神秘而陌生。风土人情、民间掌故甚至说话的口音都会与对岸不一样。还是在小时候，我对太和洼就有种朦胧的憧憬和期待。期待着能有一天和它不期而遇。有一年的正月初六，我曾经独自骑车来到过大洼，那天是弟弟结婚的日子，按照老例儿，未婚的大姑姐不能参加弟弟的婚礼。那一

天的情形还隐约记得。北风，冻得硬邦邦的土地，长长的看不见
尽头的黄土路。一个有着避难意味的旅程，那心情可想而知。一
个名叫十棵树的小村庄，有我志同道合的朋友赵翠荣。我们只在
文学培训班上见过面，我几十里地找了去，居然就找到了。还记
得她妈妈包的饺子，个大，馅足，吃得我心里暖和和。这一顿午饭，
冰释了我心底所有的不快，让返程变得愉悦和轻松。这以后我居
然再没见过朋友的面，乡村的女孩子，嫁了人就顾不得自己的兴
趣爱好了。只有我因为偶然的机缘还坚守在阵地上，直到如今。

　　蓟县的最低点，海拔 108 米的地方，就在太和洼的深处。我
们穿越了长长的乡村公路，来到了几千人口的一个大村庄。我女
儿问我，这里有你的熟人吗？我说没有。我只想到村里看一看，
转一转。冬天的乡村，色调是浅黄色的，那是堆起来的秸秆的颜
色。但随处可见的一抹红晕让人心里暖暖，春联，屋檐下的红灯笼，
躺在地上的炮仗皮子，还有穿着大红衣服的老人坐在墙根下晒太
阳。他们看到我总要问，去谁家啊？听我说谁家也不去，他们的
脸上居然有点失望。便有老人热切地邀请我去家里坐，让我感受
到，乡村还是梦里的模样。我们在主街的水泥路上穿行，女儿说
她口渴了，我拿起杯子一看，原来不知什么时候，她早已把水喝
得一滴不剩。此时，正好遇到一座高门楼，一座气派的宅院，院
子里停着一辆高档汽车。我对女儿说，我如果到这家去找杯开水，
你猜我会遇到什么？

　　女儿说，也许人家连门都不让你进。

　　我拿起水杯去敲门，除了一杯水，我还想知道洼里的乡亲是

如何致富的。门开了，一张不乏精明的男人的笑脸出现了，听我说了来意，他把我迎进客厅，插上了电热壶。短短的几句交谈，竟扯出了彼此相熟的几个人，这让谈话一下就变得轻松了。我问他是做什么的，他说种地的。我开玩笑说，种地的如果都像你这样，总书记就可以放心了。他的确承包了一些土地，土地这几年的收益扶摇直上，他又买了几辆卡车运送砂石料，生意一直不错。他问我是做什么的，我让他猜猜看，他竟然语出惊人：你不会是写小说的吧？我问他何以见得，他说，只有写小说的人有闲情逸致到处走，还到人家里找水喝。换成别人，渴死也不会来敲门。把我逗得哈哈大笑。

我们的行程一下子就变得生动有趣起来，我跟女儿述说找水经历，女儿也感叹乡村的人富了，但朴实的底色没有变。如果背景换成城市，一杯水也许会生出许多故事。蓝泉河是一条穿越太和洼的河流，我跟人打听路线时，一位大爷指着前面的村庄说，过了十棵树就到。这个村名让我眼前一亮，我突然萌发了寻找赵翠荣的想法。可十棵树只是她的娘家，她嫁到了哪里，她的家人叫什么名字，我一无所知。开车进了村庄，锣鼓家伙敲得热烈，乡亲们正在自发地扭秧歌。我开车往那个方向走，寻思人多的地方也许就有线索。把车停在一户人家门口，这里有几个女人正在看热闹。我打听赵翠荣这个人，她们显然是把这个名字忘记了，可我提起她当年写过小说，一个看上去有六十几岁的女人拍着手说，是会写小说的那个人啊，她一指身后的门口，这里就是她的娘家！

没想到那么容易就与赵翠荣通了电话。我激动她也激动。原来她嫁到了玉田，离家乡有百余里，所以平时也不常来。可她做姑娘时写的几篇习作只在内部刊物发表过，却让乡亲们至今都记得，在文学日渐荒芜的今天，也让人唏嘘不已。县里正在搞民间文学专辑，我问她还想不想写东西，她很有感情地说，想啊，做梦都想。我说你就写写村名的来历吧，十棵树，多有意思啊。

这半天的时光，就在我们一会开心一会感动中溜过去了。转眼就到了夕阳西下的时候，天气出奇得好，大洼深处看落日，尤其显得又大又圆。我们冲着落日方向走，两旁的树就像剪影。在高远的天空上，有一条红色的鱼缓缓飞行，一根银亮的线牵在放风筝的人手里。是个男人。是个有些年纪的男人。在远离村庄的地方独自放风筝，我便想，他是不是像我们一样，也在放飞心情呢？

麦收时节

听说我要回老家，微博上的一位朋友给我留戏言：又去割麦子了？我则说，早过季节了，该吃白面馍馍了。

吃白面馍馍的话是根据天气凭想象说的。第一场大雨下来的时候，我给家里打电话，母亲告诉我，真是场好雨，割完麦子正好种玉米。天气与农时总像一对孪生兄弟，彼此相扶相携着走过岁月。自从家里不再种地，春种秋收就成了与我们擦肩而过的朋友，总是能遥遥看见，却难得与之亲近。广袤土地上的庄稼，也就只成了风景，看上去眼是热的，心里却有些不是滋味。许多年前有位诗人曾在电话里问我，如果没种过一颗粮食，生命在这个世界上，还有意义吗？我知道，他叩问的不是土地，而是自己的灵魂。可惜那个时候我不懂，作为农家孩子，远离土地曾经是心心念念的盼望，对于土地形而上的感觉，实在是这些年才有的事。

从小学三年级开始，麦假去支农就是必修课。队长嫌我们碍手碍脚，不愿意接收。但敌不过我们软磨硬泡，最终总能坐上驶向洼里的马车。麦收给我的印象，就是长得不见尽头的田垄，挥汗如雨的人蚂蚁啃骨头般割倒小麦。翻场晾场脱粒扬场，繁复的工序每一道都充满了艰辛。酷暑的天气，女人仍要头巾裹脸，戴着套袖，否则麦芒会让皮肤一片红肿，奇痒难耐。有了这些感觉垫底，乡村的许多年轻人，都对秋收怀有畏惧。"面朝黄土背朝天"的情态，能艺术地表现出诗意，但那种苦，那种累，不身临其境的人很难体会。

村南的那条马路拓宽了，竟然成了晒场。远远看过去，麦子把晒场切割了，一家一户之间，留出简单的边缘地带，任那些饱满的麦粒挤挤挨挨。我在桥头西侧看到邻家婶子在翻晒小麦，比左邻右舍的晾晒面积大出许多。我走过去攀谈，才知道她承包了十几亩土地，收获了一万多斤粮食。婶子从年轻的时候身体就不好，我说，收这么多的粮食，多累啊！婶子则爽快地说，累不着人，大半天的时间机器就给割完了，直接脱完粒，拉到这里晾晒，老天爷给几天好天气，粮食就晒干了，留一小部分自己用，其余的就直接让粮食贩子拉走了。

马路对面，就是村里的水浇田，麦穗扬花的春天，喷灌出的水雾像礼花般晶莹璀璨，让过往的行人心里清凉。如今，那里单只剩下大片麦茬了，不远处有旋耕犁轰轰隆隆地作业，种子肥料堆放在地头，这是要种玉米了。土地的主人抱着肩膀站在树荫底下，一副怡然陶醉模样。对农人的艳羡就是这个时候产生的，春种秋收变得如此简单省力，倒退几十年，谁能想象得到呢。

父亲当生产队长的年月，有一件事情给我的印象很深。麦收那个时候都讲究"拔"，叫拔麦子。看过《金光大道》这部小说的人应该记得，高大全用胳膊揽住一大簇麦子，使劲一拔，再往后一甩，麦根上的土就甩到了后面人的脸上——当然那是个反面人物。拔麦子是俗语中四大累之首，可见其劳动强度。那年上级下达死命令，各村的麦子都不准拔，而用镰刀割，理由是留在地里的麦茬可以沤肥。对这等新鲜事物，村里的很多人不接受，他们觉得留下的麦茬在土地里显得硌生，影响深翻土地，影响大田作物。于是各个生产队都出奇招，我就记得父亲带领大队人马深夜就去河套地里拔麦子，早上上工铃声响起时，他们已经把大片的麦子拔完了。一群累得东倒西歪的人浑身泥猴一样回来，还要遭受训斥，上级的命令不执行，这在当时是很重要的事。

当然，拔麦子的事很快就成了历史。拔麦子的那三个连贯动作，既累腰，又累腿，又累胳膊。转年又到麦收时节，不再用下死命令，拔麦子的事也再无人提及，因为人们发现，用镰刀收割要省力得多。月牙形的镰刀也就是从那时开始流行的，过去我们割草，镰刀都是个简单的"7"字。于是家家备块磨刀石，大人孩子都无师自通地成了磨刀匠。早上从谁家门口过，总能听到吱吱呀呀的磨刀声。麦收时常说的一句话，也从什么时候"拔麦子"变成了何时"开镰"。

深夜偷偷去拔麦子的事，也成了村里人的笑柄。这样的笑柄，其实还有很多。若溯本求源，根子该在那道"死命令"。这样的"死命令"现在还常有耳闻，给工作在基层的人，增添了许多难度。其实如果真的是好命令，只需稍稍容一点时间。要是不好的命令，那就不下也罢。

丰　收

家乡的大洼里种着一望无际的水稻。春天时我驱车穿越那里。当时正是插秧的季节，水田里是一眼望不到边的澄亮。小时候那里都是麦田，无数捡麦穗的记忆，都和那片黑土地有关。再早些，大洼里则种的是红高粱和黑豆，连地里的蚂蚱都能养活人。母亲说，她年轻的时候就不止一次去大洼里逮蚂蚱，要赶早淌着露水去，蚂蚱都趴在高粱秆上，用手一撸就是一把。稍稍放些油盐炒一下，餐桌上就多了一道美味。

一直想在水稻成熟的季节再横穿一次大洼，可三晃两晃居然就错过了季节。城市的周围看不见水稻，几年前还有零星的稻田或麦田，现在则全成了绿草植被。丰收的景象从我们的眼前消失了，久居城市的人，看不到农人收割，当然就记不得农时节气。我们感受天气的变化，就是天凉了，风起了，树叶黄了。我们根据气象预报为自己添减衣服。我们不关心收成已经很久了。

但丰收的印象还是温暖着我的心。每天登山穿越那片果园，总是留意红果红透亮了，柿子黄得澄明。终于有一天，采摘的季节到了。于是纸箱和笆篱筐都堆成了小山的模样，请的六七个帮工有老有少，他们白天劳作，晚上就在果园搭一块木板当餐桌，喝酒。我每天下班以后登山，每天都看见他们坐在那里喝酒聊天。头上是满天繁星，星星下面是昏暗的灯光，从看守果园的小屋子里牵根电线出来，挂在一根木桩子上。灯光的周围，舞动着数不清的细小飞虫。餐桌上只有几只碟碗，看得见的简单且粗陋，可他们吃得香甜，喝得热闹，聊得高兴。最年长的老人，大约有七十多了，小小的瘦瘦的一个人，总是下来给高灶添火。高灶其实就是铁桶垒砌的，插上烟囱安上锅，就可以炖肉熬鱼。果园有的是干透的木柴，那红红亮亮的火焰，把老人枯瘦的脸映出了颜色。锅里的鱼香肉香，也跟着灶烟弥漫开来，飘满了整个果园。每一个从这里经过的游人，都不禁朝那里多看两眼。而我，总要在那里站一站，看一看。我承认我是容易感动的人，生活中的寻常情景，有时也非常容易打动我。

有两条狗在果园的栅栏门里进进出出，一条黄的，一条白的。

很久没看到那么粗大的饭碗了，每人面前一只，举起来喝汤时，甚至能盖住一张脸。年龄最小的那一个，大概只有十七八岁，就听他老气横秋地说："二叔，我打心眼里敬重你，侄儿哪里做得不对，你该说说，该骂骂。"说完，"咕咚"喝下去一杯酒。一桌的人都夸他懂事，说他虽然学上得少，却肯扑下身子使力气。那个叫二叔的人亲昵地拍了下他的后脑勺，说自己若有这样的儿子，才是祖上烧高香了。原来二叔的儿子上学考到外省市去了，平时从不打个电话，什么时候来电话了，就是手里没钱了。暑假回家连个地边儿都不肯踏，就更别说指望他下地干活了。二叔是抱怨的口气，但难掩口气里的得意。二叔的言外之意，儿子当然是有出息的，但儿子的出息，不能跟眼前这个孩子显摆。这是二叔的厚道。

柿子是一个一个挂在树梢上的，红果是一簇一簇长在枝头上的。摘柿子的长木杆上有一个小的网兜，每拧落一个柿子，就会存在网兜里。所以举着头和胳膊拧落每一个柿子都不是容易的事。红果则长得像满天星星，树干不高，但树冠巨大。我一直也没看见他们是怎样把一棵树的红果摘得一颗不落的。只是过了几天再看，树上就只剩下了深绿色的叶子。柿子装进了筐里，红果装进了纸箱，整齐地码放在柿子树底下，等着农用车来拉。

最近回了一趟老家，才发现几十千米长的乡村公路的半边都被附近的乡亲侵占了，他们晾晒着稻谷，玉米，高粱，豆类，有的干脆就把公路当了场院，用机器给玉米脱粒。虽然给往来的行人带来了许多不方便，可新修的乡村公路干净平整又朝阳，他们到哪里去找比这里更适合晾晒粮食的地方呢？路过高速桥下，才发现这里也成了打谷场，虽说晒不到太阳，可玉米和水稻都堆得像小山一样，大概是哪个种粮大户实在找不到可以存放粮食的地方了。同行的姐姐对我说，粮食贵了，年成好，丰收了，老百姓就能过上好日子。我的心被丰收两个字温暖着，看着都是种享受。

野菜的滋味

闲暇和几位朋友开车去挖野菜，也算顶级奢侈的事了。先是去了湖边，然后又去了山脚下。今年的干旱有点超出想象，野菜都钻出地皮好多天了，但远远望去，土地仍是浑黄的颜色。那些野菜因为缺了水的滋润，一点也不鲜绿。只有走到近前，才能看到它们匍匐在地表上，焦渴地卷曲着身子，给土地打了补丁。用铁铲铲下它们，放进随身携带着的袋子里，虽也能积少成多，但心里总不是个滋味。

这是在平原时的景况。那天虽然也跑了不少路，除了收获少许野菜，还收获了少许柳树芽。跟野菜打了许多年交道，从不知道柳树芽能吃，杨树芽能吃，臭椿芽居然也能吃，而且味道还相当不错。当然要用开水焯一下，冷水浸两天。想吃野菜的感觉，不一定与年龄有关，但一定与心情有关。清明节的下午，有一点小阴天。上午打扫卫生时，看着室外的花红柳绿心就蠢蠢欲动。中午在外吃饭，服务员推荐苦菜，被我拒绝了。还是亲手采的野菜好，我对坐在一起的人说。于是下午放下手里所有的事开车去了山里。

"二月清，满地青。三月清，满地空。"这是母亲挂在嘴边上的话，意思是若清明赶在农历三月份，说明节气晚、天气冷，大地还是空空荡荡。就如今年赶在了三月初三，山里果然还枯黄着，因为海拔高，被冷风吹裂的山体没有一点复苏的迹象。于是一路都在担心今天会跑冤枉路。哪怕一星一点的绿，也能让心柔软一下，也能给行程增加些许希望。在一片山坡地前把车停好，顺着坝台往高处走，才发现枯草遮蔽下的苦菜生机盎然。坝台的石缝里，树根底下，山上的低洼处，油绿的叶子随处可见。更有野葱野蒜野韭菜，都长半尺高了，一片一片地点缀着山上的风景，让同行的人高兴得跳起脚来欢呼。而这些，马路上的行人看不到。于是几个人各往不同的方向走。这边喊，这里好多啊！那边也喊，野菜好大啊！桃树皴黑的枝条冒出艳粉的骨朵，似乎在嘲笑大惊小怪的人：春天就是这个样子，该长的总要长，谁能阻挡想要开花的欲望呢。

　　我独自往山顶的方向攀援，风把坟上白色的挂纸吹得哗啦啦地响。清明过后，坟茔都披了新土。地球上大概只有国人用这种方式祭奠先人吧？我想。远处山洼里的杏花一树一树地白，天空中飞翔着许多黑白相间的喜鹊。远远看见山顶上有棵大梨树，于是我跟自己打赌，能长梨树的地方，也是生长野菜的地方。果不其然，我在山顶上采了许多苦菜和野韭菜。铁铲切断它们与土地的联系，但把根留在了泥土里。这样不久的将来，它们还能新生。韭菜就不用说了，谁都知道它是一茬一茬地长。有一年我采了些苦菜放进冰箱，出差几天后回来再看，菜心里抽出了长长的茎，叶子变得肥大了——原来它们在我家冰箱里茁壮成长。

　　每一棵苦菜或韭菜，我都把它们择得干干净净。心也像这些干净的野菜一样变得青翠欲滴。不知为什么，我总是对野菜怀着深切的好感。比如，我经常宣称，人揪菜凉拌比菠菜好吃。凳儿菜做馅比白菜好吃。还别说三棵野蒜苔就能做盆汤，那味道能香到屋外去。河边的野芹菜是我吃过的最好吃的野菜，还记得第一次用它做馅烙合子，好吃得真让人永远难忘，那股清香劲儿，与市面买的芹菜根本就不是一个类别。仿佛是，多少年的基因突变成就了我们所见到的叫芹菜的这个物种，而那股原始的味道，早已在岁月的循环往复中掺进了许多佐料，杂了。

　　我嘴里始终哼着歌，是那首"林间小溪水潺潺，坡上青青草"。我想哼首别的，可从嘴里吐出来的，还是这个情，这个景。那种舒适和惬意，让灵魂都变得绿茸茸的。山上还有一个挖野菜的女人，我居然一直也没注意到。后来她过来打招呼，我才知道她住在大山的另一面，也走了好远的路到山上来，她有四十岁吧，一只眼球是假的。我问她是不是家里在经营农家院。感觉中，农家院的餐桌上，爱摆上一盘野菜招待客人。可她说，她家里是养柴鸡的，挖野菜只是为了自己吃。我见她的筐里并不多，便想，她也是以挖野菜为名，出来逛山景的吧？聪明的媳妇是会为自己闲逛找个理由的，否则山脚下的坝台上到处都是野菜，她哪里需要爬这样高的山。她还想跟我攀谈，无奈我的手机响了，是同行的人催我下山了。于是我们满载而归，回家第一件事就是动手和面，烙春饼。海拔那样高的山居然比平原还抗旱，是我百思不得其解的事。山苦菜别名：苦菜、节托莲、小苦麦菜、苦叶苗、败酱、苦麻菜、黄鼠草、小苦苣、活血草、陷血丹、小苦荬、苦丁菜、苦碟子、光叶苦荬菜、燕儿衣、败酱草。如果我不写，你不知道它有这么多的名字吧。

地头的那簇芍药

小区的前边有块三角地，坡上坎下，高低不平。隶属哪里不清楚，挨着马路的这边，是山体的一个断面，大约有四五米高，都是叠层岩地质结构。早些时候，三角地上都是乱草和灌木，到了夏天，姹紫嫣红的牵牛花招招摇摇，晃人的眼睛。我从那里过，经常会采一些长着骨朵的藤，插进花瓶里。瓶里装满水，转天早晨，牵牛花就在花瓶里盛开了。

去年初夏的某一天，我发现那块三角地有了开荒人。是附近村庄的一对老夫妻，都有七十岁的年纪了。丈夫挥镐刨地，妻子清理树根和石块，干得很投入。清理出床铺那样大小的一块地方，他们就先栽下了白薯。起垄，刨垵，不知从哪里买来的白薯秧，一棵一棵地栽下去。妻子用水瓢浇水，丈夫在后面把垵捂紧实，还要用双手使劲拍一拍。那天我从地里经过，跟老人家聊了好一会儿。知道他们原本都是种田人，他用手指着我们居住的小区，说这里，那里，都曾经是他们的田地。种玉米，种小麦，或各种蔬菜，家家地都不多，但足够一年的用项。后来公家搞开发，田地一分一分地少，再后来，就连指甲盖大的一块田也没有了。我目睹了老人脸上的落寞,像天空中飘忽的云影雁影。老人有两儿一女,吃穿都不愁。他们的忧郁,有一种旷古的意味,非常打动人。

我每天下班从那里过,情不自禁地都会朝地里看一眼。栽了白薯以后,两位老人又持续开荒,今天多了一块长方形,明天又多了一块正方形。不知不觉间,偌大的三角地,就被横七竖八的畦垄填满了。种的品种,多到数不过来。挨着路的这边,有一畦葱和一架豆角。葱是培葱,挖一条垄沟,沟里灌上水,待水渗进土里,就把细细的葱苗单摆竖开抹进去。过了夏天,葱苗就能长到小孩胳膊粗,叫大葱了。一看豆角的叶子,就是那种叫老来少的品种。小的时候,是种清白的颜色,紫丢丢的花开过以后,幼儿时期的豆角就像线虫虫一样从架上垂落下来。豆角的品种很多,但老来少是最受欢迎的,也是最传统的。我记得小时候,豆角就分两种:老来少和侉老婆鞋。叫侉老婆鞋的总是爬在篱笆墙上,模样有点像元宝耳朵,小孩子都不爱吃,有股青草味。而老来少则不然,它像黄瓜一样能生食。每次从豆角架下经过,都要揪上一把过过嘴瘾。我们还成群结伙跑到人家的菜园去偷豆角,那时还不知道豆角能中毒——千真万确的是,也从没见有人中过毒。

老来少老来少,顾名思义,就是不爱老。不像有些豆角,身量还没长成呢,吃到嘴里就柴柴禾禾的。有时候去市场买豆角,就怕碰到那个品种。

那天看到老人横穿马路提拎着四桶水,那水桶,却是油桶。盛食用油的桶,拧紧了盖子,看上去也很沉。老人把水浇进刚出苗的倭瓜垵里,我才意识到,这块三角地,没水。玉米长起来了。

土豆长起来了。茼蒿、蒜苗、水萝卜、油菜长起来了。还有爬满垄沟的白薯藤，它们都是老人这样燕子衔泥一样提来的水浇灌下长起来的。再看那个城中村，不远，但要过一条很宽的大马路，要上坡要下坡。老人每天要这样往返多少趟才能让这块三角地有足够的水喝，不用计算，想一想都够令人吃惊的。

忽然有一天，我的眼睛就被这块三角地照亮了。在葱畦后面的高坡上，一簇火红的芍药盛开了。芍药生长在这里，肯定不是一天两天了。但在没开花前，谁也意识不到它的存在，它的周围就是灌木丛，它的绿一点也不打眼。可它开花的那一刻，就有了轰轰烈烈的味道。因为它的位置那么显要和突出，南来北往的人，只要稍稍留意谁都能看到。我不知道芍药都照亮过谁的眼——我敢肯定，为此莫名感动的肯定不止我一个人。那天，一个小女孩拉着妈妈小心地打开了那道柴门，直奔芍药而去。我便想到那对种花的老夫妻，他们看到芍药盛开的那一刻，眼里，脸上，心里，都会是笑的。

我偶然看到了本城诗人杜康写的一首诗：《一个人把土地挖来挖去》，写的就是那个老人：他在我居所前方不足一百米的那块空地 / 不停挖来挖去 / 我看不清他的面孔 / 听不到他的喘息 / 感觉他像一只鼹鼠 / 又像 30 年前逝去的祖父 ……

葡萄与生活品质

如果不是因为有这样一个命题征文，绝不会想起探究葡萄和葡萄背后的历史与文化。即使眼下又是一个丰收的季节，水果摊位上已经能看到紫红葡萄一嘟噜一串的身影。果农驮着大筐走街串巷，叫卖声像蝉鸣一样不绝于耳。每个夏天都会生食很多葡萄，除了关心葡萄的酸甜程度，谁还能想起葡萄与我们的生活有多少关联呢。

那种关联其实有一种超越生活本身的形而上的成分在里边。我国有悠久的栽种葡萄的历史，最早有关葡萄的记载，是2500年前春秋时期的典籍《诗经》。《诗·周南·樛木》载："南有樛木，葛藟累之；乐只君子，福履绥之。""葛"就是一种野生葡萄。漫长的历史长河似乎也只是倏忽一瞬，人们不但积累了丰富的栽培、储藏葡萄的经验，而且对葡萄寄予了人文情感。"酸葡萄"心理该是水光潋滟的一方池塘，照一照，似乎都能从中看见自己的影像。

二十世纪八十年代中期，我在乡政府工作了两年多。那个时候提倡发家致富，"万元户"是许多人奋斗的目标。为了拓宽致富渠道，带领广大农民共同富裕，乡政府组织部分机关干部远赴河北潘家峪参观葡萄种植。截止到目前，潘家峪仍然是我见过的最诗意的村庄。村容整洁划一，街巷浓荫蔽日，葡萄藤密密实实地给村庄做了一顶绿色华盖，串串葡萄呈倒金字塔状排满了街巷，比画上画的都整齐。循着茂密的枝叶，可以找见葡萄根在墙角屋后隐匿着，都是手臂粗。藤本植物长成了树的模样，怎么看都让人肃然起敬。我还记得我们那次参观是在村里随意走，只见到了两三位老人和孩子。他们淡然看着往来穿梭的外乡人，神情中有一种富足和安静。潘家峪人是不是最早从葡萄身上获得收益的，我没有考证。但那次参观让我们激动了很长时间。

几年以后，我奉命采访一个葡萄种植专业户，在一块号称"百亩葡萄园"的地方流连了大半天的时间。翡翠一样的葡萄珠晶莹剔透，挤挤挨挨地长得好不热闹。主人告诉我，这些葡萄是酿酒用的，他与某葡萄酒业集团签了合同，能保证他的葡萄尽产尽销。他过去是养鸡专业户，后来养鸡的人家多了，他才改种葡萄。我在葡萄架下与他聊了许多话题，长了许多见识。第一次知道了酒用葡萄与食用葡萄是不一样的，个头没有食用葡萄大，模样也没有食用葡萄好，可酒用葡萄对土壤和水肥却很挑剔。想种哪就种哪不行，想怎样种就怎样种也不行。种葡萄比养鸡收益高，风险却小。他计划两年以后就能买上四个轮子的车。

他说这话时，脸上洋溢着幸福。

现代版的"葡萄美酒夜光杯"的生活也就这样产生了。当年汉武帝派遣张骞出使西域，将酿造葡萄酒的技术引进中原，葡萄酒便成了皇亲国戚、达官贵人享用的珍品。相传汉朝有个叫孟伦（字伯良）的富人，拿一斛葡萄酒去贿赂宦官张让，当即被任命为凉州刺史。后来苏轼对这件事感慨地说："将军百战竟不侯，伯郎一斗得凉州。"葡萄酒的珍贵从此可见一斑。葡萄酒真正走进我们寻常人的生活也就最近这十几年，它之所以能受到广泛青睐，除了《本草纲目》中强调的"葡萄酒……驻颜色，耐寒"的实用性能外，更有其美学意义上的东西在里面。不管是情侣相约还是朋友聚会，葡萄酒始终与情调、浪漫相辅相成。时尚生活倘若没有红酒佐餐，小资们的生活也许会像没成熟的葡萄一样，缺少甜蜜的味道。

牵牛花开

每天登山都路过一片果园，果园的篱笆墙上长着厚厚的一层牵牛花。牵牛花只有三个颜色，粉红、天蓝、嫣紫。可就是这三种颜色，似乎就把世界上所有的颜色都穷尽了。每天走过这里，都会生出许多联想，女性服饰千姿百态，但似乎找不到像牵牛花这样纯正的色泽。比如它的粉红可以做一件罩衫，那种大气好像什么年龄都能穿。天蓝和嫣紫则适合做裙子，倘若面料像花朵那样柔滑水逸，那可真是动人啊。牵牛花的花形也像喇叭裙，如若让袖珍女孩穿在身上，可真是不错的创意。

牵牛花夜里会关上自己的门户，任你千呼万唤，她也不会打开自己。闭合的牵牛花像瘪瘪的嘴巴，你想不到她是怎样把偌大的喇叭袖进筒里去的。清晨的天际刚嵌出曙色，牵牛花就艳艳地张开了脸，粉红、天蓝、嫣紫，一片繁花景象，哪怕是风天雨天，她们也毫不畏惧，脸是朝向天空的，毫无遮拦，那种绚烂有一种童稚的顽皮或诡异。目光触到她，笑纹便像水晕一样扩展了。牵牛花不知该称她为一种什么花，夏末以后才开始蓬勃，天凉好个秋了，她热闹得像邻家美丽的小姑娘，娇憨得没有一刻不楚楚动人。

我住一楼时，窗外的阳台下散落着许多牵牛花的种子。藤蔓顺着空调主机爬上护栏，再从护栏探进窗内，屋里便有了花的影子。那里恰好是一间书房，两面窗。藤蔓有时候会不识路，我告诉她怎样走，她便小心地从窗框爬上窗帘盒子，屋顶就成了她的世界，她甚至会爬到吊灯上，像小孩子一样不知深浅。就是那样一朵两朵花，给书房增加了不少情致。屋里不管有多少盆栽植物，她也是最招眼的。因为她不用侍弄，因为她远道而来。窗下纠缠着众多的藤本植物，她不努力不勇敢，是爬不进窗来的，单凭这种精神，就令我刮目相看。

今年的秋天我搬家了。又是牵牛花开的季节，因为雨水多，今年的花期似乎提前了，较之往年，花也润泽了不少，繁茂了不少。那天我下山回来，借着路灯的光亮，看见篱笆墙上的牵牛花都要睡着了，有的是开花开累了。有的还没有开花，刚从花蕾中抽长，身体拧成了麻花。我还从没见过开花之前的牵牛花是拧着身子的，观察她这些年，居然也有陌生的时候。不知怎么心里一动，我顺手采了几朵，养到了花瓶里，原也没有想到她会给我个意外。青绿的心形叶子，弯弯曲曲的藤蔓，对于热爱牵牛花的我来说，足以打扮居室了。可奇迹在第二天早晨出现了，花朵招招摇摇地在

瓶里盛开了，天还那样早，太阳还没出来，她居然就开花了。这
真是一个惊喜，已经许久没有什么事让我惊喜到那种程度了，几
朵牵牛花，一下子就让我眼前的世界缤纷起来，就把我的心情点
亮。转天我又采了些，在几个瓶里都插了，家里便被牵牛花包
围了。那样一种意想不到的收获，在闪念之间获得了，让我的心
暖了许久。

　　生活中总会有意想不到的收获，只是你不要强调它非得是物
质的，你就收获多多。

盘山的鸟

　　从盘山东麓的一条水泥路盘旋而上，能切入到山后的一条深
谷里。谷里有水，水边遍布着野韭菜和野蒜苗。当我们试探着步
入谷底时，满坡的树木就成了山谷的华盖，遮出了浓绿色的树阴。
有鸟儿深一声浅一声地唱，因为少了游人的喧嚣，竟一下子对那
鸟叫声入迷了。

　　因为入迷，便有了探究的冲动。山坡林深树密，想看见鸟影
不容易，聆听和分辨鸟儿的叫声，成了一件饶有兴趣的事。有些
叫声是听过的，但那已经是久远之前的事了，同行的人都来自乡
村，应该说对鸟儿的叫声都不陌生，但眼下都住在水泥建筑里，
对来自大自然的声音，已经显得隔膜了。只有置身在青山绿水间，
让一颗心安静地谛听，方有天籁之音入耳。举头望天，云影和鸟

影一并乘风不知何处，心也就海阔天空了 。

俗话说，树林子大了什么鸟都有。对于盘山这片大树林，鸟儿大概是能当作天堂的，声音都觉得水亮和光润。那个发出咕咕叫声的，有个好听的名字叫戴胜，当地人则叫它山和尚、蚂蚁扫。鸟如其名，戴胜是只漂亮的鸟，头顶五彩羽冠，全身棕色，两翅和尾部栗黑色，有棕白色横斑。它长了一只半根竹筷长的嘴巴，专门扫食泥土里、石缝间的蚂蚁和各种昆虫，蚂蚁扫的诨名即来源于此。戴胜似乎知道有人在倾听，叫声越来越悦耳。还有一种鸟的叫声悠悠传来，朋友脱口叫道：是王干哥！这是只久闻其名的鸟，朋友蒋义的一首诗悬于墙壁，就是有关它的：农家有院山之阿，女不及笄镜未磨。小路九曲三山在，巨屏一面两季隔。云花昼卷千百度，松涛夜渡何其多？更兼林中奇异鸟，声声呼唤王干哥。王干哥的叫声像小孩子在打招呼：王干哥，王干哥……叫声实在有趣，同行的朋友都咧起了嘴角。

附近居住的大嫂来卖雪糕，我问起鸟的情况。大嫂说，最有趣还不是王干哥，而是一种叫鸴秋的大鸟，黑色，间或有白的条纹。鸴秋每天起得很早，在村庄上空盘旋，发出阵阵叫声：大嫂起来扒灰儿吧，大嫂起来扒灰儿吧！勤快的女人听见鸴秋的叫声就知道该起床了，打开房门，洒扫庭除，生火做饭。鸴秋很得意女人们听自己的话，很快就会飞走。但如果哪户人家迟迟不开房门，鸴秋就会很生气，站在人家门前的树上，嘴里发出一叠声的叫骂：懒祖宗！懒祖宗！鸟儿这样一骂，半个村庄的人都会知道这家女人睡懒觉。女人们可出不得这样的丑，不管多不情愿，也要很快从炕上爬起来。听了大嫂的话，我们都发出了会心的笑。这种鸟我们小的时候见到过，但在我的家乡，人们会这样翻译它的叫声：大嫂起来搽粥吧，大嫂起来搽粥吧。肯定是同一种鸟儿，只是口音不一样，被翻译得稍有差异。但有一点是不差的，不管搽粥还是扒灰儿，鷔秋都是给女人喊早的。所以我猜，鷔秋的音译者肯定是男性，否则，它怎么非要让女人早起呢？

女人睡个懒觉的感觉也很好。

我们听到了很多熟悉的鸟叫声，除了山喜鹊，小黄鸟，啄木鸟，还有一种叫水筲梁儿的鸟，叫声清脆婉转，还是小的时候听到过。与朋友们探究这种鸟的名字，方知是个象声词。过去的乡间都担着水筲挑水，水筲是铁的，筲梁儿与桶本身摩擦会发出一种类似鸟叫的声音，鸟便因此得名。可水筲梁儿长什么样，我们谁都没有见过。就如眼下，清脆的啼鸣不知从哪里传了来，我们伸长了脑袋寻找，却连个鸟影子也看不到。太阳逐渐暗下去了，山的颜色更加浓郁了。一把野葱野蒜握在手里，也满足得像个富翁一样。

不远处就是高空索道，是通往主峰挂月峰最险要的一段路程。索道在空中盘转，一群归巢的麻雀突然从天而降，围着吊箱扑棱翅膀。我们观察了好久，才发现吊箱下面是有鸟巢的，一会儿的工夫，那些鸟儿就不见了踪影。经询问我们得知，吊箱的中间部位都有孔，每个孔里几乎都有麻雀窝。这些麻雀给了我们很大的惊奇，要知道这一百多个吊箱，都是一模一样，且只有红蓝黄三种颜色。吊箱都在空中运转，那些鸟凭借怎样的记忆找到自己的家门口呢？百思不得其解，不得不承认鸟是聪明的一种动物，那

遍地都是
野芹菜

　　怀旧是人类的一种本能。不管是年长的，还是年少的，岁月的划痕带给人的温馨和怅然感觉大概都差不多。

野芹菜 遍地都是

　　日子在等待和期盼中一天一天地过去了。冬天来了又走了。春天来了。春天是从山上下来的，先是缓缓的柔柔的风，然后便是枯草丛里忽然冒出一簇新绿。还有鸟的声音逐渐变得水亮和清脆。

种聪明也许一点都不亚于人类。

盘山的树林里到底有多少只鸟,大概神仙也不知道。鸟儿也不像人类那样,热衷于数字统计,它们就那样随意而率性地选择自己喜欢的地方安家,然后歌唱。

布谷鸟在歌唱

我居住的城市后面有一座山,山里有一座村庄。二十世纪七十年代因为缺水,村里的人都搬了出来。搬不走的是一座座的石头房子石头墙,几年前被我们偶然撞见,有安德烈一锄挖出庞贝古城的惊喜。那段时间,我们就称它为庞贝古城,经常隔三岔五呼朋唤友跑到那里,野游,野餐。当时的路是一条羊肠小道,要翻过一道道山梁。当站在那座最高的山梁上,山村便以一种水墨画般的姿容呈现了,因为久无人造访,山村犹如仙境。

下午四点多,我沿一条乡村公路去了那座村庄。虽是春天过半,枝头却也有了累累果实。桃,杏子,梨,桑葚,虽说不能入口,可看一看也是享受。更享受的是置身于那座村庄的感觉,出人意料,我听到了布谷的叫声。我跟布谷很熟,小的时候在老家的土炕上,每到农历的某个日子,布谷就在天空歌唱,提醒人们该播种了。家乡人甚至翻译了布谷的歌声:布谷,布谷,老爷们下地,老娘们扛锄。话虽有失文雅,确是典型的乡村风格,细究起来,还有属于男人女人的生活情态,听起来也颇有趣。

　　我跟布谷很熟，却从没见过它长什么样。很多的乡邻，也都没见过布谷长什么样，它可不像麻雀那样，随处可见。它只在每年的播谷时间金口大开，其余的一大块日子，都不知去向。而且，谁都没听到过两只布谷同时歌唱。布谷在很多人的心目中，是一种神秘的鸟，乡间甚至有一种说法，听见布谷叫声的人，会有好运气。我在布谷的歌声里绕过一条长长的缓坡，走进了村庄深处。我从一户人家的院子，跳进另一户人家的院子，蒿草都没膝高了，是因为今年的雨水勤，春天来得早。我每次到这里来，都是这样随意走走，没有目的，什么也不想。思绪像风一样飘渺而又伸手可触，我甚至能感觉到它的温婉。草丛中偶尔会出现一口井，能被惊出冷汗。井是储存果品用的，都是石头垒砌。恍惚中仿佛主人还会从井里钻出来，手提一篮子水果。

　　乡亲们都搬到有水的地方去了，但他们并没有忘记这里。回来探望的都是些上了年纪的老人，牵着一头驴，或一头牛，来这里放牧。也许来这里放牧只是一个借口。我曾经跟一个放牛的老人聊了一个午后，打听这座村庄的历史，那些齐压压的石头房子石头墙，是什么时候建的呢？可惜老人说不清楚。他六十三岁了，说他问过爷爷这个问题，他爷爷也说不清楚。这让我有了很多遐思，一座说不清楚的村庄，是韵味的村庄。

　　我问他为什么翻山越岭来这里放驴，老人自豪地说，这里是老家。

　　有两只小羊在树丛中穿行。与此同时，我发现山坳里有许多只羊在集体合唱，甚至盖过了布谷的歌声。过了一阵工夫，我才发现那些合唱的羊群是小羊的父母叔伯，小羊冲进了那些大羊的怀抱，那些合唱的大羊就闭紧了嘴巴。原来它们是在用合唱的方式呼唤小羊，以为它们的宝贝儿丢了。

山谷里又回响起布谷鸟的歌声。天空飞翔着许多鸟影，可却看不出哪只是布谷。

头上的树叶"啪嗒"响了一声，是一只山喜鹊登在树枝上，吃桑葚呢。不知为什么，山喜鹊在民间的声誉并不好，有俗语说：山喜鹊，尾巴长，娶了媳妇忘了娘。也许忘了娘只因为长尾巴？乡间的许多俗语就图个顺口，不足为凭，却有栽赃之嫌。好在山喜鹊并不知道。一只在林间自由自在的鸟，不会在乎别人说什么。

桑葚大多还是青的，只有少数染了一点点胭脂，变成了红色，看得让人流口水。我发现山喜鹊可真有本事，每次都是用尖嘴拨开树叶，稳准狠地把红桑葚吃到嘴里。看着山喜鹊那样的气势，仿佛吃光一棵树都不在话下。它此刻冲着天空鸣叫，招呼它的伙伴。山喜鹊云集的时候，能把半面天空染黑，假如都站在桑葚树上，得吃掉多少桑葚啊！

山喜鹊的形象也许并不吉祥，难怪它要受人编排。

我在下山的路上看到了放羊人，他坐在一块大石头上，偶尔朝树林里的羊骂一声，因为大羊正在欺负小羊。我问，你这样骂它们能听懂么？放羊人说听得懂，他说什么话羊们都听得懂。放羊人把话说得一本正经，看起来他无所不能。此刻山林间到处回荡着布谷的歌声，我问，你见过布谷鸟吗？

他说小时候养过一只。

我打听布谷鸟什么样。他说布谷一叫就该种谷子了。

他还是没说出所以然。

我在百度里看到了布谷鸟的样子，形象有一点像鸽子，但比鸽子细长。百度里说布谷鸟飞行的时候急速无声，这很符合我心中对布谷鸟的那种神秘感。布谷鸟有没有给我带来好运气我不知道，但听到它的歌声的日子，是幸福的日子。

关于露珠的遐想

有一种璀璨是人们容易忽视的，那就是露珠。它不似星空耀眼，不似礼花夺目。说到这里你也就知道了我对璀璨一词的界定，露珠、星空、礼花，在我看来都是为璀璨一词应运而生的，不过前者需要俯身细瞧，而后两者都需要举头仰视。露珠的璀璨容易被忽视，大约也是命运决定的。常与它打交道的人，不擅长文字表述。擅长文字表述的又鲜有机会与它常打交道。我创作许多年，今天才想起用它做个话题，不能不说这也是个原因。露珠第一次打动我，是包产到户不久的事，我和母亲到地里干活，秋寒露重，衣单体薄，很冷。又是雾气很浓的天气，太阳都在云层里包裹着。可那一大片黄豆地里的露珠一眼望不到边，那样一种无尽的璀璨真正美到无法形容啊！深绿色的叶片，挂着白毛毛的霜，大大小小的露珠静谧地坐在叶片上，珠圆玉润，晶莹剔透，却像大地睁开的眼睛，望天。那一瞬间的感动经久不忘，许多年过去，每当有人提起这个话题，当年的情景都能从记忆深处浮起。记得当时面对着那一片黄豆地，发了许久的呆，大自然如此美妙，真叫人无话可说。

那样美妙的场景，以后再也没有遇到。我总结看美轮美奂的露珠应该具备的条件，得是湿度相对大的早晨，高秆作物不足以呈现那种美，或者呈现了我们也没有条件看到。低秆作物中，花生不行，因为叶片太小。白薯秧也不行，叶子颜色浅，叶面也欠平展，况且匍匐在地表，视角也不对。于是能与心灵碰撞的那个早晨，成了生命中的唯一，因为许多年里，也没有机缘在那样的季节和时辰走到一大片清湛的黄豆地旁，与一望无际的露珠不期而遇，虽然它们明明灭灭地随岁月一路走来，被人留意并欣赏，也是可遇不可求的事。

露与雨并列，称作"雨露"。有个词语叫阳光雨露，现在用得不多了，但能从中看到露的重要作用，与阳光和雨比肩。北方的夏季干旱少雨，农作物的叶子白天被晒得卷曲，夜间有露，叶子便可以恢复原状。可见露与雨的作用和功效大抵相同，都对农作物的生长有好处。但露又属浅尝辄止型，所以人们祈雨，但无人祈露。说到底，雨能救命，露却见不得日光，白天温度升高，露就蒸发得无影无踪。

以露喻人，大概最不妥当。说谁命如朝露，寓意为好日子太短，很快就要结束。这样的话，有谁爱听呢。若说露水夫妻，除了我们习惯性理解的不正当男女关系，情分大概都不能以日子算，因为有"见光死"之嫌。难怪雨露滋润禾苗壮，具体到人，意义却要引申。谁的雨露，雨露给谁，都是微妙而玄虚的事。我们沐浴阳光雨露，这话就不学术，阳光是什么，雨露又是什么，哪里能同日而语。

可偏偏就有人以露喻自己。是位身在高位的长者要离开帅位，一席话说得在座者无不动容。他说做官就好比朝露，需要环境气候孕育出一粒水滴。既然做了水滴，就要像钻石一样发光。水滴被太阳蒸发了，会在叶片上留下圆圆的一个印记，那个印记的材料是泥土，而泥土印记的里面，是洁净的纤尘不染，那是你屁股下面的那把椅子。身处俗世，难免与俗人俗物打交道，要紧的，是记住自己只是一滴朝露，生命的印记，就是那圈泥土筑成的堤坝，若是溃不成堤，首先对不起的，是自己。

说到露珠，就不能不说二十四节气。每年的9月7日前后是白露，有一种说法，说从这天开始，天气转凉，草木有了露水。我国古代将白露分为三候："一候鸿雁来，二候玄鸟归，三候群鸟养羞。"鸿雁与燕子等候鸟南飞避寒，百鸟开始贮存干果粮食以备过冬。我们既不用南飞，也不用储藏，那就多到田野间看看露珠，也不错。

祭山神

农历的三月十七，是山神庙日。每年的这一天，盘山脚下联合村的夏永秀老人都要背上酒肉茶点进山祭祀。许多年以前，东山顶上有座山神庙，山神爷端坐其中，享尽民间香火。前来祭祀的都是附近村庄的百姓，他们有的是打石头的石匠，有的是采药的郎中。有的需要上山砍柴，有的需要进山放牧。山里的路都是小路，磕磕绊绊。山上草密林深，常有野兽出没。让山神爷保佑平安是所有山里人的需求。如今山神庙早已片瓦不在，山神庙日也从许多人的记忆中抹去了。但夏永秀老人固守着这一古老习俗，他是村里的秀才，在县里一中读过书，当过民办教师。一个偶然的机会，我与他结识，并于今年的山神庙日，与几个好朋友一起，完成了祭祀活动。

从村北拣一条山路往山里走，小路是麦饭石铺就的——这是盘山的地质构造决定的。三月还是早春，但山野菜水灵灵地给土地打了补丁。在万千干涩的灌木丛中，冷不丁就会看到一树闹春红杏，如梅花点点入画。所行山路崎岖陡峭自不待说，这里在景区之外，平时少有人烟。但清乾隆年间的静寄山庄围墙随山路逶迤，光洁整齐的墙面，俱是大小石块镶嵌，是俗称虎皮的颜色。盘山"石胜"是一大看点，但俱是清湛的花岗岩石，在石峰间陡然竖起一道虎皮墙，不是风景也是风景。夏永秀老人与山相伴几十年，沿途的草木风景，人文历史都如数家珍。家里养着百十只布尔山羊，每天随羊一起翻山越岭，哪里有瓷器碎片，哪里有断垣残碑，都细心收藏在记忆里。在山深林密之处，终于有重大发现。2008年的秋天，在村里人俗称"老爷庵"的地方，夏永秀发现了瑞云庵遗址。庵址分上下两院，相隔足有百米，且需攀登陡峭崖壁方可到达上院。当年女尼行走的山路早已被草木遮蔽，但在沟谷深处，一条青石铺在溪流之上，被夏永秀命名为"一步桥"。

在下院遗址周围，古磨盘、石碾、石臼等生活器具一应俱全。靠北山崖上有一处石刻，莲花底座上，是两米见方的楷书"佛"字，端庄大气，令人顿生敬畏之心。大青石下有一天然居所，顶部有油灯烟熏痕迹，青石顶部被人工凿出滴水檐，而墙壁的人工粉刷痕迹显示至少有五层，不由让人生出无限联想——伴着青灯古佛在此诵经的女尼，不知有几代。盘山多寺庙，被正规载入志书的有七十二座。奇怪的是，规模足够大的瑞云庵在各类志书中都鲜有记载，这一点，足够让人纳罕。带着这个不解之谜，夏永秀翻阅大量盘山古籍相互印证，古籍中有一处被称作瑞云庵的寺名方位和周围景物与"老爷庵"吻合，这才给这处遗址正名。典籍中有关瑞云庵的笔触寥寥，只是称始建年代不详，金大安年间重修。

这些，都是在去祭山神的路上夏永秀老人边走边说的。因为有实物参照，所以印象颇深。看着年过花甲的老人如山羊般灵敏地攀上爬下，感叹大山给予他健康的体魄，也感叹他一介草民却热衷传统文化的探察与研究。每到一处，他都如探囊取物般把先贤的遗留呈给我们看。瓷器的碎片。印着花纹的青砖。饮马槽。手柄石磨。一只碾盘中间的孔堆积了些泥土，便从里面生出了一株枣树。已有成人小臂粗。碾盘是悬空的，这棵枣树种子在方寸之间依靠少量泥土存活，进而扭曲着成长，根据年轮推断，已有几十年。有人曾经想在这片土地上建私家阴宅，夏永秀给县里写信，才使这片遗址得以保全。

所以我们也就理解了他为什么要年复一年地祭奠山神。除了传承民俗文化的需要，也一定有他对这片土地的大爱在里边。我们费尽周折登临了那片用于祭祀的平台，才发现这里有一片广阔的大青石，成多边形，足有二十几平方米。一向知道盘山多巨石，但如此之大且平平展展的巨石真是第一次得见。斟好三杯酒，摆好瓜果贡品，心底想说的话冲口而出：农历三月二十七，是山神庙日。我等远道而来，恭请山神保佑今年风调雨顺，百姓福寿双全……一叩首，二叩首，再叩首。第一杯酒敬天，第二杯酒敬地，第三杯酒敬山神。虽说祭祀的人少，但一点也不少虔诚和礼仪。来这里之前，我对山神以及山神庙一无所知，但此情此景，我甚至感受到了物我两忘，与自然水乳交融的最高境界。

和煦的风吹过来，送来的是山林的耳语。放眼望去，山美如画。历史就这样扑面走来，还将朝我们身后遥遥走去。我们所能做的，就是珍惜并热爱与我们擦肩而过的那些文化因子，就像民间的夏永秀老人一样。

山里是看红叶时

市里的一位朋友想到蓟县来，约了两次都没能成行。国庆节后的某一天，我陪客人去黄崖关长城，沿路的风景让我喜不自禁。到景区车未停稳，我便迫不及待地给朋友发去了手机短信：山里是看红叶时。那种想与人分享的激动和兴奋溢于言表，大自然的美丽和神奇，总能涤荡尘世中的许多鸡零狗碎，让一颗心变得热烈而清新。人群中不断发出一声一声的惊叹，我转而注视发出惊叹的人，那些远自上海而来的旅人，有的已经白发苍苍了，但我能从他们脸上洋溢出的笑容，读懂他们心底的幸福感觉。他们没想到在蓟北的长城内外，秋景是如此丰富多彩，于是对于家乡的一种自豪感，也油然而生了。

不知从什么时候起，蓟县的北部山区，有了层林尽染的味道。不是一座山是这样，也不是两座山是这样。从西部的盘山，到东部的八仙山，中间还有府君山、梨木台、九山顶、九龙山。每到秋天，连绵的燕山山脉都置身于画框之中了。二十几年前，曾专程去北京的香山看红叶。那个时候的风景，找不到家常的感觉。那些五角枫，装扮出的是一派贵族景象，美则美矣，但显得规整和经意，我至今都还记得它们的情态，是需要人屏住呼气欣赏的。家乡的山则不同，红晕是一点一点炫进秋色的。先是柿子树，柿子黄了，叶子红了。那些个百年老树，树干粗粝枝丫扭曲，却能在枝头生出一派绚烂，于风景中显得妙不可言。秋风吹来，巴掌大的叶片凌空飞舞，它们是不留恋枝头的，而是给柿子留出了空间和舞台。远远望去，皴黑的枝杈吊挂着红艳艳的果子，像无数只小灯笼，从秋天点燃，经过冬天的雨雪风霜，一直亮到春天去了。在萧瑟隆冬中的那一点颜色，能温暖多少行人啊。其次是黄栌，从浅秋到深秋，叶子从绿到黄到红，每一次变化都显得泾渭分明。那种明艳总能张扬出一种气势，让一座山变得灵动。黄栌还开云雾状的花，与丁香的味道相仿，能让一座山香得打喷嚏。经常能看到游人置身于黄栌丛中寻找丁香的影子，他们吸着鼻子，不相信云雾状的花香来自丁香以外的植物——每到这个时候，我总是暗暗发笑。在大自然面前，成年男女都露出了童心未泯的一面，可爱至极。

点缀山山岭岭的不能不谈大片的火炬树，又名鹿角漆。记得二十几年前，火炬还是珍稀树种。山里偶尔能看到几株苗木，还被人当作椿树。这种原产澳大利亚的植物，不远千里而来，在我们也许肥沃、也许贫瘠的山岩峭壁上，盘根错节，丛丛蓬蓬地繁衍子孙，那种理直气壮，大有他乡作故乡的豪气。火炬树树叶繁茂，表面有绒毛，能大量吸附大气中的浮尘及有害物质，牛羊不食其叶片，病虫害不入侵其身体。它们仿佛就是为观赏而生的。而且，就是为了蓟北连绵百里的山脉而生的。春天开白花，夏季浑身绿叶绿果。秋风漫过山脊，一夜之间，所有的叶片就全都红得透亮了。果实高悬在顶端，沐浴一冬的雨雪，乍暖还寒的春天，依然俏立枝头。驱车走津围，或走马营公路去山里，路两旁的风景，就像彩带一样逶迤着随车前行，突然就能看到红彤彤一片厚重的颜色，真是比彩霞还要美丽呵！在火炬树恣意的渲染中，冷不丁地就会看到爬山虎在山体上匍匐前行，它们仿佛也受了秋的感染，让自己红得美艳。但它们显然是低调的，内敛的，扎扎实实的。眼睛只有触到土地才能发现它们的身影。发现了它们，一颗激越的心陡然安静了下来，在飘零的落叶中，没有它们的身影。秋风狂扫落叶，却奈何不了它们。一场秋风秋雨下来，许多树木脂粉凌乱，唯有它们，风雨过后更显洁净美丽，它们依然匍匐在地表，还是原有的姿态。

到山里看红叶，看到的，远远不是红叶本身。

看梨花

　　每年的四月中旬，都是梨花的节日。许多年前我偶然走到平谷和蓟县交界的地方，认识了一个叫泥河的村庄，那里的梨树首先打动了我，其次才是梨花。那些梨树遍布山坡山脚，都堪称百年老树。于是疑惑陡然而生：这个偏远的村庄，莫非从未被割过"资本主义尾巴"？于是每年的四月来这里看梨花，就成了习惯。与家人来，也号召朋友同事们一起来观赏。那时我们会租一辆面包车，早上送了去，晚上再接了来。这一整天的时间，除了踏青，观赏，野餐，也会到老乡家炕上坐坐，串门，说话。乡亲们都很友好，家里做了野菜馅饼子，便邀请我们同吃。我们用手中的相机给他们照张全家福，把照片洗好，千辛万苦让人带过来。

　　转眼，都是十几年前的事情了。现在看那时的照片，年轻自不必说，女儿好小，才上幼儿园。那里有一个穿山洞，据说是山水下来用作分流的，但人站在洞口留个影，便在身后逶迤着半个月亮——那是百米之外的天光映到洞里来了。每次从那里过，都会忆起当年来看梨花的情景，那棵硕大的梨树遮阴了半亩地，我们曾坐在树下聆听。花开的声音，叶长的声音，蜜蜂飞舞的声音，只要用心，都能听得到。十几年的人，和十几年的树，实在不可同日而语，再往细了端详，也看不出这十几年的光阴在百年老树上留下怎样的痕迹。除非把树身剖开，看它的年轮。

我一直以为，在所有树木的花朵中，梨花是最耐看的，也是最有神韵的。车子往蓟北的山岭走，路的两侧，从初春到仲春再到季春，山体一天一个样。桃红杏白翠柳含烟，都抵不过对梨花的期待。就因为有太多的人期待，荒芜的山坡被乡亲们种满了梨树，日复一日，年复一年，种了多少树，大概没有人能够说得清。只见一片梨花如雪，如海，如诗，如画。便被人称了"梨园"。不是一座村庄两座村庄，不是一面山坡两面山坡，而是沿着津围路往深处走，或者，朝东在马营公路上纵横，一路都是"梨园"景象。当地政府便选了个日子，为梨花过起了节日。于是远方的宾朋遥遥赶来，只为一睹芳菲景象。那些描写梨花的诗，大概都被唐人写尽了。现代人置身于香雪海中，纵有满腔诗情，也仅剩下了一个"啊"字。

别人看花，我喜欢看看花的人。那些张大就合不拢的嘴巴，灵动闪亮的眼眸，舒展愉悦的面容，都让我觉得愉快。尤其面对某一张沧桑的脸，神情写满了辛劳，此刻置身于花丛中，便也如春花般明媚敞亮。看这样的脸孔，会让人心生温暖。还有村里的那些乡亲，一边干着农活，一边忙里偷闲与游人攀谈，我们看花，他们是护花之人。梨花的花期很短，繁花似锦之后，是长长的孕育和等待。看他们脸上生出的恬淡，便知梨花之于他们，只意味着秋后的丰收景象。

一条平展的水泥路往梨园深处蜿蜒。我们把车停在路边，且行且走。梨树底下生了很多野葱野蒜，让同行的人一惊一乍。我以为这条路同乡间的许多条路一样，路的尽头会系着一座村庄。可越往深远里走，越不见人间烟火。路两边梨花若云，香气浓厚。登高望远，仿若仙境。跟老乡攀谈得知，路是专为梨园而修的。这条路，原本是要修在村里的，国家有政策，政府有补贴。可乡亲们一商量，梨园步步登高，春种秋收，都需要有条像样的路走车。于是村路似一条带子，挪到了梨园深处。可在游人眼里，这就是条观赏路，人们蜂拥到这里，感叹路的方便与快捷。踩一脚油门，车子能一直开到山巅。

许多年前，我陷入一种哲学的情境中不能自拔。比如，我们管麻雀叫麻雀，麻雀管自己叫什么。自然万物许多都不用依附人类而生存，但人类包揽了对它们的命名权。此刻面对如雪梨花，我又有些发痴。不知道梨花何以就称作梨花，而不是苹果花山楂花。古人命名时，大概也是对梨花格外偏爱的，把最上口的名字留给了它。以梨花入诗，最是妥当和熨帖，否则，也就不会有那么多世代传咏的名篇佳句了。

与花期匆匆有约，又匆匆别离。好在还有明年春暖花开时。

这里的风景撞眼镜

常州村是天津市最北部、海拔最高的塞外深山村。原来没有正规的村名，因为村南有一座青山口，人们顺嘴就叫这座村庄口外的（即长城关外之意）。那么大的天津市都在关里，常州村则像一枚棋子，被哪个仙人随手丢到了关外。

常州村亦叫九山顶，村因山而声名远播。九山顶为清东陵的太祖山，与世隔绝达250多年，动植物在这里繁衍生息，才有了山清水秀、植被茂密的生态大环境。青山口外曾有一座守陵人的官衙，一个自称魏老爷的人在官衙里主事。后来清王朝土崩瓦解，魏老爷家的一些佃户散落到这里，男耕女织，一座山村就这样形成了。因为地处偏僻，村里连一条通往山外的路都没有。羊肠般的一条小路在石头缝里挤出来，瘦得放不平脚掌，一不小心，胶鞋就会被石板卡住。

有一年，国家提倡城乡物资交流，通过抓阄产生幸运者。一位名叫王福有的村民抓到了一辆自行车。可自行车却没法派上用场，村里连一条整齐的街道都没有，到处七高八低。王福有就把自行车像幅画一样挂在了墙上，每天看上两眼，都觉得满足。很多年以后，这辆自行车的车胎糟朽了，掉在了地上，自行车才结束了作为一幅画的使命。到二十世纪八十年代，村里人为出行方便，也陆续买了自行车。可那些自行车都寄存在山下的亲戚家，从新到旧，都没有登过自己家的门槛。

山里人的艰难，不一而足。盖房子用的砖瓦，要靠驴往山里驮。村庄在半山腰上，吃水要到山下的澜水河里去挑。冬天路滑，如果栽了跟头，水就会泼洒一身，棉袄被冻得硬邦邦，就像穿了身铠甲一样。有一家11口人，过年从队里分了一棵半白菜。家里有老人闹病，得拿着大队的证明去公社盖章，上写某某年老体弱，缺乏营养，需白面5斤，照顾为盼云云。老百姓最大的娱乐，就是听大鼓书，冬天踏着一尺厚的雪，男女老少都去。

人穷名都不讲究。挺大岁数的人连个正经名字都没有。就叫大排行，王老几，李老几。村里的姑娘都嫁出去了，山外的姑娘却不肯嫁进来。山里地少，主要种些玉米、谷子、豆类。旧社会下营镇上有几家铺面，村里人借粮食、赊东西都去十几里地以外的镇上。比如一块钱借一斗粮食，秋天还账贱到五毛了，还两斗都不够，只能接着借。有些财主心黑，借一斗得还三斗。

村里人为了改善生活，也想了很多法子。二十世纪六十年代末，村里的全体劳动力干了多年，修了一条能走胶皮车的路。二十世纪七十年代，国家给了些水泥，村里建了一座小水电站。只是季节性强。冬天没水，没法发电。夏天水多了不行，淤柴火末子。有时一个晚上只能点一个小时的灯，就又没电了。

因为没有细粮，村里尝试过种水稻。可因为水凉，水稻都成了秕子。也种过小麦，最多种过 50 亩，因为产量少得可怜而告终。村里有一个叫王春和的人，成年累月在山里开荒种地，有一捧土也要捧到自己家的自留地里。他起早贪黑地干，一年能卖 3000 斤粮食，折合人民币 1800 多元。

1984 年，村里开始兴办企业。先后办过食品厂、石子厂、碳厂、铁矿，因为信息不灵和缺少专门人才，都无一例外地赔了。一个厂子最多赔了 10 万元。

村里有个叫王宝义的人，在保险公司干过几年，跑过许多地方，总觉得家乡的山水和别处不一样。有时候去外地的景区，发现自己家乡的风景一点都不比那些花钱看的地方差。1993 年，他回村当了支部书记，便琢磨靠山吃山的法子。当年有许多老八路在这一代打过游击，王宝义想尽法子把那些人请了来，利用他们的影响和威望给自己出主意、想办法。那些老同志的级别都很高，王宝义咬咬牙新做了20多套被褥。后来这些被褥就与最早的农家旅店挂上了钩，也才有了后来农家院的繁荣和发展。

第一个经营农家院的人叫高翠莲，她把自己家的几间闲屋整修了一下，就成了客房。第一批来住农家院的是天津"七建"的人，他们搞9000系列认证，20人一拨，每人每天食宿25元钱。"七建"的人住了一个月，临走留下意见说，吃的住的都挺好，就是厕所不卫生。于是常州村开始像城市那样搞"水厕"，很快就在全村普及了。

为了把小山村的旅游办出特色，王宝义想了许多法子。村后那座叫九山顶的山，是天津市海拔最高的地方，要翻过一道山梁，才能看到最好的风景。为了能吸引游客，他们仿照战争年代的样子建了个边区食堂，免费提供20多种杂粮和山珍熬的八宝粥，甚至请了身材矮小的人来卖炊饼。这个法子很奏效，很多登山的人自带了饭盒到那里喝粥，临走还要装满，说是给家里的老人尝尝。

小山村的晚上没有什么娱乐项目，为了能把游客留住，他们搞起了篝火晚会，把录音机提到场院里，方便游客跳舞。又宰了羊让城里人边跳舞边烧烤。那一年的红果不值钱，有记者写了《满山红果没人摘》的稿子。常州人又有了灵感，他们首先开展了游客免费采摘活动，到电视台打广告，在公路上打横幅，跑到县境内 40 多家疗养院所，把创意告诉了他们。结果那一年的游客比平时多了一倍。城里人临走把外套都脱了下来，扎紧裤脚和袖口，装红果用，上车时，只穿着一条秋裤回家了。

常州，这个塞外深山村早已不是当年的模样了。路通了，水甜了，别墅成群，牛羊遍地，成了城里人趋之若鹜的地方。每到节假日，各种汽车能从停车场排到村外去。改革开放 30 年来，变化最大的地方是山村，因为山上到处都是宝，人们越来越多地跑出喧嚣的城市，置身青山绿水之间，疲惫的内心就长出青苔了。

山村走笔

许多年前，山里山外这样的称呼，不止单纯是地域的划分。我们上学的时候，政治老师讲笑话，说一个山里人下田种地，有一块地忽然找不着了。山里人山上山下到处找，却找不到，偶然拿起草帽才发现，那块地就在草帽底下。我们听到这则笑话的年代，就知道山里水珍贵，土也珍贵。草帽那样大的一块地，能种几颗粮食呢。山里还意味着行路难，许多人一辈子都走不出一座山。二十世纪八十年代，我们都刚当上文学青年，就听那些文学老青年讲，有个山里的文学爱好者，为了寄一篇稿件，跑十余里地到山下去卖一只老母鸡，好换得一枚邮票，惹得媳妇在身后哭哭啼啼。这情景恰好被老青年看到了，给了他两块钱，让他把母鸡抱了回去——家里的油盐都还指望着拿鸡蛋去换，否则，媳妇哪里会为一只母鸡追出去 10 多里地呢。

山里人的种种艰难，我从很小的时候就有深刻体会。因为叔叔家在山里，每年的正月初一来我家，瘪瘪的大袋子里，还有小袋子。小袋子里，还有布兜子。布兜子里，还有更小的兜子。母亲年年为那些兜子不空着回去而煞费脑筋。有一次，我亲眼看见母亲给那些兜子装烟叶、花生、粉条、薯干之类，她以为，所有的兜子都被装满了，刚要长出一口气，却意外地在最后一个兜子里，又摸出来一个兜子。母亲一屁股坐在了地上——她被又一个"最后"的兜子难住了，想了很久，她把家里仅有的一光儿棉花塞了进去。

所以，那个时候我们就知道，你不能问山里人缺什么。他们似乎什么都没有。二十世纪八十年代初期，我去山里看一位高中时的老师，老师给我们倒的水，说是学生从水洼里抬来的。回来的路上正好路过水洼，才发现那里的蝌蚪不计其数，当即就有一种要翻江倒海的感觉。还是听那位文学老青年说的，有一次，他去山里看朋友，寒冬腊月的天气，朋友只在枣树底下会见他，因为家里的媳妇没有棉衣，整个冬天就只能窝在被子里。山里人的难处，还有给儿子说媳妇，或者，给过世的老人安处新家。长大以后我第一次去叔叔家，陡然感觉到"山外人"的身份是一种荣耀，这种荣耀能从许多人的眼神里看出来。叔叔家邻居的孩子，钓来一条大约二两重的鲫鱼，自己舍不得吃，却送到了叔叔家待客用，让我的鼻子酸酸的。他们不知道，我的家乡就傍着一条大河，一尺长的鲤鱼在我们那儿都不新鲜。后来那条鲫鱼怎么上的餐桌，我早已忘得无影无踪，但暮色中那个拿着钓竿的男孩子的身影，却始终在我眼前晃动。

从什么时候起，山里人的生活，就成了山外人的艳羡呢？都市的，城镇的，甚至像我一样在平原长大的人，都对山里和山里居住的人怀着一种憧憬。不说路宽了，水清了，梨越来越甜，枣子越结越大。这些城市里也有，或者，在城市里花钱就能买到。有钱也买不到的除了负氧离子充足的空气，还有在鸟叫声中沉沉的睡眠，亲手采到的蘑菇、黄花和各种山野菜，没有光污染、能用璀璨形容的清湛的星空，还有，灵魂能像水洗一样变得洁净……无疑，山里山外都在变，可为什么，我们的心情愿离城市越来越远，而又那么愿意离山里越来越近呢？

因为父亲和叔叔的相继故去，在后来的许多年，我们和叔叔家绝了音信。但心底的那一份惦记，一点也没有因为时间的推移而减少。春暖花开的季节，我突然想把惦记变成行动。屈指算来，这时离我上一次去那个小山村，整整 20 年了。于是开车走了长长的山道，在走了无数次岔路以后，终于一路打听着来到了叔叔家。当年记忆中的一切都踪影难寻了，那些低矮的石板屋，忽上忽下的石子路，那些沉闷而破旧的山村景象，真的一丝都找不到了。村里多了许多漂亮的洋房，整齐的街面上，走着三三两两前来观光的人。通过交谈我们得知，客人远道而来，吸引他们的只是人与自然的那一份亲近，以及乡亲们淳朴热忱的目光和表情。

当年我在叔叔家，每天的饭菜就是小黄米饭熬倭瓜。山里没有细粮，倭瓜就长在坝台上，小的不舍得吃，大的要等老了才能吃，每天吃的就是那种半大不小的，面乎乎的在锅里炖。我在这里待了一周，总觉得吃得胃是酸的，眼是绿的。我走的那个早晨，家里的母鸡终于下了一个鸡蛋，于是婶婶拉着我的手不让走，非得吃了蛋羹再走。婶婶烧那口大锅蒸蛋羹，越着急蛋羹越不熟，最后也就那样囫囵吃了一口。而最小的弟弟当时刚7岁，眼巴巴地瞅着我，让我咽下的那口蛋羹，甚至觉得是罪过。

眼下小弟弟是两个孩子的父亲。家里的富足让我觉得九泉之下的叔叔终于可以安心了。小弟弟总爱搂着我的肩，趴在我的耳边说话。原来他的耳朵被爆炸的雷管震聋了。邻家的小孩子点燃了废弃的雷管，不远处居然就是火药库。一旦火药库爆炸，全村将片瓦不存。危难之际小弟弟抢过雷管跑出去几十米扔到了河滩上，结果雷管刚出手，就爆炸了。也就是通过那件事，小弟弟确立了自己在村民之中的威信，他盖房子时，全村人都来帮忙。而村民也从开矿找黄金的热情中警醒了，他们填了矿坑，栽树养草，把村庄变成了一座植物园。

于此，我终于知道了，我在山里也是有家的人。想到这一点，我总是很兴奋。

第五季：楼下人家

　　从四楼的阳台上望下去，一楼的小院尽收眼底。黄师傅牵着
老伴的手出来，有时候会对楼上的我打个招呼。黄师傅招呼，他
的老伴也跟着招呼。只是黄大妈已经语音不清了，她招呼的声音，
像痰吞在喉咙里，呼噜呼噜地拉风箱。

　　自打我搬进这个小区，黄大妈就已经是这样了。所以她生病
之前的样子，我是无缘见到了。听人说，她也是非常能干的人，
手一份儿嘴一份儿。只是一直血压高，又不舍得吃药。她在村里
生活了大半辈子，生了病以后才进城。一个人进出，手里会挂根
拐棍。与黄师傅一起出来，拐棍就是黄师傅了。

　　黄师傅住的位置，正好是一个岔路口，前面有一个小上坡。
小区收垃圾的或搞维修的人从他家门前过，黄师傅总要上前帮忙
推把车。我书房的窗外正好是那条路，几次都让我看了个正着。
逢到这种时候，他老伴就倚着院墙傻呵呵地笑，她的笑声沙哑，
高亢，有很强的穿透力，周围的两栋楼都能听得到，似乎是对黄

师傅的某种奖赏和鼓励。从我这个角度望过去，黄大妈圆团团的脸，像晚秋的向日葵，有着成熟的温暖。

黄师傅是有工资的人，过去在厂里做维修工。现在闲着没事，就在小区里回收废品。黄师傅去回收废品的时候，黄大妈就在外面树阴底下的条凳上坐着，每每有人走过来，她就会问：看见黄大眼儿了么？

黄大眼儿是黄师傅的绰号。

上年纪的人，会打趣地告诉她黄大眼儿正在哪栋楼前忙着。年轻些的，则不好意思面对她，明明看见了黄师傅，也谎称没看见，摆摆手匆匆走了。如果路上暂时没有人路过，她就敞开嗓门大眼儿大眼儿地叫，让躲在楼里的我们，忍俊不禁地笑。俗语说，秤杆不离秤砣，老头不离老婆。看着他们满头白发如雪，除了感叹岁月无情，竟也会在心底生出温馨，当活到一把年纪，还有人这样紧一声慢一声地唤，不是幸福又是什么！

小小的院落里，堆满了黄师傅收购来的废品。黄大妈经常坐在废品旁边的沙发里晒太阳。她一个人坐在那里，会显得手足无措，想干些什么，却又不知道怎么干。有时候，黄师傅坐在那里叠报纸，黄大妈会学着他的样子，先把报纸抚平，这样一折，那样一折，折一下看一眼黄师傅。有时黄师傅里里外外地忙，黄大妈会偶尔撒声娇，怪他不停下来陪陪自己。黄师傅大声说，看不到我在干活吗？黄师傅的话，也能惹人发笑。黄师傅也会和着别人的笑而笑，还要小小地解释一下：遇到个活魔，有啥办法呢。可黄师傅脸上的笑是有韵味的，那种韵味最起码我懂，一点也不觉得老伴的撒娇多余。那天正赶上我从他家门前过，黄师傅不好意思地解释，就是个老小孩，哄她不哭就成。

说起黄大妈的哭，倒是经常的，很多时候，大概并不因为什么。只听黄师傅大声斥责说，不哭不行吗！黄大妈哩哩啦啦地说着话，大概是在解释，那些话我能听到，但一句都不懂。这个时候，黄师傅一准在老伴的膝前蹲着，仰头看着她。此刻看不清黄师傅的脸，我想这个时候他的神情，该是急迫的，无奈的，他也应该有不耐烦的时候。

黄师傅是象棋高手，据称可以打遍整个小区。每天都有来与他过招的人。院子里撑把太阳伞，大热的天，太阳能把人烤煳了。黄师傅与人在太阳伞下搏杀，而这个时候，黄大妈一般都在午睡。下午三点多，黄大妈打着哈欠从屋里出来，黄师傅就得赶紧收摊。不知为什么，黄大妈见不得老伴下象棋，不止一次说，要把他的棋盘掀翻了。黄师傅一叠声地央告，说最后一盘，最后一盘。黄大妈将军一样地拄着拐围着棋盘转，那种情景，看上去也颇有趣。

有一天，黄师傅来敲我家房门，我让他进来，他却不肯，只说问点事。原来，我母亲从商场买了件衬衫，黄大妈说好看，闹着也要买。黄师傅问我母亲衬衫在哪里买的，花了多少钱。我母亲对他说了。不大工夫，就见黄师傅骑着电动三轮车拉着老伴出发了。他们每人戴一顶小白帽，都是紧箍箍的样子，一看就是学生的。可他们戴在头上，都显得很精神。我们在窗前目送他们走的，又看见他们回来了。黄大妈告诉母亲，衬衫卖没了，他们明天要去另一个商场买。母亲说，你可以买件别的颜色或样式啊。可黄大妈说，这个好看，就买这件！连着三天的午后黄师傅都拉着老伴出去买衣服，可最终买来的这件，还是与母亲的衣服有差距。只要母亲穿那件衬衫下楼，黄大妈都要上前摸一摸，说，没你的好看。

我对黄师傅说，您可真好脾气。

黄师傅说，活到我这把年纪，脾气就都好了。

市　场

市场坐落在居民区里，是两三亩地大的一块空场，过去这里是煤站，出八个眼的蜂窝煤，各种拉煤的车辆能排到楼房的拐弯处。煤站转换功能，也就是最近几年的事。刚开始，那些摊贩都挤在马路边，任管理人员怎样说服，也不肯搬到里面去。理由是，那些买东西的顾客图方便，都不愿意往院落深处走。不知过了多长时间，院子忽然就被摊贩挤满了，初来乍到的山里人想在市场谋一块地方卖家里的土特产，居然找不到可以落脚的地方。

市场的功能，充分以需求为载体，有买的，就有卖的。从开始的单纯买卖蔬菜，到干鲜果品、禽肉蛋奶、鲜鱼活虾、各色早点，应有尽有。无论去得多早，里面永远都是熙熙攘攘的人群。我家离市场大约有几百米远，走上一个来回大概要三十分钟。不管工作多紧张，我有空都会到市场转转，哪怕买几根葱，也要舍近求远奔到那里，究其缘由，竟是市场上有我信得过的几个人。

先说卖肉的小姜,是我的邻村人,过去一直在村头卖肉。后来大约是生意越做越好,便在市场租了一个摊位。他的父亲管买生猪,我们家乡的人都知道,小姜的父亲买生猪与别个不同,他要品相好,要生龙活虎。吃了睡、睡了吃的那种猪坚决不要。为此,小姜的父亲买生猪价格总要比别人高出几毛钱,两百斤的猪,就要高出几十块。人的名声,是彼此传诵出来的。比如我的几个亲戚,买肉是必定要买小姜的,他们都学了我。小姜在市场落脚不久,我就见他们的摊位前经常挤得水泄不通。小姜夫妻两个卖肉,有时还要请帮手。他们夫妻两个也随和,常开些轻轻浅浅的玩笑,一来二去,所有的人都成了熟人,肉摊前边的小路,甚至会出现拥堵。而旁边的肉摊,则少有人问津。很有一些人不明就里,问是怎么回事,就有人答,这家卖肉的不糊弄人,吃他家的肉,放心。

没有什么比放心这两个字更吸引人的了。

卖豆浆的原本有两个,某一天突然就出现了第三个。那是山里的一位大嫂,红色塑料大盆里,排满了装满豆浆的塑料袋。她说她的豆浆是石磨磨出来的。开始觉得好奇,试探地尝了尝,方知道豆浆原来还可以如此美味。转天再去,却碰巧她卖完了。连续几天,都买不到她的豆浆,居然失落得很,再喝别人家的豆浆,怎么都觉得不是滋味。有人问大嫂怎么不多磨一些,大嫂说,石磨出活慢,这还起了两点的早呢。那人开玩笑,说可以兑些水。大嫂不以为然,说那样我就对不起我自个儿了,起那样早,就为了卖几瓢水?

大嫂的豆浆生意逐渐做了起来,是家里多添了一盘磨。塑料大盆换成了茶炉那样的一种容器，可以从龙头直接流出来。大嫂这边红火，另两家就冷清了，有一天，我就发现其中的一家悄没声地撤了摊子。市场来的人来，走的人走，大概谁都不以为意。但个中滋味，大概也只有身处其中的人才能品得。

还有山西的一对小夫妇，做各种馅儿的油烧饼。年复一年，他们在市场的一个角落里起早贪黑。许多日子不见，再见还是男人站在案板前揉面，女人在炉灶前翻锅，姿势和表情仿佛都是昨天的。凡去买烧饼的，男人必先大哥大姐大爷大妈地叫。每每有人去买肉馅烧饼，男人都会不经意地说，肉是从姜家肉摊买的肋条肉，言外之意，他用着放心，你吃着也尽可以放心。一晃他们就在市场做了四年了，每天要用 25 公斤的一袋面，四年到底做了多少烧饼，大概也是一个天文数字。有人问他们一年能挣多少钱，小伙子憨厚地笑，说挣不下多少钱。旁边的人不爱听了，说挣不下钱你早就走了，能在这里一站就站四年？

因为有城中村的缘故，附近的乡亲总会把菜园里的一些出产拿到市场上来，一把小葱，或一篮子莴苣，那种鲜嫩，直若得人情不自禁地就要吞口水。一位大娘总在路拐角的马路牙子上铺一块蓝布，上面摆放着一丁点的芫菜或蒜薹，因为量太少，几乎会被所有的顾客忽略。可我总愿意到那个布摊前蹲一会儿，挑一点自己喜欢的蔬菜，顺便和大娘拉拉家常。大娘没有秤，蔬菜都论"把"，每次把蔬菜给我装起来，大娘都会说，下次再来。

大娘的这句"下次再来"也是拉家常式的，这让人听起来舒服。我记着大娘的话，下次来只要看见她，我都会在她面前停下脚步。

其实他们谁都不认识我，即便是我的邻村人小姜，他的信息也是别人传导给我的。

挤在市场川流不息的人群里，我会觉得很快乐。那些快乐有很大的程度来自我认识的那些人。他们忙碌的样子，能让我感觉到生活是那么值得品味。虽然他们并不认识我，可这有什么要紧呢？我认识他们，并因为认识他们而快乐，这才是天底下最重要的事。

纪念花老先生

2010 年 5 月 5 日那一天，原本是一个开心和放松的日子，编辑部组织小说专号的作者去了白蛇谷。早晨阴雨的天气，中午逐渐云消雾散，树的葱茏和花的娇艳都令人目不暇接。我是第一次去那个有些玲珑的景区，看了满眼的珍奇花草，听了满耳朵的传奇故事。一路都在感叹和惊喜，长城关外的那道狭长山谷竟很有些不同凡响，过去多次路过那里，居然从没驻足进去看看。

晚上接到了朋友的电话，说花老先生因车祸去世了，时间就在 5 月 4 日的某一时刻。我大惊失色，对着电话嚷，怎么可能呢？我昨天还与花老先生通了电话呢！你是不是搞错了？朋友说，错不了的，这样的事情怎么会搞错呢。当时我正在公园散步，原本就觉得头疼，此时顿感头痛欲裂。我仔细回味昨天与花老先生通话时的那一幕，第一次怀疑自己：与我通话的难道不是花老先生？

那么，他是谁？

　　5月4日的上午九点左右，我在办公室接待了一位女士。女士举着打印纸糊成的白色信皮儿，说替父亲来送信。简短的几句交谈，我知道了她是花宝村老先生的女儿，在一家企业做会计。我简单问了些花老先生的情况，知道老人家身体还好。女士没有落座，三五句话以后，就急匆匆离去了。我摸着白信皮的那封信，对办公室的同事说，猜猜里面是什么。同事说，是信。我说，肯定还有钱。老先生退还我们的稿费，不是一次了。过去曾把同样的信送到我家里，让我深感不安。花老先生总说，我们办刊物不容易，经费又少，他只能用这种办法帮我们。让我们感动得不得了。我撕开信皮，果然有纸币从里面滑了出来。信照例是花老先生漂亮的小楷作品，写在白色的打印纸上，一笔一划，都甚用心。看过了信，我决定给花老先生打个电话。拨通了号码，里面传来一个有些气喘的声音：喂……

　　我知道花老先生久居乡下，儿女都工作在外，家里只有他和老伴两个人。所以我认定接电话的就是老先生本人。我说，是花老师吧？对方简短地"哦"了一声，听筒里突然传来一个女人凄厉的叫声。我意识到了可能有情况，赶紧：您家里有事吧？我没别的事，就是问候您一声。匆忙放下电话，我对同事说，花老先生的老伴也许有问题，可能会来住院，我们想着去看看她。

　　那一声叫，是撕心裂肺的声音，让人过了许久，胆仍是寒的。所以我想老人也许是有心绞痛之类的毛病。放下电话很久，我还感到惊魂未定。后来根据时间推断，花老先生就是那时出的事。

据门口的保安说，他的女儿刚走到楼下就接了一个电话，然后就哭着跑走了。

谁会想到呢？花老先生是以这样一种谁都想不到的方式匆忙离开了这个世界，把无限的哀思留给了怀念他的每一个人。

认识花老先生是最近两三年的事。听朋友说西龙虎峪的鹿角河村有一位老人，自己写文章、画插图，水平好生了得。后来，一份文稿转到了我手里，厚厚的几十页，都是对家乡风土人情的描述。不论是旧时的石板桥还是富家的门楼宅院，都有相应的图画做说明。而那些图画，都是老先生一笔一笔仅凭记忆画下来的。图画倒不是怎样的精美，但无疑准确而生动，从中能看到家乡的乡土文化给老先生留下的深深印记。几十页的文稿，俱是小楷作品，而且从头至尾，甚至都没有涂抹的痕迹，让人感叹的同时，也不得不叹服老先生为人为文的一份诚恳和认真。记得当初我们面对文稿曾经犹疑过，不知怎样处理才好，后来也只是灵机一动，用扫描的方式把文稿原模原样搬到了刊物上。这简直是一个惊喜，因为《百年村庄》栏目总是排在所有文章的最后边，当读者翻到这些别致的页面，无不为老先生的文章形式叫好。甚至在参加文学刊物评比时，这还作为一种新的形式为人所称道。

我先后见过花老先生两次。第一次是应邀登门拜访。记得花老先生家四四方方的大宅院，种着棉花、花生、蔬菜等十几种植物。给人的感觉，这里既不是农田也不是菜园，就是花老先生的一张画板，他在上面绘出红的绿的白的黄的各种图案。初次见面，一点也没有生疏感。只觉得老先生善良、敦厚、朴实，有着很深的文化底蕴和很高的精神境界，是典型的乡村知识分子形象。喝了一点酒，老先生的脸红扑扑的，说话张嘴即笑，可爱得像个老小孩。我还参观了他的"书房"，是类似仓储间的地方，不整齐，到处堆满了纸片和书籍，想着老先生就是在这个地方一字一字写下那些小楷，心中就莫名感动。第二次见到老先生，是在下乡的路上顺道拐到了那里。那次坐的时间不长，但之于老先生和我，该是一个转折。过去尽管不生疏，但没有觉得随意。那次之后，我偶尔会和老先生通个电话，有时是我打过去，有时是老先生打过来，每次都能叙谈半个多小时。我们叙谈的内容林林总总，但都与乡村文化的发展和传承有关——老先生是一个极有使命感的人。

如果说，老先生的逝去对我们和我们的刊物是个损失的话，我想，感到损失最大的应该是"畅叟园"的那些老伙计。"畅叟园"是花老先生倡议和组织起来的，十几位志同道合的老人，每隔一段时间就会聚一聚。胡琴，毛笔，说笑，都是工具。我曾经很想参加一次老人们组织的活动，但都因为这样或那样的原因，没有参加成。如今，也成了再难了断的遗憾了。很难想象，没有了花老先生，"畅叟园"还是过去那个"畅叟园"么？我真是有几分怀疑。即便是过去那个"畅叟园"，我也会觉得少了花老先生，"畅叟园"便少了灵魂，也少了动力和热情。我是不想参加了，我害怕在其他老人的脸上，看到和花老先生相似的形容，这会让我感伤。

"畅叟园"的老人们充分释放了自己对生活的热情和感情，他们顾不得年事已高，北去承德，南到天津。还走遍了家乡的许多山水。他们是那样一群老人，健康，阳光，乐观，向上。他们总在力所能及地做一些好事。附近有一位高位截瘫的残疾人，他们总是向他伸出援助之手，给予经济或经济以外的一些安慰和补偿。附近有一座海拔一百多米的山，草木葱茏，怪石嶙峋。他们甚至抬起轮椅，把这位残疾人朋友抬到山上，让他享受大自然的风光。当时的情景，老人们说得简约。但我稍微一想象，就觉得很感动。那位残疾人朋友我也认识，二十几岁的时候因车祸致残。在随后的二十几年中，他总是在艰难中苦度时日，若不是有这些老人帮忙，登上这样陡峭的山峰，他可能连想都不敢想。

如今，花老先生永远地走了。如果有在天之灵，我们只想说一句话：唯愿他一路走好。

怀　念

群艺馆的李治邦馆长到蓟县来，我们在办公室里大约只坐了半个小时。除了聊文学，还谈到了人生。不管文学还是人生，话题其实都在围绕前不久前突然去世的作协副书记宋群利同志，一提到他，我就突然泪蒙双眼。我知道前不久治邦馆长写了悼念他的文字。我没写，不是我不想写。我是想把心情和眼泪都放一放。人到中年，情感在变得越来越脆弱。我一直在等我的心安静下来，能把生死看得云淡些，风轻些。能让自己平和地看待他的突然辞世。能把情感在那里打个结，就像我生活中那些曾经的过客一样——可我发现，时间没有减轻那一刻带给我的悲伤。自从作

野芹菜　遍地都是

　　我们冲着落日方向走，两旁的树就像剪影。在高远的天空上，有一条红色的鱼缓缓飞行，一根银亮的线牵在放风筝的人手里。

　　清晨的天际刚嵌出曙色，牵牛花就艳艳地张开了脸，粉红、天蓝、嫣紫，一片繁花景象，哪怕是风天雨天，她们也毫不畏惧，脸是朝向天空的，毫无遮拦，那种绚烂有一种童稚的顽皮或诡异。目光触到她，笑纹便像水晕一样扩展了。

协的小周把这一噩耗通知我，我那失声的一声"啊"，就拖着长长的尾音逶迤进了岁月，我总能在耳朵之外听见自己发出的那一声惊呼。就像此刻，眼泪一次一次地溢出眼眶，甚至穿过面颊淌到了脖领里。那种痛，还是无法言说。

几天前，我把这种痛感告诉了一位朋友。朋友大概觉得我有点夸张，他这样说我：你才跟他打了几次交道啊！

是啊，他到作协并不久。有几次会议我因为这事那事还没能参加。张开巴掌，我能数得过来我们之间有数的那几次交往，其中还包括会议的匆匆见面，只来得及问个好，握个手。至于私下交往，居然一次也没有。写到这里，我甚至自己都会觉得奇怪，如我这样内向和不善于跟陌生人打交道的人，宋群利同志居然没能成为我的陌生人，这到底是怎么回事呢？回过头来一想，也就释然了。他不会成为别人的陌生人。作为天津作协的党组副书记，不管是坐在台上还是坐在台下，他总是一张可亲的脸，眼神永远是在平等地与人交流。甚至握手的时候，都能感受到他发自内心的热情。还有他爽朗的哈哈笑声，以及那个朴实的憨厚劲儿，都能很快缩短他与别人的距离。如今，当这一切都变成回忆的时候，我才突然发现，人与人之间的情谊，与认识时间的长短没有必然的联系。生活中总在发生着各种各样的悲剧，能真正让我们为之疼痛的大概需要一些必要条件，而这些条件，肯定与身份、地位、学识、性别都没有关系，唯一有关系的，除了亲情血缘，就只有一个大写的"人"字。

上一次签约作家述职是在汉沽的梦庄园创作基地，到达目的地以后，会前的一小段休闲时间里，大家三三两两地在园区的葡萄架旁说着闲话。我问了别人才知道，这个长着鬈曲头发的男人就是新来的作协秘书长。而我的小声询问大概他也听到了，我们几乎同时向对方伸出了手，而他在伸出手的同时，已经喊出了我的名字。我的感动就是在那一刻变得具体起来。当时晚报正在连载我的《慢慢消失的乡村词语》一书中的部分章节，宋群利同志的原话这样说：你写乡村的文章很有味道，不像某某，写出的农村题材不是个味。除了惊讶于他的直率，我起初还当他是客气，又深入地谈了谈，才明白他是下了力量了解天津作家创作群体的，因为他谈到了翻阅过去的天津文学杂志，谈到了我 1990 年发的一部中篇小说。我至今都记得留在心底的那一份温暖，那样久远的一篇作品能被人重新提起，不管于我还是于作品本身，都是一件荣幸的事。

　　第一次接到他的电话，是作协组织作家赴台采风。我因为往来通行证遇到了些麻烦，多方奔走无果，但因为不知道症结在哪里，所以一直不甘心。那天突然接到了宋群利副书记的电话，他说因为通行证的原因，我去不了他也去不了。以后会有机会的。他在电话里响亮地对我说。我当时正在外面与人交涉，听了他的话，也就释然了。此后不久，项目作家去江南采风，作协的副秘书长尤德君女士专门打电话给我，说宋副书记记着我上次赴台没能成行的事，问我愿不愿意跟大家一起去江南。我因为有事脱不开身，也没能成行。但这样小的事宋群利同志都还记在心上，时至今日想起来，都还唏嘘不已。

　　他前后来过蓟县两次，都是因为会务在身，来也匆匆去也匆匆。最近的一次重阳诗会在毛家峪举办，文朋诗友们都以为他会来，结果他没来。我打电话询问情况，他说是因为临时有会。最近我才知道，他不是因为有会，而是因为心脏出了问题。可他依旧爽朗的声音太有欺瞒性，生性敏感的我，居然什么都没听出来。之后再见到他，就是在鲁黎诗歌奖的颁奖会上，他在楼上吃完饭，又来到了作者们中间。因为他的加入，喝酒的诗人们又掀起了一个小高潮，他不时跟陈丽伟开着玩笑，并为彼此之间遵守的一个秘密笑得很开心。我劝他以茶代酒，他不依。一点点红酒也是他的心意。陈丽伟有几分醉了，对他说，你以后要多关心我尹大姐，人品文品都没得说。宋副书记哈哈笑着说，我对她比你了解，你关心的都是多余……

　　我知道他说的是酒话。但也是他在这个世界上说的最后一句关于我的话。回想初见他时的情景，我情愿相信他不是信口说的。我希望我是一个他能够了解的人，哪怕他已经去了另一个世界。

　　在天津文坛的天空上，有一颗流星在此闪烁过，拖着长长的尾翼。即便是流星，也给予了很多人温暖。我们有理由怀念他。

浩然千古

　　2008 年 2 月 20 日凌晨两点，著名作家浩然在北京逝世，享年七十六岁。我早晨八点得到消息，随即到网上查找更多的情况，发现当时的网上还无一文半字。

　　很早以前就想写一写有关浩然的文字，是因为内心积聚了太多那种叫情感的东西。很小的时候就把浩然的那几部长篇小说读得烂熟。那时大概是十二三岁的年纪，夏日的村庄蛙鸣阵阵，燥热搅得整个村庄无眠。许多个夜晚我都是背诵《金光大道》的章节入睡，至今还记得第一章小苗绿油油，第十二章节外生枝。一本砖头厚的书放在枕边，并不是想从中获得多少东西。乡村孩子的夜晚无梦，有的只是对描摹家乡生活文字强烈的热爱。

　　光对心智的启迪是不自知的。就像邻居家的院子里换了一盏瓦数很大的灯泡，不但我家院子里是亮的，连屋里都能借到光。

　　见到浩然是改革开放以后的事了。他挂职在三河文联，与家乡蓟县地搭边、房连山。他回家乡的机会多了，与家乡的许多人都成了很好的朋友，这在他的晚年，是值得欣慰的事。浩然祖籍宝坻，很小的时候就因家庭变故随母亲来到了姥姥家——蓟县城西杜吉素村，他童年少年的时光就是在那座灰扑扑的砖瓦房中度过的。浩然的笔名也来自村北山上庙里的一块牌匾，那还是他当儿童团员时候的印象，有一个晚上去庙里集会，浩然抬头看见了正殿上"浩然正气"那四个金黄色的大字，许多年后他以文为生，便信手拈来，选了"浩然"两个字做笔名，并陪伴他终生。

　　1990 年 5 月，浩然时任《北京文学》主编，在潭柘寺组织了一次文学笔会，我也在被邀请之列。那是我第一次见到浩然，没想到见了面浩然就说，他给我写了一封信，问我收没收到。我很愕然，告诉他没有收到。浩然便回想了一下寄信日期，说半个月了，大概是寄丢了。浩然显得有些遗憾，他说许久没写信了，而这封信他是写了些"内容"的。浩然给我写信的动因，是因为我的一个中篇小说与他的一篇随笔登在同一家刊物上，而那家刊物还刊登了我们的照片。浩然看了我的小说，觉得有些话想对我说，便写了那封有"内容"的信。当时我很感动，浩然对人的热忱，以及对家乡后辈文学青年的关注，都给我留下很深的印象。

那封信，不知又在哪里辗转了半个月以后终于到了我手里。

以后因为工作原因，与浩然有了更多的交往。有一件事他给我的印象很深。那是在一次座谈会上，会议室很狭窄，溽热的天气，却没有空调。浩然讲他挂职三河文联的苦衷，他创办了刊物，他拉起了一支文学创作队伍，几年过去了，却与他的初衷背道而驰——浩然原是想搞文学绿化的，是想经营苗圃日后能成就参天大树的。事实证明苗圃绿化容易，成就参天大树却难。浩然在那里用轻松的语调谈笑风生，却难掩眉宇间淡淡的忧愁。他的梦想是理想主义的梦想，与现实发生碰撞，坚硬的往往是现实。日后我在他的泥土巢中又一次见到他，小心地谈了心底的想法。我说文学创作好像不像扫盲班那样能够普及。其实我只是把话说了一半，浩然却点头说，你说得对。

浩然不止一次表示过自己有弱点，私下聊天行，在场面上却不善于讲话。这注定了浩然不是一个夸夸其谈的人。他对人讲究情谊，可也私下感叹他学不会拒绝。浩然经历了政治上的大风大浪，但骨子里的那种忠厚、那种对人不设防的心理，让人感觉到他刚从泥土中走出去不久。

　　有一年，政协文史资料出一本书，其中的某个章节涉及浩然。任务落到我头上，我把浩然的几本传记和所有能够找到的资料都进行了研究和比对。稿子完成后，我坐公共汽车去了三河。当时还是手写稿，厚厚的一沓稿纸，浩然戴着老花镜一页一页看得仔细，不时在稿子上做些修改。看到最后，浩然说，写得不错，就是结尾仓促了些。说完，在稿子下方认真地添写了我的名字。我大为感动，这样小的事浩然也如此细心，让我始料未及。

　　在浩然家吃了一顿家常便饭，席间他问我的小孩是男是女，我告诉他是女孩。浩然很高兴地说，女孩好，女孩知道心疼人。那一刻，我一点也不觉得浩然是大作家，他只是家乡可亲可爱的一个老爷爷。当时我的确想到了他的女儿梁春水，在父亲最困难的时刻，女儿的"心疼"也许是这个世界上一剂最好的良药，能温暖所有的冰冷。

　　去年初冬，我们专程拜访了浩然居住过的那座村庄。在村中央一所破旧的宅院里，就是浩然曾经生活过的地方。荒草掩映着青苔无数，遗落着过去岁月的许多印记。这只是两三个月之前的事，记得当时我们还谈论浩然的千万字的著述都与这所宅院的背景有关。那些鲜活的人物，那些个性化的乡村语言，一直让我们觉得无法逾越。浩然成半植物人已经有几年了，可只要他活着，我们就觉得他离家乡、离我们都很近。他对家乡的人和事都很挂念，这从他的作品中可以读出来。如今浩然已成为一辈古人，他一生的传奇故事，也许就是最好的一部文学作品。

　　可谁又能写出来呢。

属于《艳阳天》的日子已经过去了半个世纪，但许多人随口就能说出他篇首中的一句话：萧长春一家人筷子夹骨头——三根光棍。这是对浩然最好的纪念。

亲笔信

有关方面要出版浩然的书信集，征稿征到了我这里，我不得不把那些搬了几次家、灰尘满面、纸页泛黄的档案袋从柜子里一个一个掏了出来。负责联系的是三河文联的一位负责人，他找到我，而我正好也有事求他。于是约好在某天见面，他带了我需要的材料来，而我也要把浩然给我的亲笔信复印好，他还特别叮嘱说，要印得清楚些，好翻拍照片用。约定见面时间时，他特意问我，那些亲笔信复印好了么？其实我还没抽出时间找，但我不想让他失望，干脆地说，复印好了。

浩然给我写过几封信，有的是因为工作上的事，只有寥寥几句话。但他给我写过一封长信，满满四页稿纸，写得密密麻麻，都是对家乡后辈文学青年殷殷的期盼和鼓励。他当时任《北京文学》主编，邀请我参加不久之后《北京文学》主办的小说创作研讨会。我在一个公开场合跟人谈起过这封信，被有心人记住了。信还是二十世纪八十年代末写的，说真的，我一点也没把握找到。二十几年前的一封信，找不到也应该是能够理解的吧？可我脱口而出的那句"复印好了"，绝了自己的退路。我一边找一边心口发热，不断想倘若真的找不到，就颜面扫地了。说出去的那句话，怎么都挽不回来。覆水难收的滋味，大约指的就是这时候。给不相熟的客人留下言而无信的印象，在我实在是一件难堪的事。

　　唉，干吗要信口说谎呢？我不断地自责。

　　我对自己一点信心也没有。因为我知道自己是一个太粗枝大叶的人，东西总是随手放，这一辈子仿佛都在找东找西。再加上从没有刻意保留什么的习惯，现在临时抱佛脚，佛都不乐意。所有装书信的档案袋都从柜子里掏了出来，占了书房的半个地板。我把袋子挨个倒在地板上，一封一封地翻检，开始还能蹲着，后来一屁股坐在了地板上。虽然找到了浩然写来的两封信，但最想找到的那一封长信，却始终不见踪影。那两封信用的都是《北京文学》的信封，又一轮寻找时，我重点在信封上下功夫，可几百封信翻了个遍，再也没有收获。

　　那一刻的失望和沮丧实在难以形容，可是很快，我的心便被潮水一样的温馨溢满了。有那么一阵子，我甚至忘掉了翻动这些书信的初衷是什么。我沉浸在了以往的岁月里。那些散发着霉味的亲笔信，我已经许久没有动过了。它们就像一段段往事尘封在柜子里，一旦被我铺展在膝盖上，淡蓝色的墨水写成的文字就跳了起来，撞我的眼睛。我不由自主地接受了这种碰撞，那一封封白色或黄色的（牛皮纸）信皮儿，本地的外地的，编辑的作者的，带着浓浓的情愫从四面八方扑面而来，让我不由自主地沉醉。每一封信都能牵动岁月的绳索，让那段已经走进历史的日子，具体而生动起来。

无疑，我生命中的一些日子，是与这些书信密切相关的。尤其是那些曾经志同道合的朋友，一起相扶相携地走过了许多艰难坎坷，现在还能经常见个面，打个电话，发个短信或邮件。那种渗透着历史滋味的情谊，弥足珍贵。一位兄长似的朋友，甚至用白纸给我糊了三十二个信封寄到了我居住的村庄，记得当时我正在村里的露天广场看电影，那一刻的感动曾让我泪眼蒙眬。那是我的人生中最灰暗的日子，我曾经对朋友们宣称：不写了，这辈子再也不想碰文字了。朋友就是在这个背景下不知动用了多少心思耗费了多少时间给我糊了这些信封。如今，这些信封就在我的膝头上，记得过去就是黄颜色的纸，现在就更黄得古朴了。信皮儿被橡皮筋紧紧绑在了一起，硬邦邦的。此刻看在眼里，心中竟还是似有活泉在流淌。

天南地北的许多朋友，很多至今都没有见过面。那些对我倾诉的，或听我倾诉的声音与情感，都在岁月的长河里湮没了。很有一些长长的信件，我甚至想不起写信的人是谁。这让我的心头泛起一阵淡淡的忧伤，那都是些擦肩而过的朋友，只是在擦肩的那一刻，心灵有过碰撞。还有一些求助信件，不是求助钱财，而是求助医治心灵创伤的药方，我不记得我当初都回复了些什么，对求助者有没有什么具体的帮助，如今时过境迁，那些创伤如我当年曾经有过的创伤一样，应该早已平复了吧？

那些信件，只要是属于私人的（不是寄来的样刊或样报），百分之八九十都是小的长方形信封，显得秀气而节俭。百分之八九十都是二十世纪八九十年代的产物。那个时候还有人提倡把信封翻过来重新使一遍。那个时候的各种沙龙和社团多如牛毛。那个时候的年轻人喜欢写信和跳舞，那个时候我们可以坐而论道半天然后拍拍屁股回家……现在，那样小的信封看不见了（看不见来信了），周围被铺天盖地的 A4 纸填满了。起初我还收拢一些只单面有字的纸张备用。可那些纸越聚越多，而用处却几乎没有。即便是圈儿内的朋友小聚，也只剩下了两个字：喝酒。那种纯粹的精神交往越来越少，这是不是意味着我们的大脑里属于精神范畴的东西也越来越少了呢？

就在我的思想七拐八拐的时候，那封千呼万唤的信终于出现了。原来它仍然隐藏在一个小信封内，信封上的地址是苍生文学。这是浩然一手创办的文学刊物，不起眼儿，但对许多文学爱好者来说，却非常重要。

2010 年，最让我感动的事就是收到了两封亲笔信。一封是出自本市的一位文学前辈，虽从未谋面，却一直敬仰。收到信的那天，简直就是我的节日。而另一封是遥远江南的一位读者写来的，我决定用同样的方式回信时，才发现下笔已经很艰难了。习惯了在网上或手机短信中三言两语的方式，而今要写满一两页信纸，竟显得那么奢侈。如今网上流传一种"穿越"话题，许多人都幻想穿越到各个朝代去做帝王将相。而时光如果倒流，我情愿穿越到二十几年前，还做我自己。那些能够亲笔写信和读亲笔信的日子，是我心中永远的怀念。

干　亲

我去一个深山村采访，听说了件有趣的事。村北有棵千年古松，在康熙年间就已经是御封松树王了。二十世纪五六十年代，村里的许多孩子都认古松做干妈。认了不能白认，逢年过节要在树洞里塞几块点心。八月十五塞月饼，五月五甚至塞几个粽子。收秋了，塞几个玉米、谷穗，或者一捧花生两把豆荚，总之都是心意，都是供奉。如今古松的那些干儿女有的已经年过半百，说起往事，口气平淡得已经波澜不惊了。

于是我想起了自己也是有干亲的人。我小时候身体孱弱，三天两头让赤脚医生打针。母亲说，为了孩子好活，认个干妈吧。干妈是一个美丽的女人，我至今还记得她梳两根小辫，在肩上垂着。还记得她的鞋边雪白雪白，还记得她四方脸的颧骨上有两朵红云。我八岁那年，干妈得心脏病死了，因为离我家不远，我还挤在看热闹的人群里看别人哭。那个时候我对死亡没有太多的认识，就像我女儿三岁时对死亡的认识一样，人死了只不过是埋坟。

现在想一想，那个时候的干妈可不在少数。别人给自己家的孩子当，自己也给别人家的孩子当。家家都穷，认了干妈也没什么讲究，叫一声就行了。孩子愿意叫，因为多个妈，新鲜。和众多孩子一起玩，干妈路过时喊一声，孩子就会觉得非常有面子。

那时的干妈也没有什么义务和责任，甚至连个仪式都没有。就是大人当面说清楚，我孩子认你做干妈，干儿干女就算当成了。顶多请顿饭，或者正月初一第一个去拜个早年。

　　乡间朴素的一面从这一点能看出端倪。我好好想了想儿时的伙伴，他们认干妈都是因为像我一样身体不好，或者家里人丁不旺，认下干妈保太平。这个习俗的由来无处可考，但干妈能保佑什么，也没有人细追究。有的女人久不怀孕，生下孩子的第一件事，除了起个猫儿狗儿的贱名，就是给孩子认干妈，这个干妈须是身强体壮，多子多女。干妈不但吃喜蛋，还要做猪鞋，还要参与"抓周"。孩子大一些，健康平安了，这种"干亲"的关系自然就解除了。

　　几乎没有哪个干爹干妈能长久做下去。孩子到了十二三岁的年纪，再叫干爹干妈已经觉得难为情了。我和伙伴们就认真探讨过这个问题，得出的结论是，给人做干儿干女是一件没出息的事。那个时候我正上初中，大量的阅读中，我发现中外文学名著里所有认干爹干妈的人几乎都动机不纯，都不是正面形象。他们要么趋炎附势，狐假虎威。要么卑躬屈膝，一副奴相，这让我对"干亲"一说有了深深的敌意。母亲让我给干爹拜年，我哪里肯去，母亲发了一通脾气，最后不了了之。

　　某一天我去朋友那里取些资料，朋友正接一个电话。原来是下属企业的一个年轻职工要认朋友做干爹。朋友在机关管人事，这种攀附的目的几乎不言自明。电话通了很长时间，朋友始终笑呵呵地与对方说话，但没有答应对方的请求。朋友的样子看上去很享受，仿佛有人认他干亲是件有颜面的事。我问他会不会"认"

下这门干亲，他挥了挥手，说再说。我用开玩笑的口吻说，要警惕糖衣炮弹啊。朋友也开玩笑，说又没有阶级敌人，糖衣炮弹打过来，我收下就是了。

因为工作关系，我在今年春天去了文章开头提到的那个深山村，带人专门去看康熙御封的松树王。我惊奇地发现，那棵松树王是雄性而非雌性，那样多的孩子认它做干妈，可惜它屹立千年却不会说话，否则它的干儿女们该是另外的称呼。它躯干笔直，却粗壮得要四个人张开手臂才能合搂起来，树体在下端像人的两条腿抿在一处，形成了一个凹槽。那凹槽就成了天然的"供桌"，里面居然还有干瘪的瓜果和点心。我向周围的乡亲打听，莫非现在还有人认它当干妈？乡亲们告诉我，现在哪里会有人信这个。村里有一个七十多岁的老人，小时候认了松树做干妈，只有他还惦记着，每年还来看一看，否则来的都是旁不相干的人。

松树旁竖着一个木牌，上面写着"市级文物保护单位。"

百　岁

村里活过百岁的老人屈指可数，百岁就成了一个念想。孩子降生一百天称作"百岁"，像生日一样，是个重大的纪念日。说一个人的身后事，要说百年以后。百年也是百岁，可见百岁对一般人来说，是个盼望。

百岁的黄老太太跟着儿子进城了。儿子媳妇都孝顺，买房买了一楼，前边是个小院，黄老太太每天都出来晒太阳。天还不太冷，黄老太太就已经穿了大棉袄。那天我从她家门口过，听见黄老太太在哭，像孩子那样任性地哭。儿子问她哭啥，她说回家。儿子问她回家干啥，她说找妈。儿子问她找妈干啥。她说妈割草去了。儿子说，今天晚了，天都快黑了，咱明天回去行不行？儿子说得慢声细语，可我知道他在敷衍。因为当时是上午九点多，太阳刚把他家的半个小院照亮。黄老太太却信以为真了，哭唧唧地说，真的明儿回去？儿子说，明儿保证回去。黄老太太马上就安静了，舒舒服服躺在摇椅上，嘴里哼着歌。不成调，但那确实是歌。隔着矮墙头，我和黄老太太招了招手，黄老太太居然像婴儿那样笑，嘴巴瘪瘪的，脸上的皱纹像盛开的菊花瓣一样。

我从楼口出来，就是黄老太太家的院子。小的时候，我吃过黄老太太做的豆粥。那个时候家家户户都缺粮食，黄老太太家似乎好些。他们家都是劳动力，没有吃闲饭的。黄老太太年轻时以不会生孩子著称，过了五十岁，却奇迹般地怀孕了。那个时候大家都在生产队干活，谁都不相信黄老太太怀孕了，虽然怀孕反应与其他孕妇别无二致，黄老太太自己也不相信。但到底一个婴儿降生了。方圆几十里，黄老太太也是年龄最大的孕妇，就像眼下她是周围几个村庄最高寿的老人一样。春天的时候，黄老太太还挂着拐杖站在门口看人，她喜欢看人，也认得我。现在她不光不认识我，也不认识自己已经过世的老伴儿了。那天黄老太太的儿子拿着一幅照片问她是谁，老太太看了半晌，还用手摸了摸，抬起脸来对儿子说，是咱庄上的？

　　每个上午，黄老太太都坐在院子里哭，嘴里嘟囔着回家，找妈。她还自言自语说，妈去西洼割草去了，喂驴。她家的门口挨着路，黄老太太的哭声和嘟囔声，惹得许多路过这里的人笑个不停。一百岁的老人了，倒像个吃奶的孩子。她用宽大的棉袄袖子抹眼泪，赤红的眼睛打量看她的人，心里明净得什么都没有。左邻右舍的人都劝黄老太太的儿子回趟家，现在交通这么方便，何苦让她每天哭哭啼啼呢？黄老太太的儿子愁眉苦脸地说，家里没了亲人，房产也卖了，回去投奔谁呢？他们家的房子是雕花木头门楼，是祖上留下来的，离我家很近。当然这是我小时候的印象。台阶都是花岗岩的，门口一边一个小石凳，看上去古里古气。那所宅院早就卖给别人了，人家又盖了红砖房，黄老太太这个时候回去，连些影子都不会看到了。

　　后来他们还是回了趟家，因为黄老太太哭闹起来没完没了，再也不相信天黑之类的骗人的话了。车从南面进的村，一路朝村北开。因为有风，车窗玻璃并没有摇下来，黄老太太身处全封闭的汽车里，一会朝西指，一会朝东指。车子开到了哪里，黄老太太并不知道，可她知道车窗外是家，她不闹着回家了，而只说找妈。黄老太太破天荒地没有哭，她笑。她说妈去西洼割草了，喂驴。于是车子又朝西开。西边有一条环村路，穿过一片杨树林，就能拐到柏油路上，顺着柏油路就能到县城了。汽车就是顺着这样的路线不知不觉开出了村子，出了村黄老太太就闭上了眼睛。走出了好远的路，黄老太太的儿子才发现母亲的嘴角流出了许多涎水，她并不是在睡觉，她过世了。

黄老太太的事，让村里人咀嚼了好长时间。她忘记了世界上所有的事，却独记得家，记得妈。大家都在猜测她要找的妈是谁，是娘家妈，还是婆婆妈？从西洼、割草、喂驴这样的话语中，村里人感觉她说的是娘家的事，因为我们村没有西洼，没人记得黄老太太曾经养过驴。可谁知道呢，一个百岁老人糊里糊涂说的话，哪能当真呢！这件事让村里的许多人都很郁闷，他们太想弄清楚黄老太太话里的意思了。可惜黄老太太的年岁实在是太大了，现在村里健在的老人，都不足以回忆她的历史——黄老太太的上辈人，那是上辈子人才能了解的事。

第六季：与女儿对话

女儿姓王，乳名叫天天。

女儿会说话时就问过我为什么姓王，我说因为爸爸姓王。女儿问爸爸为什么姓王，我说因为爷爷姓王。女儿又问爷爷为什么姓王，我就不敢回答了。当时我们正躺在被窝里，这样回答下去，恐怕天亮都回答不完。

女儿两岁半上幼儿园，我去老家接她。正是晚霞最灿烂的时刻，我和她走在长长的河堤上，手牵着手。我说，天天，你是大姑娘了，要上幼儿园了。幼儿园有许多小朋友，你喜欢幼儿园吗？

女儿叹了一口气，说："我也没有钱啊！"

深秋的季节，我骑车带她去大姨家，远处有一列火车隆隆而过。我问："天天，你知道火车有妈妈吗？"

女儿回答："有。"

我说："火车的妈妈是谁？"

她诡秘地一笑："尹学芸。"

后来有朋友戏称我为"钢铁母亲"。

幼儿园第一年放暑假,女儿在姥姥家。有一天她神秘地告诉我:"红红的爷爷死了。"

我问她知不知道什么叫"死了"。

女儿不屑地说:"当然知道,死了就是埋坟。"

那天,女儿从幼儿园回来自己洗了手和脸,然后说:"妈妈,我要洗足。"

我没听明白,"洗什么?"

女儿不满地说:"连这都不明白,老师说,足就是脚。"

有一天,我做饭时破例没穿那件工作服,而是戴了围裙。女儿看见了,吃惊地说:"妈妈,你披着垫子干啥?"

放寒假了,女儿要跟着姥姥回家去。临走把擦脸油装进了衣兜里。我说:"天天不装本书?"

女儿说:"对对对,还有书。"

那天,领着女儿上山,半路看见许多军车停在路边。我好奇地走过去看,女儿不满地说:

"你是不是想跟去呀?讨厌。"

晚上领女儿去朋友家串门儿。朋友家的小哥哥上三年级。悄悄地问:"天天有男朋友吗?"

女儿把幼儿园的男生数了一串。

小哥哥说:"没意思。幼儿园的女生什么都不懂。"

我教了几首唐诗,女儿一学就会。这天,女儿从幼儿园回来兴高采烈,说:"老师也教唐诗了。"

我说："背一背。"

女儿背道："秋姑娘，秋姑娘，秋姑娘穿着花衣裳……"

那天晚上，女儿和爸爸一起盯着电视屏幕看武打片。我说："一个大膏药，一个小膏药。"

没人理我。

我说："天天，谁是大膏药，谁是小膏药？"

女儿说："爸爸是大膏药，妈妈是小膏药。"

我对女儿说，自己的事要自己做。有一天，我看见她洗脚的时候倒背着手。我问："怎么不用手？"

女儿说："我怕把手洗臭了。"

上幼儿园回来女儿告诉我："付林没人的时候管我叫'美人儿'。"

我问："有人的时候管你叫什么？"

女儿说："别问，难听死了。"

有一天，我忽然想起有个问题从没问过她。当时是在山坡上，我们选择了一条没人走的路登山。我问："天天，你知道自己是哪国人吗？"

女儿毫不客气地说："我是美国人。"

吓了我一跳。我问她为什么说自己是"美国人"。

女儿不假思索地说："美国人都好美。"

那天，女儿悲伤地告诉我："张相宜不和我好了。"

我问为什么。

女儿说："张相宜把老师的一张纸拿走了。老师问谁把纸拿走了？我说，张相宜。"

我许久没有说话，一时搞不清楚是对还是错。

女儿看着我的眼睛，心虚地说："我没有告诉老师，告诉老师的是温家伟。"

我说："明天我去问温家伟。告诉老师的到底是谁？"

女儿一低头："是我。"

我还是不知道该对女儿说什么。

想了想，我说："明天你要主动找张相宜玩。"

女儿问为什么。

我说，不为什么。

开裆裤

我有理由相信，发明开裆裤的一定是乡下某个手巧的妇人。开裆裤是为了"方便"，而最能"方便"的地方，是乡下的房前屋后，或炕上地下。乡下炕是土炕，地是土地，对"方而便之"有无法言说的好处。土地对肥料有一种奇怪的接受力，除了改变土壤构成的需要，对肥料本身而言，也有一种包容和改变。我不知道这样的表述有没有接近我所要表达的意思。打个比方，一块水泥地板和一块土地，被孩子尿了同样一泡尿，结果肯定是不一样的。土地很快就会把尿液吸收，然后装作一副若无其事的样子。如果碰巧那里有一粒种子，还能催生种子发芽并茁壮成长。而换成水泥地，除了画幅"地图"，还有挥之不去的气味。如果恰是阴冷潮湿的天气，那"地图"和气味不知要存活多久。如果水泥地和土地可以代表城市和乡村的话，对接受"方便"的程度而言，该是不言而喻的。

这大概就是我对这个问题的想法。

如果做一个假设，开裆裤是晚于裤子出现的（其实一定是这样），那么猜测它有如下诞生的理由：乡村的孩子很小就能脱离父母的视线，会走路就会串门子，他们自己"方便"的机会多。乡村的孩子衣衫短缺，更换难度大。某个母亲在情急之下突发灵感，把裤子剪开一条缝儿，于是开裆裤产生了。

事情一定是这样。其产生的年代无考，许是在孔子之前，许是在孔子之后。之所以用孔子做参照，是因为我和一个乡邻探讨这个问题时，他随口说出来的。他年纪已经很大了，只读过很少书。他说孔子也是穿过开裆裤的人，一直穿到七岁。这个话题简直令我兴奋。我问他是听谁说的，潜意识中，我觉得这如果是个传说也好。可他说是自己猜的。他说孔子也是人，是人就该穿过开裆裤。说了这话，他就举着羊鞭去放羊了。当时正是朝霞满天的时候，他走在霞光的金辉里，我觉得他就像哲人一样。

之所以想到写这个题目，与我对开裆裤的看法有关。无论是在城市还是乡村，它一点也看不出快要消失的样子。商店里形形色色的婴儿衣裤，无一例外都是开裆的。可我一点也不认为这个发明有多好。我觉得这关乎一个孩子的尊严。无论男孩还是女孩，尊严都不该与暴露无关。尤其是在大庭广众面前给婴儿把尿，真是颜面扫地的一件事。有一次在火车站，我听见一个女孩对妈妈说，但愿我小时候没穿过开裆裤，丑死了。她的旁边就是一个旁若无人地给孩子把尿的女人，但她无动于衷。女孩的话触动了我。我当时仔细看了看孩子裤子的位置，假若不是开裆的，即便把尿，也是可以遮羞的。我想大人也没有权利随意暴露孩子的私处，不要以为他们小，就可以置他们的尊严于不顾。

有一件事情刺激了我。我住处的北面有一条干线铁路，每天有拉沙石料的两趟火车通过。这里没有盖住宅楼之前，我们经常沿着铁路散步。铁路两侧有许多观赏树木，入秋时节叶子红红绿绿，煞是好看。自从这里成了建筑工地，就少有人走动了。有一次，我无意中走到那里，才发现一千米长的铁路都成了露天公厕，而真正的公厕离铁路不足 50 米。

国人喜欢"方便"的习惯，我觉得与穿开裆裤时的意识有关，区别只是长大以后知道要避一避人。我们总是很难在自己的意识中建立一种铁的秩序，比如过马路时总是等不得红灯，只要路口无人，心就蠢蠢欲动。乡村的小孩子，至少在学龄前是可以随意大小便的，所以家家的院子里放着一把铁锹，用来锄"便"。养狗，有时也用来给孩子舔屁股。因此，我对开裆裤的好处总是视而不见，它给人提供的那点便利，我很有些看不上眼。

有字的纸

我开始学习文学创作的时候，正在村里的服装厂上班，每天要工作十五六个小时。那些随时冒出来的被称为灵感的东西，都被我随手记到了做衣服样子的纸片、香烟盒或其他一些废纸上。我的卧室里到处乱放着那些写满字的纸，因为没有一块完整的时间坐下来整理，那些纸片都像鸟的羽毛一样到处乱飞。我这样说一点也不夸张，农村的房子都是那种大窗，前窗是一铺大炕，后窗有半个人高，如果有风形成对流，能把一本书吹得飞起来——那书就像长了翅膀一样。

我的那些有字的纸，被吹到炕上地下甚至柜子底下，都是妈把它们一片一片捡起来，归拢好。妈不识字，只在中华人民共和国成立初期上过两天妇女识字班，学了两句话，记了一辈子：单丝不成线，独木难成林。妈对那些有字的纸很看重，如果她需要用纸剪个鞋样子之类，她一定要等我回来，问清楚。如果实在急用，她会选择一张无字的纸，虽然有些心疼。事后她会遗憾地说，本来想用那张纸来着，可怕上面的字你有用。

我那时候写的文字，基本上都没什么用。因为它们都不能变成铅字。这在很长的一段时间，是我心中的一个结。有时候深夜下班回来，特别希望屋子变成一个干净的屋子，干干净净，一张纸片也没有。被老鼠吃掉了，或者被邻家的小孩子拿走了。总之无论因为什么原因让那些纸片不存在了，我都会很轻松。可这样的事情从没发生过。因为妈把它们守护得好好的。

妈不识字，却认得我的名字。村里的信箱里经常有几十封信，妈不需要借助任何人，就能准确地把我的信拿回来——那些信大部分都是退稿信。有一天妈在炕上缝棉被，收音机打开着，我从窗外就看见妈听得仔细的样子。我问妈听的什么，妈稍微想了一下告诉我，是散文，一个叫杨朔的人写的《荔枝蜜》。

那一刻我的眼泪差点掉下来。

许多年后我也问妈，怎么会那么看重那些文字呢？妈说，你写字的时候，都是深夜十一二点，人困得哈欠一个连着一个，嘴都合不拢。那样写出来的字，咋能随便糟蹋呢？我那个时候躺在炕上，都不敢合眼。眼一合天就亮，快着呢。有时候妈会突然打开灯看我睡没睡，问我今天的纸上写的都是啥。我知道我说了妈也听不懂，可即使听不懂，妈也喜欢听。

转眼我也有了女儿，女儿从上小学一年级，开始自己住一个房间。我每天给她打扫卫生，凡是扔在地上的纸片，我都捡起来仔细看，完全是下意识的。那些纸片有的记着作业题，第几页，第几题。明知道是昨天用过的，扔掉了，还会捡回来，总觉得不踏实。有时候那些纸片则记着流行歌曲或心仪的一首李清照的词，遂把笤帚戳到床边，坐在床沿上，细细看上两三遍。其实那些歌曲或词都在别处看过，可与在这里看不同。女儿歪歪扭扭的字里面，有着对歌曲或词的一种情愫，那种情愫我不懂，可我愿意跟在女儿后面去体会。

纪念公元 2008 年

生命中总有一些岁月是有着特别的分量的。比如 2000 年，比如 2008 年。我还清楚地记得 2000 年的那个清晨下着小雪，我一个人到山顶上去看日出——当然是没有的。雪花轻巧地随风而飘，落到面颊上，凉沁沁的。那是一个新世纪，许久都被祈盼着。许多新闻媒体聚集在浙江一个叫石塘的小镇，翘首新世纪的第一缕曙光。我登上海拔 300 多米的山顶，明明知道不会有日出，可我找给自己登山的理由，仍是到山顶去看太阳。

2008 年走进记忆，与我的女儿有关。因为申奥成功的那个夜晚，我和女儿在蔚蓝色的海边。那时她还是一个小女孩，穿着淡黄色的布裙，一个晚上要从单人床上掉下来三次。我们坐在被海水打湿的沙滩上，憧憬着那个遥远的 2008。女儿问我，妈妈，2008 年是什么样子呢？我说，你的个子长高了，你现在是小学生，那时就是高中生了。女儿喜欢长头发，她比划着脚踝说，到了 2008 年，头发是不是就长到这里了？沙滩上有人在三三两两地举杯欢庆，远处的酒店在燃放璀璨的烟花。我和女儿坐在海边认真地发愁，2008 年，还那么远，那么远。那种感觉有点像小时候盼过年，只不过，眼下的日子是用手指头数不过来的。夜色中白花花的海浪一波一波地朝岸上涌，把我们的思绪都打湿了。

2008 年发生了多少大事，是不需要我在这里赘述的。我想说的只是，七年前在那个有着烟花的海边，我们憧憬那个遥远的年份时，并不知道奥运是个什么样子，并不知道这个沉淀在我们记忆深处的年份要发生多少事情。但女儿如我所愿，树苗似的长了起来。茁壮，健康。在家从不洗袜子的她，因为上高中选择了住校，不得不学会了自己打理很多事情。铺床叠被，打扫庭除，料理自己的一日三餐。我偶尔去学校看她，发现宿舍的水泥地面光可鉴人，狭小的空间被八张床铺挤满，但到处井井有条，一尘不染。八个女孩同时冲你灿烂地笑，你会恍惚觉得这间并不朝阳的宿舍都被阳光挤满了。

　　就在秋天的某一个午后，我突然发现女儿长大了。那是我们去超市的路上，女儿和姥姥走在前面，我走在她们的后面。这使我终于有机会从容地打量女儿，因为在这之前，我一直习惯牵着女儿的手，这种习惯从她睡在我身边时就开始了。那时候她还小得像个塑料娃娃，小手就一直放在我的手心里。握着女儿的手，我的觉才能睡得安稳。一晃十几年过去了，女儿已经高出我一头，可只要她走在我身边，我总是情不自禁地把她的手握在我的掌心。完全是下意识的，觉得女儿还是睡在我身边的那个塑料娃娃。然后就是秋天的那个午后，我偶然发现，姥姥的手被女儿牵在手心里。是的，女儿是牵着姥姥的手在走。上坡下坎，她会用一只手臂环住姥姥的腰。对面有一辆汽车飞驰而过，她敏捷地把姥姥让到了里侧。汽车旋起的风吹飞了她的头发，她扭过头去，微微眯起眼睛。那一刻，我的心情复杂得难以形容，我不知道女儿在想些什么，可我在女儿身上看到一种担当和责任，而这些都让我觉得陌生。

从此我给自己定下了规矩，不许再牵女儿的手。行文至此，我仍觉得心是痒的，因为那样一种欲望需要克制。有时我和女儿在外散步要走很长时间，她的左臂和我的右臂不时进行小范围摩擦，我特别渴望像过去那样把女儿的手握在掌心里。但我提醒自己，不能。这本来是一件很难说出口的小得不能再小的事情，可真正做到，居然也是困难的事。

女儿的头发没有长至脚踝，但女儿的成长多少有点出乎我的意料。我在岁末的雪后记述有关女儿的故事，公元2008年，没有辜负我若干年的期望和等待。

高中三年

女儿去参加高考了，我留下来准备午饭，突然就想为这三年写点什么。

三年里的那些个日夜，女儿绝大多数是在学校度过的，因为当初选择了住校，也就选择了少小离家的生活。当年我在杭州出差，她军训的时候想家，哭得一塌糊涂。她哭我心里也难受，好在再想家也还不是住在家里不走，开学了，拉着硕大的包，装了吃的穿的用的，下楼，连头也不回。

跟头趔趄的三年，就那样过去了。到高三下半年，成堆的书开始往家抱，说是没用了。可没用的书，也不敢当废纸处理掉，总怕哪一天又有了用处。洗手间的一面墙壁上，一本一本摞着那些书，直摞到半人高。有时望着那些书，心中会生出疼痛。那样多的书，也不知女儿学懂了多少。那样多的知识，在女儿的一生中，能发挥效能的也不知道有几何。随便摸出一本书，还光鲜得像是女儿青春的脸。那样的书，显然是被视作无用功的，虽然它也来这世上走一遭，显而易见的是，连最基本的作用都没能发挥。一本书的命运，有点像一只昆虫的命运，不知道缘何而来，也不知道缘何而去。它们曾经存在过，可我们却对它一无所知。

女儿就像一株小苗，从纸张文字的缝隙里钻了出来，长高了，长壮了。拨开脑门上的刘海，蓦然发现，那些青春痘不知什么时候连踪影都没有留下。上到电子秤上，女儿惊呼，长了十好几斤啊，减肥了，减肥！总说学校伙食差，吃不好，睡不好。可再困难的时候，也没见她瘦比黄花。高中三年，锻炼学生的同时，也在锻炼家长。过去一听她哭唧唧的声音，就以为世界末日来了。后来终于想明白了，困难和挫折都与她的情绪形成了连环套，情绪好了，套就解了，也就什么都好了。

当初选择让女儿远离城市，到一座半军事化的校园去读书，也曾有过许多顾虑。过惯了衣来伸手饭来张口的日子，自己应对一份陌生的环境和生活，总怕选择错了方向，总怕有什么闪失。受得了与受不了，成了我们经常探讨的话题。三年高中下来才知道，没有什么困难是克服不了的。没有什么挫折是不能承受的。磨砺性格的同时，也在磨砺神经。而这种磨砺，早一天或晚一天，迟早都要面对。心理和生理的健康指数，在一个目所能及的范围内，看得见，就少担心。

女儿自打上幼儿园，就开始挑吃挑穿。凡是她看不入眼的东西，打死也不吃也不穿。那种倔强，真是让我们伤透了脑筋。就在几个月前，还在吵着毕业以后要买好手机，要换新笔记本。如今真的毕业了，却又把一切都看淡了。衣服穿得随意，饭也吃得随意。家里的旧手机带在身上，说一直要用到自己有能力买为止。有能力为自己买，还要有能力为爸爸买，然后为妈妈买。问她为什么要把妈妈排在后面，她说因为妈妈的手机比爸爸的好。看着她整日无所用心，却原来也有这样细小的算计。我主张给她买个新笔记本电脑，她却说用旧的也没什么不好。我迷惑不解，却又感动莫名。这最后的几个月，到底发生了什么，怎么就有了脱胎换骨的意思，莫非这就是老人家们常说的开窍了？

总慨叹做学生不易，做家长更难。时常有一个感觉，家长都让孩子的未来给吓着了。所以从怀胎十月，到幼儿园、小学、初中、高中每一个阶段，都是家长费尽心力的事。我们为什么费尽心力？是不想让孩子输在起跑线上。为什么不能输在起跑线上？是要有一个好的未来。好的未来什么样？当然是一千个人就有一千种解释了。但很多寻常人的想法其实耐人寻味，概括起来不外乎两点：工作不要太累，收入一定要好。不知从什么时候起，我们的理想，都已经是被物化了的理想。其实大人的理想不代表孩子的理想，可我们情愿让自己的理想代替孩子的理想，并为之奔波。所以做父母的不累，那是没天理的事。

高中三年最重要的一天，是 18 岁生日。这个具有成人标志的一天，女儿是在学校过的。为了不影响她，我们没有去学校打扰她。没有去打扰她，心里却不舒服了好几天，总觉得在这一天，应该为她做点什么。后来问她有没有为自己过生日，她说去小卖店买了两块蛋糕，一块自己吃，一块送给了同学。这样的生日，在记忆中，也许更印象深刻。

女儿遭遇初恋

朋友的女儿读初二，每晚放学都看见楼拐角处有一个男生站在那里。男生大上两岁，读高一。看着面熟，却不知道姓甚名谁，家住哪里，为什么每天都站在楼拐角的阴影里。有一天，朋友的女儿放晚自习回来，被男生截住了。男生挡在女孩自行车前，说我注意你已经很久了，我很喜欢你，你知道吗？朋友的女儿一听这话，吓得哇哇叫着夺路而逃。朋友家住六楼，女儿一路狂奔着拼命擂响了自家的房门，变颜变色地说自己遇到了坏人。朋友起初也吓了一跳，待问清了根由，朋友轻松地笑了。朋友说，有人喜欢你了，闺女，你长大了。

朋友的女儿是我看着长大的。想象力丰富，长得也漂亮，喜欢婉约派诗词。我第一次看她写的那些诗词吓下了一跳，都是哀婉凄美的句子，偶尔还冒出一首《满江红》来，虽然有些句子不通文理，却同样能感觉到壮怀激烈，让人根本不相信这是出自一个小女孩之手。朋友把女儿的"作品"拿给我看，是想让我提些意见。我不懂诗词，但提醒朋友要留意女儿的心理变化，小小的年纪，哪里盛得住那么多忧愁。朋友却颇不以为然，说你闻闻那些诗词什么味儿。看我不解，朋友解释说——厕所味儿。那些"作品"都是女儿坐马桶时写出来的，朋友家的楼是这座城市的制高点，窗户对着山峦，层林尽染的秋季，厕所的窗外就是一幅画框。朋友的女儿就是日复一日地在马桶上"坐诗"的。朋友说，你说怪不怪，她出了厕所就一句"诗"也写不出来，所以家里人都叫她"厕所诗人"。

接着说那个晚上。朋友把女儿的晚饭打理好，就下了楼。朋友对女儿说，我去看看喜欢我女儿的小兔崽子什么样，可别寒碜得像 F4。F4 是女儿心中的偶像，女儿的枕头底下压着许多 F4 的照片。

朋友在楼下转了一圈，把女儿的车子搬进了车棚。车子都没有上锁，可以想见女儿当时有多么惊慌失措。朋友去了那个楼拐角处，当然连男生的影子都没有看见。可朋友在那个地方捡到了一副手套，毛线织的，上面别着卡通图案。朋友把手套拿回了家，洗干净，在暖气上晾干。转天晚上，凭着一副手套的交情朋友把男生带回了家。

这是个周末的晚上，男生是怀着感恩的心情坐在朋友家的沙发上的。男生一点也不知道眼前的人是他喜欢的女孩的母亲。他只当全部的原因是一副手套。别人捡了他的手套，又请他去家里坐。男生不想辜负别人的一番好意，或者，还有一些别的想法，男生背着硕大的书包走进了朋友的家门。他们谈得很投机，从世界杯到 NBA，男生对很多球星如数家珍。朋友则把自己收藏的一些资料拿给男孩看，其中就有飞人乔丹的一幅摄影作品，让男生爱不释手。朋友说，喜欢就送你了。可你要答应我一个条件。男生有些紧张地问什么条件，朋友说，期末成绩你要超过现在你前面的十个同学，我这个条件可能太高了。不料男生爽快地说，这没问题。

女儿回来了。朋友若无其事介绍说，这是我新认识的朋友。这是我女儿。你们谈谈，是不是有更多更好的话题？朋友含笑望着女儿，把女儿的尖叫堵回了喉咙里。而男生早已是满脸血红，尴尬得一句话也说不出来。朋友这个时候却进了厨房，高声让男生给家里打个电话，说这样晚回去父母会不放心。男生胡乱打了招呼，就匆匆走了，以后再没露面。

这件事，朋友经常用调侃的语调跟女儿谈起。说闺女你也忒没出息，一个男生喜欢你，就能把你吓得抱头鼠窜？女儿问妈妈遭遇别人追求时什么样，朋友说，很简单，她把男生吓得抱头鼠窜。

娘俩躺在沙发上哈哈大笑。

女儿读高二的时候真正遭遇了初恋。女儿把心中的感觉细细讲给母亲听，同时还写了许多凄美的诗词，那些诗词照例还是坐在马桶上写出来的。追求女儿的一共有三个人，他们分别在同一时间写来了情书。娘俩闲的时候就把情书拿出来讨论，从语法修辞，到表述方式，一项一项地给情书打分，就像老师解剖范文一样。女儿开始还羞怯，后来则看都懒得多看那些情书一眼，说他

　　只有置身在青山绿水间，让一颗心安静地谛听，方有天籁之音入耳。

举头望天，云影和鸟影一并乘风不知何处，心也就海阔天空了。

野芹菜　遍地都是

　　瓷器的碎片。印着花纹的青砖。饮马槽。手柄石磨。一只碾盘中间的孔堆积了些泥土，便从里面生出了一株枣树。已有成人小臂粗。碾盘是悬空的，这棵枣树种子在方寸之间依靠少量泥土存活，进而扭曲着成长，根据年轮推断，已有几十年。

们写得烂。后来又有情书来，女儿干脆让朋友代笔回给那些男生，自己连看一眼的过程也省了。

对待孩子，朋友的观点是：你不用太在意她脑子里杂七杂八的念头，你只要知道她想干什么就够了。

看烟花

大年三十的晚上，我从远处就看见山脚下的牌楼前面黑压压地站着许多人。这里是居高临下的一处山坡，再往前，是三十几级台阶。台阶下，就是宽敞的外环路了。原本想从另一条路去登山的我，特意绕到了那堵人墙前，虽说猜到了他们为什么在寒冷的北风中站在那里，但那支庞大的观烟花的队伍还是让我有些吃惊。生活原来可以这样调剂的，你放烟花我来看，到底谁比谁更享受呢？

城市的地理位置北高南低，便使这块不太高的山坡成了能俯瞰全城的风水宝地——当然我是指的看烟花。我稍稍留意一下，就发现看烟花的队伍中孩子多，年轻人多。这就排除了如我这样登山顺带看烟花的可能——他们都是专程来的。

除了看烟花，目光稍稍往下移一点，在广场灯光的辉映下，就能看到放烟花的人。给烟花找个合适的地方，歪着身子点火，然后快速地起身离去，然后仰头等待着烟花怒放的那一刻。这一刻不那样好等，放过烟花的人都知道，只有烟花在空中开放了，你才知道是不是物有所值。有些烟花只比二踢脚多些火星子，在天上明灭几下，就在黑暗中湮没了。即便受了骗上了当，也没处说理去。烟花开放的一瞬，便是粉身碎骨，香消玉殒，哪里还能作为物证呢？

看烟花的队伍，一点也不安静，这里不时指指点点，那里不时嘘声连连。哪个方位的烟花开得美丽，一声赞叹，就吸引了所有人的目光。而又一束烟花燃起，如蓝色长龙当空飞舞，引得孩子一声一声惊呼，让举起来的一张张面孔，都如烟花一样熠熠生辉。我在那里站了一刻，就发现，对于我来说，看看烟花的人，远比看烟花本身有意思。我喜欢借着星光看那一张张生动而纯粹的脸孔，热烈而又有着对美好事物的憧憬和向往。尤其是那些中年人，沉醉的神情舒展了脸上的褶皱，让幸福的感觉定格在大年三十的那个夜晚，那些美丽的烟花，是别人放的，其实，又何尝不是放给他们看的呢。

我妄猜一下，这些人便是即使放得起烟花也不愿意奢侈的一群人。烟花越来越贵了，经常听人说起某些人一晚要放几千几万块钱，由此而酿成的悲剧也时有耳闻。放烟花的人，大概不会想到站在远处的旁观者，他们居高临下，把整个城市盛开的烟花尽收眼底，他们纯粹是为了欣赏烟花的美丽。正如你在桥上看风景，而你也是风景的一部分。我看你你不知道我看你，你装饰了别人的风景，而别人又装饰了你的梦。

盘山公路安装了路灯，就给夜晚登山的人提供了许多方便。我在看烟花的队伍中耽搁得久了些，山路上几乎很少看到同行的人。可有个熟悉的身影在我前面一晃一晃地走，我追了过去，才发现是一位熟识的摄影发烧友，他和几位朋友背着沉重的摄影器材往山上走，却是为了拍午夜的烟花。由此我才知道，烟花还有另一种看法，他们提前几个小时登上海拔几百米高的山顶寻找机位，只为了用镜头成就一幅艺术作品。天寒地冻的日子，北方的室内温暖如春，春节联欢晚会异彩纷呈，正是一家人其乐融融的时候。而偏偏有一些人，在寒星冷月中蹲守在山顶上等待烟花绽放，烟花若有知，大概也会因此而感动吧！

从山上下来，已经是八点多了。天空中的烟花少了许多，但仍有人放得不屈不挠。城市的上空少了胶着的意味，却有了此起彼伏的情态，让那些硕大的花朵开放得更完整，也更赏心悦目。这一路总能看到看烟花的人。散步的，停下了脚步。赶路的行人，把笨重的自行车停靠在了路边。几位出租车司机站到了马路牙子上，也看得忘情。门口的十几个保安都涌到了大门口，他们的朝向是一片开阔地，那些烟花仿佛就开放在谁家的屋顶上，一点也看不出从地上升起时的那一股万丈豪情。

我真是愿意看那些看烟花的人啊！这一路的开心和快乐，都是因为他们的熏染，以至回到家里，都让家人莫名其妙。他们问我因为什么那么快乐，我才发现还无法说清楚。我为什么快乐呢，简单地想了想，也许就是因为他们快乐吧。看着快乐的人，自己的快乐就变得情不自禁了。

红饺子　白饺子

　　腊月二十九，是吃饺子的日子。而且是吃蒸饺而非水饺。这是先人留下的规矩，至于哪个先人，现在大概谁也说不上来了。饺子都蒸在大锅里，驴肉马肉骡子肉，尽是肉丸。队里每到年关都会杀口大牲畜，老的，病的，干活磨洋工的，都在挨宰之列。这些大牲口的肉只能吃饺子，记忆中从没其他吃法。不是不会吃，而是腊月二十九这样特殊的日子，饺子不能吃素馅，吃素馅会过不好年，这又不知道是哪个先人说的。

　　说了馅儿，再说面。数不清有几个腊月二十九，我家蒸的饺子都是红高粱面，这种面筋性差，只能蒸大饺子，揭了锅，红展展的一大片，也香气扑鼻。家里有白面，也不是不舍得吃。而是这样好的馅儿，再用白面包，就过逾了。吃不穷穿不穷，算计不到才受穷。乡下的岁月，就是这样算出斤两的，否则怎么能把破绽百出的日子过得圆满呢！

　　这就要讲到一个古记（故事）了，是奶奶常挂在嘴边上的。说一个妇人，一辈子不生养，只夫妻两个过活。每年腊月二十九包饺子，都是自己吃高粱面，给丈夫吃白面的。想一想笼屉里半片红、半片白的气象，也像幅温馨的年画一样。丈夫每每想抢个"红"饺子，都被妻子挡了。奶奶模仿妻子的软语劝慰说，夫君在外忙了一年，十分辛苦，就应该吃白面的。男人不吃白面饺子，老天都不答应。丈夫十分感动，把妻子的美德到处传诵，四乡八村的妇人，都以这位妻子为榜样，说她贤淑。

有一年，丈夫在感动之余也想让妻子吃白面的，就抢了一个红高粱面的饺子吃。故事在这里有了转折，就像戏剧有了冲突——丈夫突然发现，妻子的红高粱面的饺子，原来是一疙瘩肉丸的，而给丈夫每年用白面包的饺子，都是素白菜馅的。也就是说，这个贤淑的妻子原来一直在耍手段，若干年里，用红高粱面这个皮儿，掩盖着自己吃偏饭的事实。这个秘密被戳穿，远不是一顿饺子这样简单，这里就要上纲上线了，原来妇人是个蛇蝎心肠的人，只把肉留给自己吃，骗了丈夫许多年。

红饺子和白饺子演绎出了这样的故事，多少让人有点出乎意料。

即便是戏剧，结尾也一定是妻子被丈夫休回了家。当然得是"老"戏剧，讲究因果报应。换成现代作家重塑人物和故事，情节肯定还要一波三折，妻子被改造好了，是一折。妻子这样做是有难言之隐，进而得到了丈夫的原谅，又是一折。还有一折，也许还是因为妻子对丈夫好，现代人都知道，从健康角度讲，萝卜蔬菜肯定好过大鱼大肉。妻子这样做，是牺牲自己的身体换取丈夫的健康。真相大白，丈夫感激还来不及呢，焉能把媳妇休回家？

当然生活是生活，戏剧是戏剧。这样的戏剧故事，即便是在吃红饺子、白饺子的时代，也是不大可能发生的。都是我奶奶她们那种民间文艺大师坐在热炕头上编出来的，之所以能编出这样

的故事，我猜肯定不是因为要鞭挞假、丑、恶，而是对红饺子和
白饺子生出的无限遐思。要知道，那个年代要吃顿白面饺子不是
件容易的事，如果白面里面再是肉丸儿，那就更不容易了。

　　小的时候就经常有人问我，红肉丸儿的饺子，和白素馅儿的
饺子，你吃哪一个？

　　这种取舍真让人感到残酷，我还记得当初那种矛盾和摇摆。

　　奶奶讲故事的年代，已经相当遥远了。而她所讲的故事，又
是距她相当遥远年代的事。在我童年的生活中，红饺子和白饺子
仍有浓墨重彩的一笔。饭后抹了把油嘴头儿，小朋友们就排队找
上门来了。我们不论到谁家，那家的大人总要逐个问清楚谁家吃
了啥饭。虽然母亲一再嘱咐我不要傻实在，可我的实在劲儿总是
在关键时刻显现出来。别人都说自己家蒸的是白面饺子，只有我
自豪地宣称：我家是红饺子！我这样宣称其实只有一个目的，想
说明母亲是一个会过的人。想说明肉馅儿包的红饺子一点都不比
白饺子差。可消息反馈到家里，母亲总是对我不满意，还说别人
家明明吃的是红饺子，可人家的孩子都能说成是白饺子，人比人
气死人，你怎么就不知道撒个谎呢！我要费掉许多脑筋，才会明
白母亲的意思是在说我傻，腊月二十九，吃红饺子不是件体面的
事。我再把这件不体面的事广而告之，不体面，就变成平方了。

除夕夜　芝麻秸

乡间过年的风俗中，许多也简约到无可简约了。比如就拿门楣上的对联来说，过去一到腊月二十，村里的人排着队给五叔家送红纸，那是用来写对联的。我曾经在五叔家的炕上坐过一天，看着他戴着瓶子底的眼镜，一刀一刀地裁红纸，一点一点地研磨，然后悬腕当空，把那些喜气和祝福，一个字一个字地写在纸上，放到条几上晾干。那些纸屑和碎纸条炕上地下到处都是，有人走动时，被带起的风刮得到处乱跑，像长了腿一样。

过年家家忙得不可开交，五叔则是为别人忙得不可开交。所有这些对联，都要在大年三十前取走，因为午后就要像朵朵花儿一样，开在每户人家的门楣上。来送红纸的都是大人，因为要说些客气话。来取对联的，则都是孩子。大人已然说过了客气话，孩子只需问一句：我家的对联呢？五叔便趴到条几上，一行一行地找。孩子把对联拎到手里，什么都不用说，撒着欢儿地就跑了。

孩子在大年三十这天，可不是无用功的。家家的柴草垛里，都藏着几捆芝麻秸。趁着午后有阳光，把那些芝麻秸翻找出来，让阳光晒晒，让风吹吹。吃过晚饭，大人说一句：撒芝麻秸去！孩子摩挲一把油嘴头，出溜下炕，跑到屋外。把芝麻秸戳整齐，从堂屋门口的台阶下，单摆竖开地往外铺排，讲究些的人家，会一直铺到大门口儿。当然，还要有足够的芝麻秸才行。这时候，天上的星星还没有出齐，夜空还黑着，家家户户的炕桌还在炕上摆着。父亲歪在被垛上抽根烟，母亲在灶间洗完了碗，一家人小心地绕过芝麻秸到外面去放鞭炮。那时的鞭炮品种也少，不外乎一挂小羊鞭，或一捆二踢脚，叮叮当当爆出一阵响动，空气中就充满了火药味。丫头闪在远处，用双手堵住耳朵。小子则猫腰盯紧那些小炮仗，看哪一个爆炸得不充分，还要二次点燃。空中的烟散尽了，就等于辞旧迎新了。过去的种种不如意，都像那烟雾一样消散了，而来年的好日子，都在噼啪噼啪的爆响中，有了预期和指望。

父亲心满意足地挺着腰背往回走，身后跟着母亲。母亲的身后，跟着一溜孩子。这回是要走到芝麻秸上的。芝麻秸原本就是空心的，又风干了几个月的时间，每一步踏上去，脚下都会发出欢快的响声。父亲的脚步坚实而有力，母亲的脚步则是平和而稳当，孩子们都像老鼠跑动时的样子，脚底下发出窸窸窣窣的声响。世界上所有的声音，都不如此刻芝麻秸秆破碎的声音动听，因为这象征着来年的好日月，正像芝麻开花节节高。

春联、鞭炮、芝麻秸，就让一个大年夜变得完整了。初一一大早，母亲把踩扁了的芝麻秸收起来放到灶旁，烧熟一锅早饭，红火的新生活，就算真正开始了。

如今的芝麻秸，已经遍寻不到。对联都是从集镇买回来的，千篇一律。只有鞭炮的品种不知道比那时丰富了多少倍，五叔说，咱一个村放的焰火，就相当于一个锦州战役。

他是打过锦州的人。

串门儿

虽说资讯越来越发达，短信拜年、电话问候已普遍到大千世界的每一个角落，可有一种形式却是亘古未变，那就是串门儿。

乡间的串门儿有两种。村里的东家西家走是一种，到村外走亲戚是另一种。过年历来就是一个讲究老例儿的时节。出外务工一年半载不着家的回家过年，东家走走西家看看，讲究的是个情分。左邻右舍住着，短不了有个为难着窄、摘摘借借。客套话不用说，往炕头一坐，闲篇一拉，也别管天上一脚地上一脚，说什么都是拜年，讲什么都是情谊。这一年也许就串这一次门子。这一次门子就什么都有了。谁谁过年到咱家来着，几时来的忘了，说些什么忘了。可一年之中想起来，心下也滋润，也熨帖。就如怀里揣了炭火盆，自然而然地亲，自然而然地近。亲近就使人温暖，于是男人与男人，女人与女人，孩子与孩子，都不同寻常地有了亲密。那种亲密是环保绿色无污染的，澄明，清澈，畅达，是乡土的味道。

乡土的味道不是一般的味道，也有着它的约定俗成。每天都碰鼻子打脸的，过年了，也要彼此拜望。平时调笑是调笑，打也打得，骂也骂得。可以无大无小无长无尊，拜年时却要把平时的嘴脸藏掖着。兄是兄，嫂是嫂。叔是叔，婶是婶。没进门先开口叫，拜年的话都是现成的，一点也不比别人少说。虽是笑得一团一团的，彼此都能听出话里话外都有话，但到底也不敢把平时的张狂摆出来。年是隆重的一个袍子，在这袍子底下，人都身不由己地规整和拘谨，都情不自禁地收敛和含蓄。大过年的，不说不中听的话，不做不中意的事。过年让一些东西滋生了，也让一些东西消亡了。新衣新帽不但新了一个人，也新了一个环境，一个氛围。

大年初一，年长的每每早起。打扫庭除完毕，才来敲年少的门。这个时候太阳还没冒嘴儿，天空还灰着。可炊烟已经飘起来了。在青色的天空底下，逶迤拖沓。饭要紧着吃，碗要紧着洗，否则被拜年的撞见，会觉得不好意思。第一拨拜年的都是小小字辈的，一群一群，一帮一帮，屋子里站不下，就挑开门帘，倚着门框站着。摸着炕沿儿的也不坐，点支烟，抓把瓜子儿，或者剥块糖，这年就算拜了。都是十八九岁的年纪，有时在路上撞见，都分不清是谁家的孩子。但那头发一绺黄一绺黑，裤子可以当扫把，耳朵上还钉着耳钉，让年长的气不打一处来，觉得孩子再坏，也坏不过如此。可上门来拜年的孩子也是这样打扮，气氛就祥和多了。人家孩子喜欢，你能挡住吗？况且你没有挡住的权利，况且人家还知道拜年，不易。目送着长腿裤一扫一扫地走，只是替裤子惋惜。

然后是小字辈的，中字辈的，长字辈的。初一的这场拜年，从太阳冒嘴儿一直持续到正午时分。年少的看年长的，辈小的看辈大的。辈大的看比自己更辈大的人。算计着来串门儿走得差不多了，急急披了衣裳往外走。被看的人，也有需要自己看的人。那些人大都已经很老了，老得走不动了，老得不认得人了。屋里是一股闻不得的气味。但年还是要拜，人还是要看。心到神知。安安稳稳坐在炕沿儿上，明明知道上午的时间不多了，还是要从容地叙叙旧。一年就一个初一，不同寻常。叙旧的内容也许是以往说过多次的，都是念老人的好。可这一次说与每一次都不同，每一次说都与每一次都不同。话是重复的，情感却不重复。或者说，故事是重复的，说故事的人心情却不重复。时间愈久，情感愈真愈深。

初一这一天家家过得仓皇。人来了又走，走了又来。送了又迎，迎了又送。在这迎来送往中，张张脸都笑得殷实，笑得灿烂。除了面对丰收的年景，你很少看见庄稼人这样舒心地笑，畅快地笑。就像盘点丰收一样，夜幕降临，一家人也要盘点这一天的收获和疏漏。谁该来的没来，哪家该去的没去。该来的不来不重要，该去的不去才重要。虽说初一过去了，但补救也还来得及。甭说初二初三去，就是初五初六去，庄稼人也不会挑理。也有明明知道心存芥蒂的，见面都懒得打声招呼。你不登门来，我也不上门去。这样的人毕竟是少而又少，与成群结队来拜年的相比，都够不上九牛一毛。但这一毛毕竟也是毛，横在那里，容不得你看不见。连初一这样的日子都不彼此见谅，怕要把这怨带到日子深处去了。

年长者发出一声叹。声音很轻，却被所有的耳朵听去了。

第七季：登山者说

这座城市的北面有一座山，许多年前那只是一座小土山。虽然海拔也有一两百米，可因为西有盘山，东有八仙山，海拔一两百米的山，也叫山么？十几年前单位组织去那里植树，人是去了不少，可没见树活几棵。依稀记得山上的荒凉景象，山的阴坡阳面都光秃秃的。风阴阴地刮着，柴草被风卷了起来。除了一些残垣断壁，再就是杂草丛中的瓷器碎片，在雨后的天空底下闪着幽亮的光，述说着这座山的与众不同。

如今十几年过去了，那座山已经被当地政府设计成公园，每天要接纳无数登山者。不知从什么时候起，山该绿的地方绿了，该红的地方红了。那种颜色是慢慢洇上来的，一点都不张扬。成群的喜鹊来了，有时它们能把半面天空染黑，然后聚在一片松林间开会。草丛中有成群的松鼠出没，它们迈着四方步横穿马路的样子，有趣极了。如果你的运气再好些，还能看见穿山甲和狐狸，或者一只狗獾，或一只野兔。总之，大自然的神奇都能在一座山上体现出来。可以想象一下，当你披一身彩霞或一身暮霭在曲径通幽的山路上行走，你会想到什么？那些烦人和累心的事，肯定都被丢到爪哇国了。

有一座山陪伴一座城市，那座城市的人是幸运的。

最早登山的都是些已经离退休的老人，他们呼朋引伴的样子就像几岁学童。他们之间有的人曾经是这座城市的主宰，位高权重，如今人退下来，心也退下来了。起初脸上的表情还凝重，会与其他的老伙伴有些不同。时间久了，山风就把心事吹散了。他们会像任何一个登山者那样大声大气地笑，彼此之间喊着外号。或者登高而呼，听凭声音撞击着山谷，惊飞一树宿鸟。他们是这座城市起得最早的人，天还没有亮透，人便像丛林一样隐匿在山坡上了。偶尔会有个把年轻人尾随其后，走起来才知道，自己根本不是那些老者的对手。年轻人都是偶尔为之，可以逗一时之快。与那些匀速行进的老人相比，就相形见绌了。

天放亮的时候，又一批登山者上来了。这些人中，最惹人注目的是那些年老的夫妻。有牵着手上来的，有拄着杖上来的。杖不是拐杖，而是顺溜些的木棍，拿在手上，偶尔拄上一拄，好像也是个情致。下山时木棍就上肩了，上面挑着自己和妻子的外衣，头上还冒着热气。年老的妻子照样爱叨咕，说你慢点，你不能慢点？看着脚下的石头，当心绊着。这叨咕若是在家里，会让人烦。可这是在山上，却让人起兴了。还想走得更快些呢，老先生说，都有些身轻如燕了，你没看出来？我可是感觉越来越年轻了。妻子嘴上不屑一顾，可一抹笑意却掩藏不住。她会偷偷看一眼四周，见没人注意自己，才把那抹笑意放到脸上，笑意便像水波一样荡开涟漪，连空气都有些温馨了。

太阳升起来了，会有大批的登山者涌到山上。这些人中女人居多。她们大都是侍候丈夫上班又伺候了儿女上学的休闲一族，三五个人或七八个人一起，在山路上悠悠地走。长了几岁年纪的穿家常衣服，甚或穿了儿女的校服当运动服。年轻些的则打扮得花枝招展，脸上化了浓妆，身上洒了香水，脚下则是一双高跟鞋。虽说苦不堪言，可因为穿习惯了，明天上山还穿。她们不像那些早起登山的人，把登山当作锻炼。她们结伴而行更多的是为了"说话"儿。虽然彼此连名姓都不知道，但并不影响她们是熟人。她们的话题起初是各自的家庭，丈夫怎样，孩子怎样，姑子婆婆怎样，后来彼此知了根底，话题就铺开了。这座城市发生的所有的事，没有她们不知道的。除了登山以外，她们还有各自的社交圈子，跳舞，搓麻，说小话。她们的信息渠道很广，许多新闻记者不知道的事，她们全知道。再接下来，一些私密级的事情，也要与这些姐妹说了。说说心里痛快，又不担心会流传。想流传也流传不开，最多知道姓张王李赵，最多知道住的大致方位，虽说熟得像姐姐妹妹，可若想知道那个人到底是谁，还不是件容易的事。

常登山的人，总会认识几张心照不宣的脸。每天会在固定的时间和固定的地点碰到，不知谁先点的头，后来彼此点头就成了习惯。再后来会远远打个招呼，如果几天没见，会在心里打个问号。也有多年不见的老朋旧友，在山上不期而遇，那个高兴劲儿，与在大街上遇到，情景自是不同。来登山的，远处者居多，开私家车，骑自行车，或坐电动三轮的，占绝大多数。住在山脚下的人，很多都只是站在窗前看一眼。窗外是广场，风筝愈飞愈高。广场上面才是山，人像蚂蚁一样缓慢蠕动，会在嘴角牵出一丝笑，想不明白那些人为什么要自讨苦吃。有一个八十多岁的小脚老人，每到牵牛花开的时候，就会在山脚下出现。她走不远，最多走到牵牛花开的地方，采几朵戴在头上，夹在耳朵上，红的黄的嫣紫的，生动了整张脸。所有看见她的人，都笑。不是笑话她，是看见她就不由自主地想笑。就想走上前去与她打个招呼。几年前问她，她说八十五了，几年后问她，她还这么说。在她的脸上，看不见岁月的更迭，她老得已经不能再老了。看她蹒跚的样子，就担心明年牵牛花开的日子，我还是否能够看见她。

最近一两年，来登山的年轻人陡然多了起来，他们大都十几二十岁左右，成群结队地来，成群结队地走。人数最多时，有二三十人。起初还以为他们是中学生，后来留神听他们说话，才知是外地人，到这座城市打工的。他们用不标准的普通话，唱流行歌曲。把一座山，都唱热闹了。有时候他们也拆整为零，一个男孩和一个女孩，或两个男孩和两个女孩，喜气洋洋地走，沉默寡言地走，或泪水涟涟地走。蜿蜒的山麓上，洒满了他们的心事。一座古老的山，与一群青春年少的外地人，不期然走到了一起。许多年后，不知是人记得山，还是山记得人。

还有许多有趣的事情，是只有在山上才能说的。一对年轻的夫妻登山，妻子惊讶地说，你怎么穿了那双新皮鞋！于是前后左右的人都看她丈夫的脚，别人没笑，他们兀自笑了。一对中年夫

妇到山上来捉蝈蝈。妻子没有耐性，在山下等着。丈夫提着蝈蝈
笼子在山上游了很久，只逮着一只蝈蝈。妻子说，你就逮了一只。
丈夫说，逮了三只呢。一只残，一只傻，都扔了。如果不看他们
的脸，你会以为他们在开玩笑。看他们说得一本正经，你却没法
不笑。还有几个年老的阿姨结伴而行，看别人夫妻登山艳羡，一
个说，我家老头睁眼就开电视，我说，人家电视台还没上班呢。
另一个说，人家还知道看电视，我家老头笔管儿一样在沙发上坐
着，我说让他来爬山，他说，我去爬山我妈谁管？我说，好，你
和你妈都在沙发里坐着吧，沙发垫子过去是葱花饼，现在都成煎
饼了。她们像少女一样笑得叽叽嘎嘎，笑得山上的石头都开花了。

　　元宵节的晚上，是个美丽的夜晚。山上的月亮又大又圆。有
个女孩和她的两个朋友一同来到山上，不知谈起了什么，女孩突
然冲夜空喊——我爱你！想不到的事情发生了，对面山头上，
有男孩忽然回应了句——我也爱你！女孩问——你是谁？男孩
说——我是你朋友！女孩说——我是你女朋友！于是这边山顶
和那边的山顶都有了敞亮的笑声，笑够了，对面的男孩又喊过
来——我们结婚吧！女孩和她的朋友小声商量了一下，于是她们
一起喊——我们已经嫁人了！

　　连大山都笑了。大山笑起来的声音，嗡嗡的。

不一样的眼睛

我的一个亲戚是色盲，可却开了很多年的车。偶尔一次我坐他的车，到十字路口，他问我：前面的灯是红的还是绿的？

我大为惊讶，感叹他总开着车四处招摇居然不辨红绿灯。我问他如果车里只有一个人怎么办？他说很好办，别人走他就走，别人停他也停。

人的眼睛是不一样的。但很多时候并不是为了要看红绿灯，而是为了看人。

当一个人的各种信息通过我们的眼睛汇总在大脑的某处凹槽时，大脑会有一种本能的反应。喜欢，或者不喜欢。喜欢别人喜欢的，或者加倍不喜欢别人不喜欢的。那种感觉来得快，来得凶猛，甚至会附带着一种惨烈。我们都来不及仔细审视或分辨，心底就已经漾出了一种毒素，那种毒素通过眼角、眉梢、唇线、或双颊的一小块皮肤渗透出来，就汇成了一把有毒的剑，无影无形，却足以让人致命。

这其实也是情感的一部分，很多时候，我们总能宽容能够宽容的，而对不想宽容的却格外吝啬。我们总能掩饰极端化的一种倾向，依仗人多势众，给自己找到很好的遁词或借口。我们很庆幸自己站在了人多势众的那一方，看一看周围的同盟者，生怕与他们不一样……与他们不一样，就要与个别的某个人一样了，这是不是可以造成恐慌?

文中曹翠芬的原型跟我做过短暂的邻居。那是单位最早的一处办公所在,是一个不大的四合院,我住正房她住厢房。水龙头就在她的屋门口,我每天都要无数次地去那里。这个四合院里不只住着我和曹翠芬,还有另外两户人家,我们的格局,就是一个小社会的格局。那两户人家敌对曹翠芬,特别是新搬来的一户人家,简直敌对得全无理由,他们甚至还不知道曹翠芬是谁,那种敌对却已经开始了。他们之所以敌对,是整个社会(其实是整个单位)都在敌对。我对曹翠芬充满了同情,而那种同情,却不能轻易表露。我的情感,总是在同情与掩饰之间跳来跳去,这让我活得紧张而憔悴。试想,当你和大多数人不一样,其实就是放弃了人多势众的地位和权利,那种放弃,如何能使人甘心。

四个月以后,我就从那座四合院搬走了。曹翠芬什么时候搬走的我不知道。我偶尔能看见她来领工资,形单影只的一个人,总有各种理由跟人吵架。再然后就是一个喜庆的妇女节日,我和许多同事在京城的某一处娱乐场所逍遥,曹翠芬却在一条窄巷里躺在了车轮底下。消息传来,当即有许多人奔走相告,甚至举杯相庆,生命的消逝成了一曲华彩的乐章,让我很长时间觉得不能接受。

可我的不能接受有意义么?

如果我是曹翠芬,意义也许是有的。

可如果我是李红,那意义就连"也许"都没有。

对灵魂的拷问就是在这个时候发生的。一个真实的,毫无遮掩的曹翠芬，自成一个独立的体系和世界，这就是一种力量。这种力量虽然最终湮没于"集体无意识"，却像星星般发出过光亮。那一星一点的光亮，也璀璨。也能照亮某个人黑洞洞的心房。曹翠芬的强势形象，凸显或定格在我文字里，这是我能为她做的唯一的一件事，却显得那么苍白和虚弱。

我们这个世界怎么了？

我会在一些特别的日子里记起一些人和一些事情。这些人之中，就有我那位短暂而短寿的邻居。因为工作关系，我认识了她远房的一位表亲，谈起曹翠芬，口气中满是怜悯和心疼。就连她种种不可理喻的行为方式，表亲都可以轻易给她找到借口。

这使我想到了人的一双眼睛。当真可以眼见为实吗？

我读《红楼梦》

每周看王蒙先生的《漫谈红楼梦》,总能勾起些回忆。《红楼梦》这部大书，我从小学三年级开始读。我是1971年上的小学一年级，三年以后，我的学问能有多大，大概只有天知道。依稀记得当时正在批孔，老师让我读报纸，我堂而皇之地把"孔圣人"念成了"孔怪人"。一点不错，我就是这样念的。我当时就是觉得孔老二是个奇怪的人，没有什么可神圣的。老师是女的,当时没有纠正我，而是等我把一大篇报纸全部念完后，才笑着说，那个字念"圣"，不念"怪"。可见我是先认识"怪"而后认识"圣"的。认识了，也没有留下什么印象。课下我还对同学说，叫孔老二"孔怪人"蛮好，比叫"孔圣人"顺溜多了。

我那个时候喜欢读小说，经常一夜就能翻完一部砖头厚的长篇。能读到《红楼梦》纯属偶然，我去同学家串门，发现她家的炕席底下压着一本书，也没封皮，也没目录。我在书脊上发现了《红楼梦》这三个字，觉得书名好玩，就把那本书拿回了家。没有闲书看的日子我就读《红楼梦》，哪里能读懂，可我就是喜欢读。去大堤放羊的时候我就把羊拴在榆树上，自己坐一旁看书。通常是天空暗得看不清字了，我才站起身，拍打一下屁股上的土。这个时候羊早就不耐烦了，它被拴在一个地方没有新鲜的草吃不耐烦。天黑了它想回家了也不耐烦。它扯着嗓子朝我叫，我看书的时候却根本听不到。我牵着它往家走，它总想用嘴叼我手里的书，所有的书在我这里都是宝贝，我当然不允许它这么做，不时用柳条抽它。可羊是不长记性的家伙，总伸长脖子朝我手里拱。我就把书放到头顶上，这下羊再有本事，也够不着了。

糊里糊涂看了好些日子，看懂了多少呢？确实是少而又少。不光不懂意思，还有那样多的生字，查字典当然来不及。也不习惯查字典，查字典破坏阅读的连续性，情愿囫囵吞枣。可我却能对别人讲故事，印象最深的是"尤二姐吞生金自逝"。尤二姐死了，是吃金子死的。我跟伙伴们说，吃金子也能吃死人，要不是书里说，谁能想得到呢？我还把那一个章节给伙伴们看，可他们都看得没耐性。我们就去已经很老的老奶奶家，向她讨教金子可以致人死的事。老奶奶很吃惊，说你们小小的年纪居然知道这么多。她说，吃金子确实可以吃死人。因为金子重,吃到肚肠里会把肠子沉断。我们就向她讨金子,想看看金子什么样,她拿出一只耳环来,是银的。她说耳环如果是黄的,那就是金的。

因为看不懂,我对《红楼梦》有许多牵挂。上初一时,我花了四块五毛钱为自己买了一套《红楼梦》,上、中、下三本。打算好好读,才发现里面的人物太多了,经常张冠李戴,把我看得迷迷糊糊。为了弄清头绪,我把荣、宁两府的人统统列成了一张大表,贴在墙上,没事就看上两眼。人物按辈分往下排,主子,奴才,小厮,像树枝分出的枝杈,不管分出去多远,却能溯本求源。这个时候我已经能够按照章节讲故事,中学离我们家有三里地,我这一路身边都围着很多人。

上高中时重读《红楼梦》,我发现自己特别喜欢里面的诗词。每遇见赏心悦目的句子,就会抄录在本子上,久之,居然写满了厚厚的一本子。也喜欢吟诵,有些诗句居然过目不忘,到现在也能记得八九不离十。我还把薛宝钗的两首诗谱了曲子,现在也能记得一鳞半爪。还把金陵十二钗的判词背得滚瓜烂熟,因为昭示着人生命运,总是对那些判词生出许多忧郁。还买了许多考据方面的书,对《红楼梦》的兴趣,实实在在让我充实了好几年。

有一次,在一个座谈会上我说我从小学三年级就喜欢《红楼梦》。会后不久,一位老先生找到了我的家,把一套线装《红楼梦》送给了我。这部标明"全像通俗小说"的《红楼梦》,是四川同记书局于民国二十五年三月一日初版发行的,襟霞阁主人精印。全书四册,定价大洋四元。我每晚都翻上几页,看惯了横排的文字,

乍一看密密麻麻的竖排版，居然心乱如麻。不过我很快就适应了
这种竖排文字，从心乱如麻到心若止水，《红楼梦》的妙处，无法
言说。

半斤毛线与一套书

　　我打开书房的灯，眼睛随便往书橱上一瞄就发现了我要找的
那套书。1979 年上海教育出版社出版，北京大学、北京师范大学、
北京师范学院中文系中国现代文学研究室主编。这套名为《短篇
小说选》的中国现代文学史参考资料共四卷，每卷达 700 多页。
褐黄色的纸张已经显得古旧了。从我随手签下的日期看，我买下
它们的日子是 1980 年 9 月 3 日。那时我还在读高中，可已经在
为日后从事文学创作做打算了。有我写在扉页上的一首诗为证，
虽然有些不通文理，可那种"壮志凌云"的决心，现在读来除了
脸红也还有心潮澎湃。这套书从书店搬到我家的简易书橱里，有
一段复杂的心路历程，现在想来，也觉得心里颇不平静。

　　单册定价一元八角五分。四卷便是七元四角。那个时候我的
纸折的钱包里最多不超过五毛钱，七元四角对于我有点像天文数
字。可那一年的春天，我突然有了三十四元钱。在外务工的父亲
挣了些钱，要给我和姐姐各买一件毛衣，他把商店里的毛线价格
看好了，最好的毛线十七元一斤。父亲说，买咱就买最好的，要
纯毛的。父亲希望他的女儿能引领这一条街的新潮流，姐姐就是

队里第一个穿皮鞋的人。于是揣了三十四元钱的我走在县城的马路上，感觉就像个富翁一样。我把最大的几个商店都跑遍了，毛线的颜色也看好了，要葱心绿的那种。这种颜色的毛衣穿在身上，感觉通体都是绿油油的。伙伴们还没有一个人穿这种纯毛的毛衣，当然，也就没有人穿这种葱心绿的。想到这一点，我就恨不得马上把毛线买回家，连夜把毛衣织起来穿在身上。

可是，就像有一只看不见的手在扯动，我把毛线在柜台上摆弄了半天，就是不舍得把钱从口袋里掏出来。在这之前我先去了书店，我看上了那一套四卷本的《短篇小说选》。单从目录看，便觉得我此生如果与文学结缘就非研读这些人不可。那些人我不认识，而且有些人我还没有听说过。可我就是觉得这些人和这些人的作品对我非常重要。我对"砖头"厚的书素来就抱有好感，何况这是四块"砖头"……可我不能用买毛线的钱来买书。钱是父亲给的。除了我渴望拥有一件毛衣外，还有父亲的殷殷的眼神。他希望自己的女儿穿得漂亮。农村还没有流行穿裙子，父亲就从北京给我买了条真丝的"布拉吉"。我不能在这件事情上让父亲失望，父亲有能力让女儿穿纯毛的毛衣，这是一件荣耀的事。

可我还是从百货商店里出来了，右手捂着装钱的口袋，额上冒着虚虚的汗。后边传来了女售货员不满的嘟囔声。她说看着我就不像买得起纯毛毛线的人。我磨磨蹭蹭地走在大街上，眼花，心跳，浑身乏力。我长这么大，还没遇见过比这更难抉择的事。我曾经想过买低一个价位的腈纶毛线，只要七八块钱一斤。这样我不但可以穿新毛衣,还可以节约出更多的钱来买书。可父亲"买就买最好的"那句话影响了我,我不能因为我的喜好而让父亲的愿望打折扣,我不能对不起父亲。我在马路牙子上坐了很久,想了许多办法,可没有哪个办法能让事情两全其美。

那个春天永远定格在我的记忆里。街头的树刚冒出嫩芽,春天的风柔柔地款款地吹着,把我的思绪吹得纷繁复杂。

后来天灰了下来,一队燕子在空中盘旋着,飞得很低。我数燕子时脑子里突然跳了一下,我怎么就不能少买些毛线呢?我知道这些毛线是有富余的,免得将来配色麻烦。可那是将来的事呀,我现在既可以买最好的毛线又可以买一套书,这不是两全其美吗?我还想,毛衣可以织瘦些,织紧些,紧些瘦些也是纯毛毛衣,别人都会一样羡慕呀!我一边想着一边起身朝书店走去,在没有结论之前,我已经把钱放到了柜台上,把四卷书抱在了怀里。我抱着书赶回了百货商店,把剩下的所有钱一把抓到了柜台上,也不敢看售货员,小声说:"买毛线。"

售货员什么也没问,扒拉一下算盘,就用牛皮纸包了一些毛线扔到了柜台上,说:"一斤半。"

我抱着毛线和书回了家,成了一条街的人嘴里的笑话。我边织毛衣边看书,妈在旁边把花生剥了红皮给我吃,让伙伴们羡慕得不行。后来毛衣织完了,我把四卷本书也看完了。稍微遗憾的是,我的毛衣两只袖子不一般长,左边比右边短差不多一寸左右。因为是纯毛的,因为颜色鲜亮,没人觉得我的毛衣有毛病。我穿着短了一截袖子的葱心绿的毛衣看丁玲的《莎菲女士的日记》,连续读了五遍。

关于喜鹊的闲话

闲走在老家的河套地里，周围都是湛清的麦苗，以及此起彼伏的喜鹊。喜鹊都是黑白相间的，这一只与那一只没有什么不同。最起码它们在我周围盘旋时，我看不出它们有什么区别。这让我想起早先年间家里养的鸡，跟人的面目一样，没有哪一只跟那一只完全相同。从羽毛，到身量，到长相。家里最多养过十几只鸡，每一只都有属于自己的名字。芦花，黑牡丹，战斗，雪花，社会……有的得名是因为长相，有的是因为性格，久了，让人熟悉得就跟家里的孩子一样。同样是属于禽类，给一群喜鹊或麻雀或任何一种鸟类起名就困难多了，因为你根本分不清它们谁是谁。

这是我当时的感慨。同样作为禽类，饲养与野生最大的不同，也许这应该算个诠释。

喜鹊在天空飞翔的时候，天空就像镜子。那么蓝的天，飘着丝丝缕缕的云。喜鹊遨游的样子，真是轻灵而又安逸，仿佛天空都不在话下。不得不承认，在所有飞翔的鸟儿中，喜鹊是最耐看的，身材也适中，颜色也周正。它把长长的尾巴平行地拖在身后，给人仪态万方的感觉。天地都因为它们的点缀而显得生动。倘若再碰巧听到它们的叫声，世界美好得就如同定做的一般了。

今年因为春寒，整个春天响晴轻薄的天气没有几个，偏是暖阳丽日的那一天，我回到了老家，遭遇了那群喜鹊。我蹲在麦田里，喜鹊就在我的周围起起落落。我甚至能看清它们灰色的眼球倒映着天光日影。春天带给它们的欣喜，能从它们的形容中看出来。这一点，我甚至觉得它们很像我。它们啄食麦田里残留的没有发芽的麦粒，每啄食一下，都要优雅地四下环顾，像是在看风景。我吃惊地发现，它们像人一样长着两条长腿，却不怎么会走路。它们在田垄上蹦蹦跳跳，就像玩具娃娃一样。看上去它们并不害怕我，总试探着在我周围觅食。但警觉还是有的，我只要一动身体，它们就会扑腾张开翅膀，飞到稍远一点的地方。

喜鹊无疑是吉祥的鸟。村里人直到现在也这样认为。每有喜鹊落在枝头，便猜想会不会有好事落到头上，或者，会不会有贵客上门。更有年画《喜鹊登枝》曾经扮亮过物资匮乏年代烟熏火燎的墙壁。大姑娘小媳妇照猫画虎，争先把《喜鹊登枝》的图案绣在鞋垫上，门帘上，肚兜上，由此生出多少浪漫情怀和温馨往事啊。喜鹊是有烟火气的鸟，与人贴得很近。但估计也是在有了名字以后，后人望字生意。只是不知道人类在给鸟命名的时候都是些什么理由，都有些什么依据。比如，让人厌烦的老鸹或乌鸦。难道也是以貌取鸟么？

说了这样多的好话，却不是关于喜鹊的全部。小时候听大人讲民间童谣，有一则是：花喜鹊，尾巴长，娶了媳妇忘了娘。一直不知道是什么意思。不知道是说鸟还是说人。是尾巴长的鸟品性不好，还是人得意了就会翘尾巴，然后就忘了老娘的养育之恩。无论怎么说，这是出现在人们嘴里负面的花喜鹊，虽说有打趣之嫌，但从中也能品出悲凉意味。足见喜鹊好则好矣，但远不是十全十美。人们也不因为它体态貌美而忽略它的缺点——只是，花喜鹊知道自己的娘是谁么？

有一次开车走一条闭塞的山路，直到把路走到尽头，才停了下来。这里是一个小村庄，只有十几户人家。有一位八十多岁的大娘，坐在门口一棵糟朽的木墩上，等候重孙子放学。我和大娘唠了几句家常，大娘告诉我，儿媳妇几年前去世了。孙子和孙媳妇外出打工了。家里只剩下了儿子和重孙子，一个上学，一个侍弄几棵果树。当时正是初夏，是卖"小鸡黄"的时候。我问，家里没养几只鸡么？大娘说，养了十几只呢，但都被花喜鹊抱走了。我很吃惊，以为花喜鹊抱走小鸡是母爱泛滥，要把小鸡当孩子养。但大娘说，花喜鹊可恶着呢，它把小鸡抱走是回去过年了。看我不懂，大娘解释说，过年就是吃肉。

大娘的娘家在城里，离我的单位很近。但我发现，她已经不知道自己娘家的大门朝哪面开了——她已经有许多年不曾回去过了。虽然侄子每年都来看她，但她却无法回自己的家。儿子和重孙子需要她做饭——这当然是次要的。主要的是山里不通车。年轻的时候，她可以凭着两只脚板走回去，现在年纪大了，那些走回娘家的日子，已经成了遥远的记忆了。

我环顾一下两边的山体，不是很高。草木厚实，长着许多丛林。我再次提起养鸡的事，觉得这里的环境不养鸡可惜了。大娘说，上次是忒不小心了，让花喜鹊今天抱走一只，明天抱走两只。结果十几只鸡一个也没有剩下。过几天有人去城里赶集，还要买上十只八只的。下次你来家里，就可以吃鸡蛋了，大娘笑吟吟地说。

我提醒她，可不要再让花喜鹊抱走了。

大娘说，她会让儿子编个鸡笼，把小鸡都装进笼里。这样花喜鹊就再也抱不走了。

我望着那些往来穿梭的喜鹊，蓦然觉得它们的口碑不好也许就是与小鸡有关。

走进《一个人的村庄》

是一个叫黄沙梁的小村，光听村名就能想象得到那个地方生长着胡杨和铃铛刺，生长着白毛风和漫天黄沙。那个村庄不是很大也不是很小，村庄里的人不是很多也不是很少。总之一切都不是很确定，像新疆版图上任何一个戈壁滩上的村庄一样。小路会像绳子一样被风刮跑，人会像植物一样被风刮倒，去年树上的一片叶子被风刮走了，今年又刮回了你的手心里。风沙教会了人和动物躲藏，有的人就因此躲藏了一辈子，把自己的一生都宝贝似的藏了起来。天上那轮太阳是地老天荒的太阳，它从黄沙梁的村东升起，鲜嫩、洁净、充满生机，照到村西时已经裹挟了炊烟、尘埃和鸡鸣狗叫，成了世俗的东西。我就是在这样一片风景中走近了刘亮程，这个现在已经扛着铁锹进城的农民。

《一个人的村庄》是一本书。我之所以这样明白地告诉你是怕你和我一样对它一无所知。我还可以告诉你这是新疆人民出版社出版的一本好书，定价 20 元。《一个人的村庄》只是一个说法，或一种概念，也许涵盖了一些哲学范畴的东西也未可知。我想，这个村庄是刘亮程的，也是你的。能够拥有一座村庄是多么大的一种奢望啊！我一直认为一座村庄要比一座城市的内涵更丰富，更哲学，更人文，更历史。多么小的村庄或多么大的城市都是这样一种命定。只有村庄才称得上是家园，我们可以在那片土地上随便盖一间屋，既栖息肉体又栖息灵魂。我们可以在家园的周围随便踩出一条路，那条路只属于我们自己。我们可以在那片土地上随意撒下任何一种种子，想不想收割那要看我们的心情。我们活着能做许多活儿，那些活儿从来也不是做一件少一件。我们死后可以埋在家园附近，既看得见烟囱里冒出的炊烟又听得见后辈儿孙的声音。

黄沙梁就是以那样一种古朴而悠远的姿容在刘亮程的笔下出现了。不知是先有了黄沙梁还是先有了刘亮程。感觉中刘亮程的古老就是黄沙梁的古老，你说他已在那个村庄活了千年都不为过。他太熟悉那个村庄了。人，牲畜，花草，树木，庄稼。一扇门，一片瓦，一把泥土，一种声音。逃不掉，谁都逃不掉。一只蚂蚁，一只老鼠，一只鸟，一只甲虫，都休想隐匿它自己。隐匿的是刘亮程这个人，他用眼睛、嘴巴、耳朵、鼻子传递出各种信息，你却看不见他在哪里。我固执地认为那个扛着铁锹在地头转来转去的人只不过是刘亮程的影子，是一个假象。真实的刘亮程也许就是一只鸟，在天空飞着。也许就是一只虫，在地上爬着。也许就是一头牛或一匹马，被别人牵着。他化进化出地出入各种生灵之间，干着不同的活计，操着不同的语言。刘亮程自称是一个通驴性的人，其实他又何尝不通牛性、狗性、马性或者任何一种动物性呢？你不得不承认刘亮程是一个有本事的人，他聪明。黄沙梁的动物也聪明。只是不知道是因为有了刘亮程黄沙梁的动物才聪明，还是有了黄沙梁的动物刘亮程才聪明。黄沙梁的与众不同是显而易见的。比如那只懂得偷着下蛋的黑母鸡，它的最终目的是要领着一群小鸡出来——它要做母亲。比如那头不堪重负的牛，它逃跑了。它跑得并不远，可谁都没办法找到它。还有那头会瞪人的驴，那匹拉着麦种跑丢的马。刘亮程成了名人，黄沙梁的动物也成了名动物。虽然它们连独立的名字也没有，可它们好像不在乎。

你如果以为这样一本书能当作趣闻趣事读那就错了。刘亮程的文章和我们曾经读过的所有文章都不一样。从人畜共居的村庄，到荒芜家园，到扛着铁锨进城，我们能感受到一种困苦，一种悲悯，甚至有比困苦和悲悯沉重得多的东西。在《住久了才是家》一文中，他说："我一直庆幸自己没有离开这个村庄，没有把时间和精力白白消耗在另一片土地上；在我年轻的时候、年壮的时候，曾经有许多诱惑让我远走他乡。但我留住了自己，我做得最成功的一件事，是没让自己从这片天空下消失。"《寒风吹彻》一文写了一个冻死的老人，他说："落在一个人一生中的雪，我们不能全部看见。每个人都在自己的生命中孤独地过冬。我们帮不了谁。我的一小炉火，对这个贫寒一生的人来说，显然是杯水车薪。他的寒冷太巨大。"他以悲天悯人的情怀写了那么多令我们会心一笑的动物和植物，可它们的命运无不和人的命运连在一起："任何一株草的死亡都是人的死亡，任何一株树的夭折都是人的夭折。任何一粒虫的鸣叫也是人的鸣叫。"刘亮程的哲学就是这个样子，黄沙梁的哲学就是这个样子。黄沙梁犹在，刘亮程却扛着铁锨进城了。在《城市牛哞》中他写到了这样一群牛，被装在了卡车里。牛想些什么刘亮程肯定不知道，可刘亮程却透过这群将要被屠宰的牛想到了自己，"我是从装满牛的车厢跳出来的那一个。是冲掉缰绳跑掉的那一个。是挣脱屠刀昂着鲜红的血脖子远走他乡的那一个。"

我们不能埋怨刘亮程背弃了家园，事实是刘亮程已经完成了自己的使命。

"远足"行动

一直想策划一次"远足行动"，1月2日终于成行。八九个人组成一支小小的队伍，提前约好不带水，不带干粮，只凭一双脚往大山的深处走。说是"远足"，其实也不准确。一天的山路，能走多远呢？可即便是一天的山路，对许多朋友来说，也是久违了。他们建议说，此行称作"肠胃清理"运动也许更好。大家平时都坐办公室，都许久不知道"饿"是什么滋味了。

偶尔饿一饿，对身体健康有好处。现代医学理论如是说。

雪后的清晨，空气清冽得像结着薄纱一样的霜冰，鼻尖和耳轮都像晚秋的辣椒一样被冻得通红。我们随便拣了一条路往山里走，当然是别人没有走过的。雪粉在脚下咯吱咯吱响，山雀在树梢上弹跳，歌声清亮得如空谷铃音一般。环山腰有一条宽宽的石路，是从一座村庄的尾部延伸出去的，绕过一座山头又绕过一座山头，左边是倾斜的山岭，恰似小时候被我们推翻的柴火垛。这是典型的中上元古界地层剖面，自 20 世纪 30 年代被高振西教授等发现以来，长期为中外地质学界所瞩目。高大巍峨的山峰俱是这样歪扭着身子，层层叠叠的沉积岩不断以变换的色彩和姿容吸引着我们的眼睛。山路螺旋而上，大约走出了两千米，才觉出这路宽阔得有些匪夷所思。因为路的右面便是深有几十米的山谷，谷底是一条运送砂石料的铁路，火车像儿童玩具一样从山洞里钻进钻出，神龙见首不见尾。那么，这条环山路是做什么的呢？答案在路走到尽头的时候终于找到了。原来这不是路，而是采石开出来自然形成的。从路旁残留的标语残迹看，这条"路"诞生于 19 世纪 70 年代。既然不是路，就没有必要问它通往哪里。它寂寞的这许多年，也许就很少有人光顾。也就理解了为什么雪后两天它还能绝尘平展，人迹罕至。

这一路有趣的事情简直太多了。先说脚印，大些的如手掌，小些的细碎得如木杵捣蒜，在雪地上留下了深深浅浅的印记。于是八九个人停下脚步研究，大些的脚印是什么动物，小些的又是什么？哪里会有结果，人类除了自己的脚印，还能识得多少异类呢。也只有乱猜一通，根本找不到标准答案。倒是那些细碎的脚印让人遐思，有些像松鼠蹚着雪走，但又分明是两条腿的动物。

遍地都是
野芹菜

和煦的风吹过来，送来的是山林的耳语。放眼望去，山美如画。历史就这样扑面走来，还将朝我们身后遥遥走去。

野芹菜

　　家乡的山则不同，红晕是一点一点炫进秋色的。先是柿子树，柿子黄了，叶子红了。那些个百年老树，树干粗粝枝丫扭曲，却能在枝头生出一派绚烂，于风景中显得妙不可言。

便有人大胆猜测是鸟，鸟昂首挺胸走着"猫步"行进在雪地里，如我们一样想换个角度看风景。还有一些印迹清晰得如单腿动物，俯身研究了半天，方看得明白，原来是雪块自高处滚落，有来无回。一条缓坡上躺着大片"枯叶"，周围都被白雪覆盖，只有这片"枯叶"纤雪不染，走近乃发现，"枯叶"原来是褐色页岩石片，大小均匀，厚约盈尺。还有不知名的花草虽然枯萎了枝叶，花朵却还悬挂在枝头。显见得花朵曾经盛开过，可眼下却委身成了花苞模样，让人疑是春天。

下了这条人工开凿的路，才真正走进了大山深处。松林像美人的长发披挂了整个山体，每一朵松针上都盛开着大团的雪花，远远看去，像绿树的枝杈上长满了棉花。天上的鸟儿多了起来，脚下的松鼠不时让人一惊一乍。刀螂子像枚枣子裹在树枝上，被北风吹干了，让人疑心来年的春天它是否还能育出儿女。有位同行的大姐曾做过赤脚医生，她说刀螂子可以入药，治小儿尿床。沿路窄小的山径经常无迹可寻，眼见得无路可走，突然又柳暗花明。便有人感叹生活恰若山间小路，尽管崎岖曲折，只要不懈努力，终能到达终点。时间就在这样的峰回路转中悄然流逝，站在高坡上看不到自己的影子，中午了。我为每个人发了两块奶糖，权且作午餐。奶糖是我悄悄备下的，有人血糖低，这样长时间的消耗我有顾虑。

我们是下午四点踏上了回家的路。除了有位女士穿了带跟的皮鞋稍感不适，其余人等都毫无倦色。彼此都问饿不饿，都答有一点，但若想达到"清理肠胃"的目的，这点路还是觉得少。于是大家都慨然，许多年都不知道饿了，想真正体会挨饿的滋味，不容易了。

我看足球

球迷看足球，肯定有各种各样的风格和角度，如我这样看足球的肯定不多。我自诩也看了小十年的球，法国世界杯那年，开始看得通宵达旦。看得如此入迷，你要我问对足球懂多少，那就对不起了，我看足球就是看热闹。三年前还不懂什么叫越位。五年前居然不知道球该朝哪边踢，还大言不惭地与人抬杠，以为进球就像把工资揣进自己口袋里是一个道理。那顿争啊，至今提起来仍是笑柄。

也没有特别喜欢过哪支球队，也没有特别喜欢过哪个球星。所以当许多人对球队和球星的名字及功勋倒背如流时，我则傻瓜一样对谁都没有一点印象。一次，一个学校的小记者团实习采访，跑到我家来了。都是初中男生，问的问题刁钻古怪。其中一个问题就是我最崇拜的球星是谁。我不敢说我谁也不崇拜，觉得那样有失水准，也怕他们失望。闷了好半天，我总算想起了一个人的名字：贝克汉姆。我至今还记得终于说出贝克汉姆名字时那一瞬间的得意，不料那位小记者是贝克汉姆迷，连他们家的狗叫什么名字、他们家的门朝哪边开都知道，惊出了我的一身冷汗。那个时候小贝还不像现在这样火，最起码见不到这样多的海报。所以我虽知道他的名字，但压根没记住他那张脸。几年以后，我在一家体育用品商店第一次看见小贝飘逸潇洒的样子，我在那里站了足足十分钟。还别说，他一下子就让我着迷了。

我看足球看什么？实不相瞒，我最早看足球就是看球迷。正所谓"你在场上看足球，场外的人看看球的你"。起初我就不明白，怎么会有那样一群人，热情似火，激情四溢。笑，尖叫，手舞足蹈。那样地放达和恣意，与我们平时的生活和生存状态具有那么遥远的距离，却距离得合情合理。我觉得世界上的快乐都应该资源共享，你快乐我也应该快乐。既然有那样一个群体有办法让自己快乐成那个样子，岂有不分一杯羹之理。只是足球实在不吸引我，脚法也不懂，技术也不懂，看着皮球在草地上滚来滚去，如果长时间打不出高潮，镜头不对准观众，我十有八九会睡着了。

我虽然不懂足球，却经常为足球掉眼泪。球迷为自己的球队失利伤心的时候，也不管哪支球队，反正有人伤心我就伤心。反之，有人高兴我就高兴。我看球迷，也看教练。因为他们是个体，不管是肢体语言还是面目表情，都来得更清晰也更好玩。足球飞起来划出弧线那一刻短暂的期待，破门了大喜过望。都是年迈之人，跳起来却像个孩子。破不了门那份沮丧，十个教练十份沮丧，却有十份沮丧的肢体语言和表情，看了让人忍俊不禁。觉得比看最好看的娱乐片，最逗人的小品都搞笑，因为这来得真实。

就如我这种不入流的球迷，居然把我的家里人都培养成了球迷。我这样跟别人说足球的有趣，守门员发球门球，想一个大脚把球直接开进对方半场，长腿朝后划了一道美丽的弧线，飞起一脚，结果是，脚出去了，球纹丝不动。还有一个守门员，抱着足球不知传给哪位队友好，对方球员上来用头一磕，球落地了。顺脚往里一踢，球进球门了。当然我说起来要比用文字表述有趣得多，弄得我的亲朋好友都成了球迷和准球迷。我说看球既然能够那么使人快乐，咱不掺和掺和，那真是跟快乐过不去。

这次世界杯，我吃惊地发现，自己对足球也知之甚多了，也开始关心球队和球星了。也为墨西哥和瑞典队的出局黯然神伤了。意识到这一点，我在看球的时候开始调整自己，不对某个人或某支球队太关注。我还是想回到我过去时的状态，懵懵懂懂，傻傻乎乎，用休闲的心态看足球，最起码对自己的心脏有好处。

女人看球

要说男女有别，在对待足球的问题上，可是最能看出差异来。哪个女人看足球是为了技术水平发挥而熬夜费时呢？大概真是有的，而且比男人看得更专业。但大体来说，人数应该是少而又少的，最起码，在我周围的真假女球迷中，一个也没有。

大多数女人看足球，我觉得都跟我差不多，一是看故事。因为足球场上有悬念，悬念会推进故事进展。每一粒进球都是高潮，最后的一脚尘埃落定，是故事从有声走到了无声——大幕落下了，所有的悬念都被破解了，不管情境如何，那种探究未知的心理得到了满足，这于女人，其实就已经是个不错的结果了。二是看人物。一场球看下来，女人心心念念的，一准是那几个心仪的球星。胜者的狂欢能够分享，败者则是悲情英雄，能找出一百条理由为其开脱。能让心酸的眼泪花掉整个荧屏。女人如果爱上谁，是没有任何附加条件的，是眼里容不得一粒沙子的。哪怕那个"爱"字虚幻得摸不着也看不见，但内心的真实也许更有力量。三是看场面。不知道别人如何，我看足球，最喜欢看的还是那种浓烈得化不开的场景，其实这也是国内的各种联赛不能吸引女人眼球的主要原因。场景包括动态的和静态的。动态的当然是指人，指氛围。静态的则是指颜色。足球场的沸点高,色彩斑驳而复杂。球员、裁判、观众三位一体组合成了一场大戏，我们比在现场的观众幸福，恰如你在桥上看风景，而你也是我看的风景的一部分。让坐在电视机前的我们，于足球之外又多了好大一个看点。

我从 1998 年开始看足球，是因为那年的世界杯与法国有关。有点浪漫想法的女人，都不会排斥法国这样的国度，连空气都有着风情的元素。那年法国在本土赢得了世界杯的冠军，也让我记住了齐达内和巴特斯的名字。说来有些不可思议，与齐达内相比，我更喜欢黑衣光头巴特斯。他像母鸡一样蹲伏在鸡笼的门口，随时准备扑向偷袭的黄鼠狼。很多时候，我们看到的都只是光头巴特斯的侧面和背影，唯其因为是侧面和背影，才有一种雕刻般的韵致和神采。当他的半边脸孔近距离地在镜头内凸显出来，你会发现，他陡峭的鼻峰和凌厉的眼神，像鹰隼一样。

对于胜负，女人向来是不太在意的。时过境迁以后的某场对决结果，多半会在记忆深处沉淀。难以沉淀的一定是某个英雄的

一把辛酸泪，或者，是放浪形骸后的举止无当。前者是一个大男孩，
那种悲凉的意蕴甚至能让灼热的空气陡然降温。纵有千手千脚，
终也无力回天。悲情英雄与绿茵场，一同完成了最后的演绎，也
使那把辛酸泪成为永恒。后者则是个小男孩。人高兴的时候，举
止容易像个孩子。何况那还不仅仅是高兴，而是一种巨大的难以
承载的喜悦呢。各种各样稀奇古怪的动作，桑巴舞蹈，甚至带有
本民族习惯的行为举止，都定格为一张图画，在屏幕上，在脑海中，
反复回放。这些足球带来的衍生物，太丰富太生动。丰富得如此
具体，生动得如此直接。谁又能说，女人不是为了这些而看足球
呢？

　　我的朋友冬瓜说，曾经为了看一个帅哥而看了一场球赛。

　　纤纤说，南非的钻石很有名，果然我很物质啊。

　　雁七说，我要看剪辑的精彩瞬间！

　　小兔乖乖说，如果有那样一个球员，脸是圣克鲁斯，身体是
德罗巴……

　　寒武纪蒹葭有几分铁杆球迷成分。1998 年 7 月她正读高中，
向老妈求了许久，才答应她半夜看一场四分之一赛事，阿根廷对
荷兰，结果阿根廷败北，她抱着枕头哭了大半宿。后来卡尼吉亚
和巴蒂都离开了绿茵场，她也发誓从此不看阿根廷……

　　发誓不看某个球队的事，大概也只有女球迷才能做得出来。
旺财是职业女性，2002 年世界杯意大利蓝色军团整体陷落，令多
少女人泪面难掩。巨大的忧伤让旺财从此拒绝意大利。可出其不
意的是，2006 年意大利峰回路转，意外捧得了冠军杯，让旺财至

今提起仍耿耿于怀。我问,巴西夺得冠军不好吗?她的回答与一位巴西女球迷如出一辙:罗纳尔多太懒啦!

有骨灰级球迷总结了世界杯的看球方略:要球友,一个人看球多寂寞……许多男人觉得一个人看球太憋屈,要约上几位球友去谁家或酒吧,一起欢呼,一起痛骂,一起敲盆子敲碗,那才是看足球的样子。还没听说过哪个女球迷看球需要球友的。她们甚至不需要啤酒或香槟。大概都和我一样,安静地靠在床头或沙发上,享受四年一次的豪华大餐。南非,是许多女人魂牵梦绕的地方。

男人看球

国人看球的历史应该说很短,怎么就如干柴烈火一样熊熊燃烧了起来,大概谁都说不出个所以然。当年还不是家家有电视,巴掌大的屏幕,像黑白影像资料一样。就见一群小人儿追着皮球跑来跑去,在很多人都不知道足球为何物的年代,铁杆球迷就已经诞生了。当年楼下有个冷饮摊,包着砖红色壳子的小电视竖着两只耳朵站在那里,男人们从家里提着板凳拎着马扎端着大号搪瓷缸子去那里看球。那时诞生的球迷,就是铁杆的,没有伪球迷和骨灰级球迷之分。球迷基本上属于人群中的异类,是不可思议的一个群体。

到球迷成为一种时尚的代名词时,时光大概也就行走了20年。眼见得,球迷越来越多了,是因为资讯越来越发达了。那些信息,每天都爆炸一样冲击着你的大脑神经，让你觉得，不看足球的男人，简直就不算个男人。尤其是朋友聚会，酒后茶前，办公室谈天，连女人都大谈特谈的时候，是会有男人沉不住气的。于是从试探地看一点，到全身心地走进去，大概也就是几场球的工夫。足球是男人的运动，无疑也更适合男人欣赏。机会，运气，审时度势，狂奔中的决断。或气贯长虹，或虎啸龙吟，那种对人的感官的调动，无疑是最激烈，最纯粹，也是最充分的。

男人是喜欢群聚的动物，这一点，在几年前还特征明显。下班了，单位的几个男同事就相约要到哪里去看球，谁准备啤酒，谁准备下酒菜，各负其责。今年的南非世界杯，我突然发现，足球又有新的看法了。因为大家平时玩在"结庐桃源"论坛，就有一个叫一缕轻尘的人早早开了帖子，名为"世界杯投注站"，让大家凭着自己的感觉猜输赢。并根据积分设桃源金算盘奖一名，桃源金乌鸦奖一名。对世界杯的关注，就这样又把更多的人席卷了。很多平时根本不看球的人，也不由得有了好奇心。首场南非对墨西哥的比赛，开始我还老老实实倚在床头上看，后来才发现，很多网友不单活跃在论坛，也同样活跃在 QQ 群里。他们边看球边点评，有的是看着电视屏幕上着网，有的则干脆就在网络上观看，因为这样可以随时截图，把有争议的一些画面剪切下来，方便大家反复观摩。平时的 QQ 群里，女人居多，她们谈家长里短，化妆美容，每晚都在群里聊得热火朝天。世界杯来了，不由自主地就让位给男人了。虽然偶有女人出没，但因为难以介入话题，也只能当了看客。男人看球自是与女人不同。男人会更注重细节，大家交流对裁判每一次判罚的看法，对每一个球员风格的探讨，还不时有人把背景资料贴上来，便于大家了解。

对自己支持的球队，每一次化险为夷，都有人开怀大笑。这种大笑的方式，就是打出一串"哈哈"来。而对手的支持者亦不甘示弱，每让对方出现一次险情，他打出的"哈哈"一定要多出几个，以示幸灾乐祸。对于南非和墨西哥，国人都知之甚少，甚至大多数的球员都叫不出名字。可硬是要选择一支属于自己的球队，而且要从里到外地支持。南非的守门员库内是个功臣，他差一点就捍卫了南非首场的旗开得胜。扑出了好几个有威胁的进球，球迷都以为他会把好运延续下去，可就在最后的十几分钟内，城门失守，让一直沸腾的 QQ 群，安静了那么几秒钟。

首场比赛结束时，不到 12 点。准球迷们都去睡了。准球迷其实就是伪球迷，不伪的球迷，我界定他们是能看完第二场比赛的人。法国对乌拉圭的那场球，下半夜两点半开赛，因为转天还要上班，不是铁杆球迷的人，想坚持看一眼都难，还别说一直把球看到凌晨四点半。早晨起来，我第一件事就是到网上查看结果，才发现那些网友不单看球，还在论坛上做现场直播。从网友跟帖中，我知道了前半场踢得很闷。双方都毫无章法，绝少默契的配合。82 分钟，乌拉圭的 18 号被红牌罚下。最后 5 分钟，法国换上来一名前锋。最后一粒角球，亨利没有踢正。最后一粒任意球，有人在呼唤齐达内。没有齐达内的法国，是没有灵魂的法国。果然，球打在了人墙上。在以多对少的情况下，法国队没能把握住机会，一个叫桃花疯的网友痛心疾首：我熬这么晚，就是为了看亨利最后一届世界杯……我哪说理去啊！

熬了那么晚，却是个0比0的比分，也难怪名叫紫色香芬的女网友快意地说：笑趴下了，烂猫和坏坏坚守阵地，居然连个草也没长出来。

曾经有位名人说过：一日巴萨，终生巴萨。这是何等的沧海桑田和海枯石烂啊！不过，看世界杯的都要有博爱精神，爱巴西，也爱荷兰。爱意大利，也爱英格兰。这些，男人都能做到。不然，其中一支球队出局以后，就会失去了情感寄托而万念俱灰。沦为世界杯的局外人，是每一个男性球迷都不愿接受的。

一个读者与他的一群听众

我生活在一个小地方。先是村里，后是乡里，再后来是县里。我从十几年前开始给报纸写稿子，发了多少，我都忘了。我在生活中也是个马虎的人，对什么事都不太上心。那些样报我也不是不收集，但收集来收集去，也不知道放到哪里去了。

我生活在一个小地方，被关注的可能就大些。尤其是十几年前，能在报纸上发东西的人还不多。人们看到我，谈论的都是某某报、某某版发的散文或小说。刊物上的东西普通读者看不到，看到了，也没人当回事。与报纸相比，他们轻视刊物。

有一个男孩子，从许多年前就非常留意我写的东西。他留意的，也是发在报纸上的。从标题，到文中的每一句话，男孩子都记得。许多年前男孩子坐在丝瓜架下读我的文章，每篇文章都要读许多遍。难怪十几年过去了，有些文章他记得我却不记得。

那一年，男孩子上小学四年级。

十几年以后，男孩子怎样求的学，怎样找到了一份适合自己的工作，我一无所知。我只知道他也写些文章，在报纸上发表。也会偶尔通过电子信箱或邮局给我们自己办的杂志写篇稿件。我知道的就是这些。直到有一天，男孩子给我写了封长信，信中开列了长长的一串我曾经发表的文章的篇目，才使那个午后的空气温润潮湿起来。

男孩子说，他在一家证券公司工作，没事的时候，他就给他的股民读我的文章。那些文章有的是在报纸杂志上发表的，也有的是从网上下载的。有短篇，也有长篇。长一些的文章分许多次读，短些的文章有的要读许多次。因为那些股民你来他走，这使他的听众不固定。可慢慢的，男孩子有了自己的铁杆儿听众，她们是差不多上了年纪的阿姨，她们喜欢听男孩子的朗诵，这在炒股之余，是另外一种心境。

男孩子从没刻意找过我，所以我们虽然居住在同一座城市，却从没谋过面。有一天，男孩子朗诵的一本刊物上有我的照片，一个女股民惊讶地说，是她啊！每天都去登山，就住在证券公司对面！男孩子起初不相信，世界有这样小吗？可见过我登山的不止一个女股民，男孩子才开始渐渐留意起马路对面。有一次，男孩子说，他曾经与我擦肩而过。那天我长发披肩，自行车蹬得飞快。虽是匆忙中的一瞥，可男孩子说，因为我拐进了那片楼群，所以他自信没有认错人。

我承认男孩子说得不错。我是一个喜欢把自行车蹬得飞快的人。

对面的证券公司，经营若干年了。我无数次地从那门前走过，却从没留意过那块牌匾。三八节那天，我给自己放了半天假。我突然有心情想到证券公司转转。我奢望能看到那样一个朗诵的场面，或许，我也可以做一个听众。我戴了口罩和帽子，把自己捂得严严实实地走进了空荡荡的大厅。因为股市低迷，大厅的确空空荡荡，只有十几个人闲散地坐着聊天。没人留意我。我在里面转了一圈儿，看了几眼大屏幕，就出来了。没有哪个人像那个男孩子，这让我松了口气。

可我刚走到马路上，后面却有人喊我。一个多年不见的朋友追过来说，既然进来了，怎么不坐坐？若不是小刘眼尖，我们谁都没认出你来。

他说的小刘，就是那个男孩子，在门口站着。男孩子有些腼腆地说，我出门时看了他一眼，他从眼神认出了我。因为不确定，喊出了我以前的朋友。

我不知道我的眼神是什么样，怎么会让一个从未谋面的人认出来。

男孩子说，我进来的几分钟前，他刚把我最近发的一篇文章《半斤毛线与一套书》送给他的女股民。男孩子这两天嗓子不好，不方便给大家念。可他喜欢的文章，他希望别人也看。男孩子还说，凡是我的文章，不用署名他也能认出来。哪怕短得不能再短的几

野芹菜 遍地都是

　　喜鹊在天空飞翔的时候，天空就像镜子。那么蓝的天，飘着丝丝缕缕的云。喜鹊遨游的样子，真是轻灵而又安逸，仿佛天空都不在话下。

遍地都是
野芹菜

日子是由许多细枝末节的作料组成的，生活悄悄在改变。

句话，他随便一看，就能判断是不是我写的。

我承认我是有些感动了。男孩子给我写信的那个下午，我就曾经掉过眼泪。

我和男孩子就这样认识了，用男孩子的话说，是他喜欢的一种方式，不期而遇。我在他那个年龄，认识一个人也喜欢讲究某种方式的，而现在，我对这一切已经漠然了。男孩子的朗诵还在继续。男孩子说，你说巧不巧，我无意中拿到的几张晚报都有你的作品。我几天前朗诵了一篇名叫《温柔》的稿子，一个阿姨说，人家怎么那么会来事儿啊。

阿姨说的是故事中的主人公，每天都等在门边给丈夫开门。

大雁的故事

春节前，朋友送了一只大雁到我家里，说是野生的，肉好吃。大雁是灰褐色的，装在一只方头纸箱里，脚爪把纸箱抓出了洞。蓬起的翅膀窝在狭小的空间内，脖子伸到纸箱外，两只小眼睛满是惊恐。它是晚上来到我家的，外面的阳台冷，我把它安置到了厨房。我家养的狗叫王阿来，习惯了家里总是静悄悄的。所以厨房里的响动总招引它一趟一趟往那里奔，里面雁叫，外面狗叫，夜里的家甚是热闹。转天早上起来，第一件事就是去厨房查看，大雁不知是一夜未睡还是早已醒来，仰着头"伊呵，伊呵"地叫，一副不甘的模样。

吃肉的想法，一刻也不曾有过。这些年，随着年龄渐长。在对待吃的问题上，越来越谨慎，可也越来越矛盾。比如，狗肉是一定不吃的，但羊肉吃不吃呢。有一次，刚宣称不吃鸽子，就有野鸡端了上来。还有一次在风景名胜区，桌上的野味闻所未闻，鹿肉不能吃，穿山甲不能吃，这样数上一遭，符合自己的标准而又能吃的东西几乎没有。便感叹人类为什么要用动物的生命做筵席，这样的筵席，怎么就会是美味？动物有生命，植物也有生命。看着韭菜一茬一茬地被割，心中也能生出一种惶惑来。人有人性，佛有佛性。不知道植物的性应该是什么。剖鱼时听见过鱼哭，蒸蟹时听见过蟹叫。生命的嘶鸣都被滚滚红尘淹没了，倘若我们能够随时停下脚步，用心倾听那些过往的生命，不知会不会像六世达摩一样，写出十诫歌来。

再说那只大雁，被我送到了姐姐家。我敢说，我对大雁是不陌生的，儿时乡村的天空，总飞翔着云影雁影。还有一种游戏就叫"瞅雁子"，输家被揪住一只耳朵，仰脸望向天空，什么时候天空出现雁影，一轮游戏才算结束。大雁在天空总是排列有序，有时是"人"字，有时是"一"字。头雁带领大家飞翔，但头雁不是固定的，飞累了，就把职务让给别人。这些，都是小时候听村里的老人说的，那些传说，就像空中的灰尘，现在也随时都能碰到。把大雁送到了姐姐家，没有告诉人家必须怎么样。正是年关时节，来去匆匆。过了年，工作一忙就把它忘了。直到清明回家，才发现那只大雁被养在鸡笼里，每天生一个蛋。姐姐攒了十个蛋给我，我吃惊地发现，那些蛋就像鹅蛋一样大，但比鹅蛋晶莹很多。

这个时候，才想起到网上查找更多有关大雁的资料，才知道大雁原来是国家二级保护动物，别称野鹅，也是天鹅的一种。这一惊非同小可，回去再看大雁，那个院落，那个鸡笼，都成了令人脸红的道具。说服姐姐放掉大雁是件不容易的事，姐姐说，它被人饲养久了，该不会飞了。或者，它虽然飞到了外面，也许已经没有生存能力了。还或者，它落入不法捕猎者的手里，被下了汤锅也未可知。但这一切，都不是大雁被囚禁的理由。大雁从鸡笼里走了出来，楚楚动人，仪态万方。它打开了翅膀，在院子里转了几圈，跳跃着试了下身手，就像云朵一样腾空了。开始还有些笨拙，甚至担心它会掉下来。但随着它越飞越远越飞越高，就知道大雁到底不是鸡鸭，天空才是它的舞台，它渴望那片天空已经很久了。

怎样找到族类，是大雁以后的故事。大雁以后的故事人类不知道，曲折和艰辛几乎可以想见。我望着满天白花花的日光，不由生出幻想：飞累了，大雁还可以回来么。但我也知道，这只是人类的一厢情愿，大雁既然选择从这里飞走，就不会回来了。

没有什么比自由更可贵。

到乡下走走

我想名副其实地下回乡。

下乡的想法由来已久，可真要付诸实施，也还有许多顾虑。

我不想找熟人，找"公家"的人。那样虽然会提供一些方便，却会远离了我的初衷。我想一个人走进那座山村里，背一个包，带一瓶水，用我喜欢的方式与乡亲们说说话，而不是那种所谓的"采访"。当然我想到了即便我采用这种特立独行的方式，仍然达不到我想要达到的目的。不过这没什么。这种行为本身已具备悬念。

当然心中也不无忐忑。那座小山村，只有两百多口人，在大山的一个褶皱里。手机没有信号，没有餐馆和旅店，还不通公共汽车。我还特意问过熟人，那个村里有没有经营出租车业务的？哪怕是拖拉机或者蹦蹦车都行。可熟人告诉我，这还真不好说。因为山村差不多是在半山腰上，下了公路以后，是一条两千米长的石子路，关键是，这条石子路还要翻一道梁，那道梁最窄的地方，只有两个人的肩宽。我明白了。我对熟人说，我知道怎么走了。我坐公共汽车到公路与石子路交叉的地方，然后步行上山，然后再步行下山。我每天有登山的习惯，这点路对我不算什么。

我得说说我为什么走进这座山村。我听到了一个故事，是关于选举的。一位老人有两个儿子，均投了现任村主任的票。而老人自己的这张票，在关键时刻却投给了另外一个人。而另外一个人就因为老人的这张选票当选了。老人为女性，79岁。40岁那年死了丈夫。她因为这张选票得罪了村里差不多一半的人，还包括她的两个儿子。我所知道的就是这么多，却让我有了许多联想。我想认识一下这位老人，如果有可能，我还想听听她的心里话。

我走进山村的时候是上午九点多，迎接我的是村寨上到处开放的牵牛花，还有一位牵着牛朝村外走的老人。我像熟人一样与老人打了招呼。问他干啥去，他说去闺女家。我说去闺女家咋还牵着牛？他说边走边让牛吃些草。我也回答了老人的问题，我说我是来这村里看牵牛花的，谁也不认识，就是想来看看花。老人说，他的家在村里白梨树下，看花看饿了，就到他家里吃饭。我爽快地答应了。

　　我先到村子周围转了转。村里有许多果树，空气里弥漫着瓜果香醇的味道。果树下面种着玉米，玉米地里种着黄瓜。坝台上还结着许多大大小小的倭瓜。我在山路上遇到了一个摘酸枣的人，穿着大红的衬衫，大红的拖鞋，却既不合身又不合脚，一看就是女儿穿剩下的。我帮忙给她摘酸枣，话题就在这里拉开了。她告诉了我许多村里的故事，四十几户人家，差不多说了个遍。待两只袖管和一顶帽子里装满了酸枣。我已经成了她的亲戚了。

　　我跟她回家时，路上无论遇到谁，她都说我是她的亲戚。这个时候我已经知道她六十五岁，可看上去一点都不像。在石头垒砌的一个胡同口，雕像一样坐着一位老人。老人的身旁是一棵核桃树，核桃树上爬着倭瓜秧，一只青皮倭瓜从空中"系"了下来，不偏不倚正对着老人的头顶。我不无担心地提醒她小心些，那只瓜也许随时会掉下来。老人淡淡地说，庄稼人命贱，不会那么容易被砸死。我发现她说话的时候脸上一点表情也没有，与我的这位亲戚正好相反。亲戚无论说什么都会哈哈大笑一通，她是个快乐的女人。

　　有了这户亲戚垫底，我便可以随便在村中逍遥。在这之前我又了解了村中的许多事情，尤其是那次选举，亲戚说，是那些人收买了老太太，答应死了给她一副好棺材。这个说法我不接受。或者，还不如我在城市里听到的说法更容易让人接受。那种说法是，老太太是一个倔人，一辈子都爱做与别人的意愿相反的事。这起码是一种性格，我想。听上去也显得人道。

我在村中唯一的一条街上来回走，串了几户人家的门子。我轻易就能跟所有的人找到叙谈的话题，这座山村里的人，都跟我的乡邻差不多。我无论从谁家出来，总能看见核桃树下端坐着的老人，一动不动。我每次从她面前过，她都会长久地打量我，却一句话也不说。

我在绵长的午后一直和这位老人在一起。这个时候我已经知道了老人就是我想找的人。5岁做了"屯子媳妇"（童养媳），40岁死了丈夫。67岁那年上山跌破了腿，骨头没有接上，现在走路也费劲。我问她是不是跟儿子媳妇一起吃，老人说，她一顿做一天的饭，好歹都要吃一天。腿脚不好，做点事犯怵。可不像年轻的时候。老人说，年轻的时候做六十几个人的饭，一天做三顿。老人的思维是断断续续的，她说得很慢，我听不明白，也不忍打断她。后来这种叙谈就变成了蜘蛛网，横向纵向交叉错落。老人谈她的父母、公婆、儿女和死去的老伴，诉说日子的艰难和不易。有一个细节是这样的，那年闹灾荒，老人背着小儿子到很远的地方买了一兜萝卜。因为又饿又累，背着孩子就提不动萝卜，提了萝卜又背不动孩子。老人只得孩子和萝卜倒换着往前背，原本半天的路，走了一天半宿。回家煮了半锅萝卜块儿，她一块也没舍得吃。

那个下午就这样琐碎而凝重地过去了，我的眼眶湿了一回又湿了一回。阳光透过斑驳的核桃叶洒下来，让我的心情也阴一块阳一块。不知为什么，老人没有提那次选举。我也没有问。我问不出口。我不忍打断老人绵密的思绪，当然，也还有别的顾虑。

后来我就从这座山村走了出来。我回来时的想法与去时的想法不一样。想起那个谜一样的老人，我的心会很安静。虽然此行的结果与我的初衷南辕北辙，可我仍然很满足。

第八季：分地

我高中毕业那年，生产队解体了。

我只当了半年小社员，经历了麦收和大秋两个忙季。说真的，我有点留恋生产队，从上小学起，每年的麦假都和同学们去生产队上工。队长把我们排成一溜儿，个子大的就留下了，个子小的全被轰回家里了。我上学早，同龄的伙伴还在家背弟弟呢，我就背着布条缝的书包上学了。同学都大我两三岁，当然个子高。我至今还记得被队长轰回家的难受劲儿，大伏天儿的，眼睛出汗。还怕别人问，别人一问就说眼睛里进麦芒了。

分地的信儿从春天就开始刮，可都到秋后了我仍然不肯相信。我不相信这样大片大片的土地可以被分掉。东家一块西家一块，机械化怎么操作？现代化怎么实现？我还迷恋生产队干活时的那种热闹和开心，大家比着赛地讲笑话。还迷恋浩然的《金光大道》和《艳阳天》，我也想写出那样的文学作品。还想那样的文学作品只能以生产队为背景。没了生产队，文学创作也就无从谈起了。

　　不管我的感觉如何复杂，秋收完了，生产队还是把地分了。队长拿着皮尺和毛头绳，带领会计从上到下踏查每一块地。我们村里的地，近处的就在家门前，远处的则在大洼深处，相距有十好几里地。我们家一共分了八块地，为了认地边儿，我用自行车驮着母亲整整跑了一上午。车筐里放着斧头和木橛子，给自家的地找四至用。我对家里拥有这样多的地块非常不耐烦，经常跟母亲发牢骚。还对母亲反复丈量地边的行为不理解。我的观点是——那样大的地块少上一垄半垄根本不算回事。可母亲不这样看，她红着脸膛在地里奔走，反复用步子丈量。她说这一垄地可以出两筐玉米，合五六十斤，是两个人一个月的口粮。

　　队里一共有三十二户，两百多口人。有些人家七八口人没一个整劳动力，有的人家则人人都是劳动力。年初造预算时，会计扒拉着算盘鼓动说，咱今年日值要合五毛七，好不好？大家哗哗地鼓掌。到年底才知道，这一年白搭辛苦，日值连一毛七也合不上。会计用红纸黑字公布欠款人家的姓名和金额，都是叫有财、富贵、来福、旺发的，前面是名字，后面是欠款数额，你欠几十，他欠一百，让人看着自己的名字，心比喝了一肚子北风都凉。能分红的，只有那几家没有人吃闲饭的，从队里揣了百八十元走，身形像飘起来一样。

　　分地让那些社员兴高采烈，一张一张熟悉的脸，高兴得都忘形了。最高兴的人其实是父亲。父亲年轻时曾在一家军工企业上班，当过华北地区的劳动模范。表彰大会在唐山召开，给他戴花的是一个很大的人物，之后许多年，还被父亲熟稔地提起。后来那家军工企业关闭了，父亲把介绍信之类的证明往口袋里一揣，回家了。父亲会许多手艺，农村那些能赚钱的活儿没有他不会的，所以父亲不屑于挣"有数的钱"。因为想外出挣些钱，经常跟队里有摩擦。外出还要大队的介绍信，为了那样一个红戳，头好几天就要安排请人吃饭。父亲那些手艺都是累人的活儿，摔砖坯子，每天要脱出几百块，可一半多的收入要归队里。或者去北京磨刀。家里缺钱了，父亲骑上车子就走了，谎称姥姥家房漏了，或外省市的叔叔家有什么事，去上十天半月，就把钱挣回来了。有一次父亲的旱澇子丢了，父亲光着脊梁在北京转战了十多天，也没舍得给自己买件新衣服。后来把钱别在裤腰带上，光着黑黝黝的脊梁回来了。

生产队的解体，让父亲大大地松了一口气。

地分了，农具、车马和其他一些生产资料也分了。我们家与邻居三叔家共同分得了一头草驴。草驴有四口，腿骨高，身形长，肯下力气干活。我们两家轮流养，你养两天，我养两天。给驴割草的活都是我和母亲干，我们钻进那种很深的玉米地里，专门割又嫩又绿的小毛草，驴很爱吃。农忙时节，地里的活再多，也让驴款款地走，手里的鞭子虚虚地晃，绝不肯落在驴背上。夜里还要在驴棚里熏上艾蒿，免得蚊虫叮咬。三叔戏称草驴"大姑娘"，说草驴在我们两家享受的是"大姑娘"的待遇。草驴也像"大姑娘"一样温柔可人，无论谁使，也不发驴脾气。那年小弟刚初中毕业，牵着驴转战我们家那八块地，无论耠耘锄耪，草驴从不用牵缰。邻家种地的看着奇怪，说草驴过去不是这样，到你们手里怎么改脾气了?

那年草驴还下了一头漂漂亮亮的小草驴,给了我们两家一个很大的惊喜。经过协商,小驴由我们家养,老驴由三叔家养。分社才刚半年的时间,我们两家就一家一头驴,让人羡慕死了。

转年的麦收是丰年。该下雨下雨,该刮风刮风。有一个成语叫风调雨顺,就是形容那样的年景的。乡亲们都说,老天也奇怪,它也想帮帮庄稼人了。麦田像菜板儿一样整齐,放眼望去,麦浪千重,遍地金黄,一点也看不出土地被分割的痕迹,看着让人心里别提多敞亮了。往年队里每人能分三十几斤麦子,有一年闹大旱,每人只分来十二斤。只有年节或人来亲去才能吃几顿纯白面。忽然一下子每人有了两三百斤麦子,这不可以顿顿吃白面了!家家缸里满着囤里满着,日子一下子就有了眉眼。人们再见面,脸上的笑,不贫了。

村里的代销店被个人承包了。我去打酱油,回来一看,酱油一点色儿也没有。有人为了赚钱往酱油里兑水了。这是我平生第一次买"假货",我为此忧心忡忡了很长时间。

盖 房

公元 1986 年的春天,我们家要盖房了。

在乡下,盖房子是大事。备足砖瓦木料不说,关键还得有钱。我们家当时住的房子是地震那年盖的。四破五,要说也够宽敞。

可因为当时手头紧，许多木料都是将就的。檩架细得可怜，房柁是榆木的，还没等干透，就凿巴凿巴安到房架上了。那个时候容不得讲究，只要能把房子支起来，有地方住，就是好过日子人家。可几年以后，房子的颓势就显出来了。夜深人静的时候，房子某个部位就会吱吱嘎嘎地叫。屋子里总下那种驼色的"雪"，是虫子把房柁钻出粉末来了。那种虫子很小，身量和蚂蚁差不多。可却很硬，身上像穿了铠甲，用指甲挤会发出一声脆响。虫子经常在钻透了房柁以后出溜下来，落到人的脑袋上，或饭碗里。房柁上像筛子似的密密麻麻地趴满了洞眼儿，看着让人心惊胆寒。为了以防万一，我们把房柁底下支了柱子，柱子底下垫上砖，柱子上面横上木板，把房柁整个托举起来。屋里突然就像长出了棵树，走要绕着走，稍不小心就碰鼻子。

父亲郑重其事跟我谈了次话，他说要翻盖房。钱是父亲的，我却舍不得。我说，修补一下不行吗？挑了房盖只换一下柁木檩架不行吗？父亲那年已经五十多岁了，我不想让他晚年太辛苦，希望他自己手里能留几个钱。可父亲说，房子不只是木料的问题，山软，都是泥坯的，再换木料恐怕都撑不住。地基矬，一到夏天屋里的地总是湿的。还有一条更重要的，父亲说。眼下只有两个屋子能住人，小弟初中毕业以后再不想上学了，他肯定结婚早，我想新盖的房子能有你一间屋，你一天不出嫁，这里就是你的家。

父亲还说，趁着我现在还有力气，要把你的事打算好。将来爸爸老了，再想帮你也帮不动了。

我的眼泪"唰"地流了下来。因为做着作家梦的缘故，我从没想过有朝一日要嫁人。村里人看我的目光都有点怪异，只有父亲一直以我为荣。

这些深层次的缘由村里人看不懂，父亲也不要他们懂。村里人只当父亲有钱了，要盖大房子、好房子。备料时我还是有些心有余悸，不时提醒父亲，柁檩不用红松的不行吗？椽子能不能用些柳木的？可父亲牢记上次盖房的教训，一定要把盖房子的事当成百年大事来做，一点也不疏忽和马虎。白灰、水泥、砖瓦、石料都是父亲精心选来的，前来施工的人也都是父亲信得过的。我们全家搬到了邻家的空房子里。因为扩大了房屋面积，不得不填了一口涩水井。旁边原来有一只碾盘子，碾磙子推进了水井里，碾盘子坐在了井口上，正好严丝合缝。

这层七间大瓦房，连工带料一共花了四万五千块钱，还不算父亲和母亲整整一个春天投进去的工时。因为父亲会泥瓦匠的手艺，许多活计都是父亲母亲联手干。比如瓦瓦，父亲在房顶上操作，母亲在地上供做儿，一上一下干了二十几天。房屋高大气派，惹得许多人艳羡。有个乡邻对我说，他们家两万块钱盖了两层房，你们家一幢房子花了四万多，咋这趁钱啊！我清楚父亲把这几年所有的积蓄都投进去了。可父亲脸上的笑容，是天底下最灿烂的笑容。父亲灿烂着我也灿烂着，我打心眼里佩服父亲，觉得他是一个有远见的人。

我的闺房在中间。右边是弟弟的客厅和卧室，左边是堂屋和父母的卧房。两边关上房门，就是一个独立的世界。屋子有三十几平方米，窗子是落地的，看着又敞亮又舒服。我搬进去的那天，父亲用木板给我做了个简易书橱，还做了衣架给我钉在了墙上。晚上睡觉，母亲把盛开的一盆月季端到了我屋里，让我的第一宿觉，睡得香喷喷的。

母亲经常自豪地说，日子再穷，没有过不下去的时候。她指的是没跟别人借过钱。跟别人借钱的日子，是过不去的日子。因为父亲有手艺，因为父亲的手艺能够很容易地生出钱，所以他们都把手艺看得重。村里人也都这样认为。我一个伙伴的父亲也是正正经经的庄稼人，可就是一辈子没挣过一个活钱儿，很遭儿女埋怨。他们就很羡慕我们家，说我们家人比他们家早好几年穿皮鞋、戴手表，骑新自行车。这都是父亲带给我们的，而父亲，总说他赶上了好时候，他这一辈子，就这几年活得最舒服。

父亲还说，怀里揣金，不如手艺在身。除了手艺，父亲还崇尚学问。我上小学的时候，父亲曾经从北京买过一种玻璃水杯，上面有梅花，还有一行草书。大我许多的哥哥姐姐都没读出来，我则靠着一种对诗歌的天生感悟，连蒙带猜地读出了"梅花香自苦寒来"。我恍惚记得曾经有过这件事，可姐姐却记得父亲欣赏的眼神和对我的褒奖，父亲说我比高中生都强。因为弟弟不想上学，让父亲很伤心。父亲经常说，他这两儿两女，只要谁想上学，上到哪供到哪。和大哥同龄的人，很多人都目不识丁，可大哥与为数不多的几个干部子女读到了高中毕业。父亲本来寄希望于我，觉得我能考上大学。可我偏偏痴迷于文学，觉得上学如同枷锁，渴望早早步入社会体验生活。

弟弟既然不想上学，父亲便决定让他学门手艺。当时社会上泥瓦匠吃香，父亲便给弟弟拜了最好的瓦匠师傅。师傅七十几岁，个子不高，眯缝着笑眼，连连夸弟弟手脚麻利，是块好料。可弟弟是个喜欢穿瘦裤子的人，窄裤脚，裤筒是一条线，把屁股包得紧紧的，这样的人，一看就不像个与泥水打交道的人。不管父亲如何努力，弟弟最终没学成手艺。

只是，有那样一座大房子，弟弟的恋爱时光，就有了许多资本。

上　班

我们村最早的一个企业，是个规模很小的胡刷厂。那还是二十世纪七十年代的事。那个厂我没去过，不知道是什么样子。可我见过厂里出产的胡刷，有一个红红绿绿的葫芦形的底座，上面是鸭蛋形的刷子头。那种胡刷是做什么的，我不清楚。销往哪里，也不清楚。我感兴趣的是那些去胡刷厂做工的大姑娘小媳妇，穿着白围裙，戴着白帽子。路上遇见了，问她干啥去，人家响亮地说：上班。

那时候"上班"这两个字还是忌讳。城里的工人才讲上班，你一个乡巴佬，在胡刷厂做几天工，怎么也能说"上班"呢？我就亲眼见了这么一位，说了"上班"以后，被人拿捏着模仿了一句，脸便成了火烧云。那个人是我的一个本家姑姑，只比我大四五岁。我能感觉到她以后再说话时加了小心，"上班"这样的字眼儿，再不敢轻易出口。

到我在村里的厂子上班的时候，是二十世纪八十年代中期。那是一个乡镇企业蓬勃发展的年代，好像只是一眨眼的工夫，村里便雨后蘑菇一样冒出了许多企业。服装、纺织、蜡烛、铸造、铁厂、鸡场、猪场等等。猪场的粪便排进了鱼塘喂鱼，鱼的粪便还养鸭子。那个时候有个新鲜词，叫"形成了良性循环"。企业多，需要的工人也多。村里家家户户，都有在厂里上班的，有的人家，上班的人有三四个。我工作的地方是服装厂，开始是自己从家里带缝纫机，缝制一种单面绒的睡袍，出口日本。那个时候每个月能挣三四十元钱。一年以后，缝纫机换了电动的，工资就高了。我还记得第一个月挣了七十二块钱，我头天交到了妈妈手里，转天停电，我又要了回来。因为我要去县城，给自己买一件呢子大衣。

那个时候厂里忙得饭都吃不利落。不管家有多远，只给半个小时吃饭的时间。中午半个小时，晚上也半个小时。早晨六点上班，晚上十点半下班，不是一天两天这样，而是一连几年都如此。有的伙伴家住得偏僻，下夜班以后不敢回家，我一个一个地把她们送到家门口。我胆子小，怕意外的声音。比如，缝纫机针突然折断的声音就能吓着我。可我不怕黑夜。窄街旧巷都是从小走惯了的，没什么可怕的。也有人问我怕不怕鬼，我说我也怕。可我更想知道鬼什么样。有时候哪里漆黑一团看着可疑，伙伴们都吓得跑，我偏要过去看看那团可疑是什么。走了几年夜路，基本有惊无险。有一次，有神经障碍的一个"气迷心"故意吓我，把我吓得不轻。转天一早，妈妈找到了人家里，甜言蜜语地哄他说，要吓去吓别人，自家妹妹有别人吓，还要你保护呢。那人吃软不吃硬，再见了我，从老远就喊我的名字。

我在服装厂干了好几年，越干越觉得心里不踏实，总觉得这不是我想要的生活。我给了一个姓孟的厂长 300 元钱，他去天津海关走货时，给我捎了台牡丹牌录音机。录音机是银灰色的，两个喇叭，比普通收音机个儿大，可以提在手里。我在报纸的版缝里留意广告，想学门外语。不想学英语，感觉中，学英语的人多。看见有函授德语的，在马场道 64 号，就寄了钱来，买了磁带和教材，厚厚的两个大本子。我正儿八经地学了一年多，越学越觉得困难，最终还是放弃了。录音机弟弟派上了用场，他每天听流行歌曲，嘴里会哼许多曲目。

乡政府需要有人写新闻稿，我毫不犹豫地从服装厂出来了。

不记得从哪年开始，村里有了越来越多的生面孔。开始是附近邻村的，后来村里建了外来人员宿舍，就有从老远的地方过来打工的人。村里的那一条主街，有了繁华的迹象。理发店、小吃店、台球案子，总是围着许多人。小卖部开张了一家，又开张了一家。小诊所也有了两家，都还生意不错。不知是不是因为有了《劳动法》，他们这个时候做工，比我们那个时候，悠闲多了。经常看见陌生的男孩女孩，手里举着方便面，三五成群地在街上走。他们的衣着和发式，还有走路的方式，一看就知道不是村里的孩子。村里长大的孩子都拘谨，外来的孩子却显得见过世面，他们神态中的那种对人对事的漫不经心，不是村里的孩子想学就能学来的。

村中心修了一条柏油马路。只通到了村庄的腹地。但马路两边，稍稍做了规划。一户人家的院墙给长高了，可以挡住院子里的乱七八糟。部分人家通了自来水。村里六十岁以上的老人，年底可以领补助金。村里成立了农场，土地集约经营，各家各户按人头到农场买成品粮。村前的麦地，由大水漫灌改成了滴水喷灌，浇封冻水时，空中开着一片水花。村庄有了很高的知名度，出了县政协委员和市政协委员。有时我到外面开会，一提村庄的名字别人就知道，省了很多唇舌。还有人把我们的村庄定位为静海的大邱庄，当时是一种很高的荣誉。

村庄里组建了篮球队和演出队。篮球队的寿命长一些，经常听说他们跟某个部门去打比赛，而且胜时居多。村委会的外边就是篮球场，从那里过，经常看见有几个人很专业地在打球。演出队的寿命在我的印象中却很短，都是年轻人，靓男靓女，他们上班没有别的事，唱歌跳舞，活儿清闲，但有是非。好像没怎么正经演出过，演出队就解散了。那个时候我已经到县里的一个部门去上班了，每一次回家，都能听到许多闲话。

二十世纪的八十年代，想起来就像个传奇。

日　子

日子是由许多细枝末节的作料组成的，生活悄悄在改变。

男孩子以拥有一辆摩托车为荣，除方便上下班外，还为了过年接对象。没过门的媳妇年节要来拜见公婆，但不能自己来。过去接媳妇都是用自行车，生活富裕了，自行车就老土了。媳妇没过门是个宝，怎么待都不过分。

老太太忽然都喜欢穿花衣服。花褂子，花裤子，还穿花鞋子。那些花都很张扬，红的绿的白的，离远处看，像一群花蝴蝶。那都是些六七十岁的婶子大娘，年轻和年壮的时候都没穿过带色儿的衣服。身上忽然开放的那些花，给村庄添了不少热闹。

村子三面环河，有一条长长的大堤。每天早起都有许多遛早的人。女人三五成群地走。男人则像棋子一样单摆竖开，彼此打招呼时朗声大气。他们也做操，或像鹅一样慢跑。胡乱打几下拳，或练一种自己也叫不上名字的"功"，起初是几个退休还乡的老人，后来整个一条街的人倾巢而动。天还似亮非亮，就有你呼他喊的声音隐隐传来。也有人习惯性地捡把柴火或采把野菜，会被其他的人叫作"财迷"。

庄稼人对"锻炼"原本有着很深的成见。他们说，有那工夫和力气不如耪两遭地或倒倒粪。我十几岁的时候，因为"锻炼"挨过父亲的训。我在河堤上走，正好碰见了父亲。父亲见我手里没提草筐没拿镰刀，便断定我在瞎逛荡。这是"二流子"才会有的行为，父亲当然不满意。

所以许多年后，村里人早起锻炼的行为成了我眼中的风景。

还有一种风景，就是村里的光棍大都娶了媳妇。我们村是个大村，两千多口人。人口多光棍就多。那些光棍都是因为年轻时兄弟多或成分高误了终身。如今五六十了，忽然有了姻缘。那些寡妇扯仨挈俩地嫁了来，不但带来了儿子，还带来孙子。我们邻家爷爷辈儿的一个人就是这样，他成分不好，但会厨艺，谁家婚丧嫁娶都去帮忙。过去主家只管两顿酒，后来不只管酒，还给工钱。他有一幢大房子，一直是一个人住。六十大几结了第一次婚，三年以后，老伴去世了，又结了第二次。那些女人大都是外地的，自己站住了脚，就呼朋唤友地来，几年的时间，村里就有了许多南腔北调的女人，她们不但带来了自己的户口，也把儿孙的户口转了过来。好在村里人不欺生，还给他们许多方便。

村里还有那样一群人，再好的企业、再高的工资也拢不住他们，他们喜欢自己干。有买汽车做大生意的，有买木材做小买卖的。做大生意的那几个人，几年以后都"连本上苍"了（赔了），反而是那些做小生意的细水长流，电锯年复一年吱吱嘎嘎地响。他们把圆木破成板材，赚中间的差价，或买那些年头久远的杨树柳树泡桐树，锯成木墩，去皮打蜡，卖给餐厅或伙房。柳木墩最好，杨木次之。泡桐木软，就是糊弄人了。那些卖菜墩的坐一块吹，有人说把产品卖到了中南海。

还有赶集卖布卖蒜卖针头线脑和老鼠药的，不知一年能有多少进项。村里盖起了很多红砖大瓦房，我小时候印象中的许多街道，都踪迹难寻了。

不知开始于哪一年，有几个企业悄没声地就下马了。我回家度假习惯晚饭以后去大堤上转，一走就很长时间。有一段河堤很臭，走过去都不敢深呼吸。即使堤外是清亮亮的河水，空气中飘浮的那种味道太浓烈了，河水一点也吸不走。堤下就是猪场，坐向朝南，顶上有瓦，一排排很是整齐，比过去农家的住宅都有风度。人在堤上走，能听见那些猪集体唱歌。猪都是好品种，纯白色，尖嘴长脸，身形像黄花鱼一样。后来那些圈就空了，里外都长着蒿草，没人高。鱼塘也见底了，横七竖八裂了口子。那些曾在水里浮游的鸭子们，全不知去向。

有时候我站在那段河堤上，还想闻到那些猪的味道。我闭上眼睛，那些味道就裹挟着青草气息回来了。那些猪的歌声，真的都很难听。可有了它们，我会觉得这一段河堤是活的。

我在服装厂工作了三年多，一直想回去看看，但一直也没好意思回去。有时候在街上遇到那些要好的姐妹，还愿意打听厂里的人和事。谁对象谈妥了，谁嫁人了。有几个伙伴出嫁了仍回厂里上班，她们的婆家都不远。服装厂后来搬迁了，盖了楼。再后来听说承包给了个人。再后来就没有下文分解了。有几个当年已经是嫂子的人，都是厂里的中坚力量，如今都在个人开的小厂里做事。我的那些同龄的姐妹，嫁人时都带了一手娴熟的缝纫技术，到婆家成了发家致富的能手。

二十世纪九十年代初，村里有了"息爷"——靠吃利息生活的人。那是一个最早离开土地的人——家里的地都给别人种。他在外地经营了几年生意，还不到四十岁，就归隐了。一家人靠吃利息把日子过得有滋有味，他有句口头禅：四口之家的月生活费，要控制在两千元以内。让左邻右舍的乡亲很是羡慕。原想一辈子就这样过下去了，没想到十几年以后，钱越来越毛，利息越来越少。孩子大了，花销越来越多。也想重出江湖重操旧业，可这十几年的变化，让他无从着手。他又重新备齐了农具，承包了许多土地。

日子就像布片一样彼此连缀着往前走，有苦有甜，有辣有酸。谁也说不清里面都是些什么内容，但生活中的各种味道，都搅拌进了日子里，日子便有风有雨。

浮　躁

农场解散了，村里的第二次分地出于迫不得已。

就像任何事情都有正反两面一样，土地的集约经营使原本繁复的农家生活变得简单，使土地的产出变得单一。也许这都不是主要原因，主要原因众说纷纭。但人们求新求变的心理在那个时候显得尤其突出和紧迫。实行土地联产承包责任制以后，人们身不由己地被时代洪流裹挟着往前走，走了一段时间，有人能够停下来，依照个体经验审视周围的人和事，于是发现了很多问题。一个人的自省的意识可以影响很多人。我回家住上几天，就会感受到整个村庄的躁动和震颤，那是由各种各样的情绪挤压和膨胀产生的结果。那些事件包括：选举、新一轮承包、对账目产生的质疑、对集体财产流失情况的关注等等。

人们的心态在悄然发生着改变，村庄比任何一个阶段都显得喧嚣。

又分地了，只是没有了第一次那样多的地块儿，也没有了第一次那样多的兴奋。洼里的地作为"机动地"统统承包了出去，只分了上面的一些口粮田。那些是村里最好的土地，曾经由大水漫灌改成滴水喷灌，几年以后，又变了回去。以麦田为例，要浇封冻、返青、灌浆三遍水，计时收水费。喷灌耗时，还浇不实在。所以乡邻们还是喜欢选择大水漫灌。虽然浪费水资源，可他们愿意选择符合自己利益的方式。家家开始拾掇农具，有些人家又开始重新养驴养牛买马置鞍。种了几年地才知道，种地并不赚钱。流了汗水收来的粮食，若拿到市场上去卖，甚至收不回本钱。小弟伤了许多脑筋以后，还是决定到城里发展。他认为，在城里擦皮鞋、蹬三轮车都比种地强。经过反复权衡，他投资了一家小饭店，凭着勤恳和诚信，几年下来，收获颇丰。

我熟悉的那些乡邻，思想和观念也在悄然发生着改变。

让村庄喧嚣的另一个原因就是计划生育。几年前，土地集约经营时，生男生女的意识曾经有过短时间的淡薄。庄稼人注重男孩子，传宗接代不是唯一的理由，而是田里各种繁重的农活、使车动马、夜里去浇返青水、家里垒垒抹抹的一些活计，男孩子都是依仗。于是没有男孩子的人家，想方设法地生。计划生育小分队定期要来检查，总有育龄妇女费尽心机逃避。广播喇叭接连几天喊一个人的名字，让喧嚣的乡村，更显热闹。

其实再过几年时间，很多乡亲的观念又有了改变。男孩子不再是依仗，而是成了负担。尤其是有两个或两个以上男孩子的人家，父母被戏称"扛活"的，远没有只有女孩的人家让人羡慕。一是因为活计少了。田里秋收春种都可以机械化操作。二是因为盖房娶媳妇的造价越来越高。三是媳妇与公婆的关系远没有姑爷与岳父岳母关系好处，女儿这件贴身小棉袄，得到了越来越多人的认同。

　　我那段时间在村里待的时间较多。孩子小，平时由父母带，我有空就回来看看。女儿身旁也有一群小伙伴，他们唱这样的儿歌：

　　　　猪八戒今年五十三岁，娶了媳妇叫 OK。OK 喜欢漫画集，生个孩子叫阿飞。阿飞阿飞快长大，爸爸教你日本话……

　　还有：

　　　　一分二分我经常得，三分四分我阿弥陀佛。五分六分我一天得一次，一百分我从来没得过。妈妈妈妈别生气，都怪儿子不争气……

　　这些都是学龄前小孩子跳房子唱的儿歌。类似的歌谣还有很多，我曾在那段时间收录了几十首，所以时至今日仍还记得。小孩子的话原本当不得真，可当那些歌谣被一群黄口小儿齐压压地唱出来，还是让我打了冷战。我曾经认真地追问过那些歌谣的出处，可没有哪个孩子能说清楚。那些歌谣就像天空下的雨，淋没淋湿人，只有被淋的人自己知道。

老　了

村庄是明代建村。历史上既没有出现过显赫的人，也没有什么显赫的事。老人们唯一觉得荣幸的，是村庄三面环水。抗日战争那么惨烈，日本人没到村庄来过，他们怕被八路"包饺子"。

可有那么一段时间，我突然感觉村庄老了。是父亲老了。还有父亲他们那一代人，都老了。感觉中，村庄就是和那些人一起老去的。他们都是些虎虎生威的人，曾经战天斗地，经历了岁月的更迭和时代的变迁。他们之间，有的人做了一辈子对手。老了，共同坐在墙根下晒太阳，平和了。

我们居住的这条老街，过去熙熙攘攘的不知道有多少人。那个时候，父亲他们还年轻或者年壮，一座四合院里，住着五六户人。每户人家，少的也有三四个孩子，多的有八九个。院里院外哪哪都是人。夏天的傍晚，腆着被稀粥填得滚瓜圆的肚子，在街上往来穿梭。用蜘蛛网粘知了。用手电筒照麻雀窝。淘不宗的气，可也说不尽的热闹。我们这条街上有两口水井，一口甜水井，一口苦水井。甜水井的水人喝，苦水井里的水饮牲畜。有一台青石碾子，每天天不亮，就有人排着队等着推碾子。看着暂时轮不到自己，把笤帚和簸箕放下排个儿，自己回去接茬儿睡觉。那时候村里还没有加工厂，糙的细的都要用碾子推出来。推一烂（遍），过一遍箩。再推一烂（遍），再过一遍箩。家里所有的粮食都要上碾子碾一遍才能吃，每天围着碾盘走的圈数，顶得上走一天的路。

我们家的宅基右边，是生产队的队部。三间没吊顶棚的瓦房，一铺大炕。一张老式的八仙桌，会计趴在上面记工分。靠右边是一溜牲口棚，马和骡子是牲口棚里的主角，它们要拉重车，吃精饲料。院子里摆着两挂胶皮大车，农忙时拉庄稼，农闲时拉石头、沙子搞副业。车把式都是懂牲口的人，他说的话，马和骡子懂。马和骡子说的话，车把式也懂。

村里大规模地造了两次房。一是二十世纪七十年代，一是二十世纪八十年代。七十年代是因为家家门里的孩子长大了，要分窝，要娶媳妇。八十年代则是因为农民手里有了钱，翻修新屋成了时尚。第一次造房时，那些四合院被裂开了，房子你拆半间，他拆半间，瓦片和砖头都被捡拾得一干二净。家家都盖房子，但还是在老街上，老街旧坊。老街在村北，在一只葫芦的底部。要想出村，就得穿越整个村庄。到了八十年代，人们喜欢到外边扯宅基，一座宅基一个人，七八个弟兄，零零落落地星罗棋布，把一条街就排满了。渐渐的，老街就剩下了一些走不出去的人，比如老人。如果老两口都在，再费难，他们也自己张罗口饭吃，不讨儿子的嫌。如果只剩下了一个人，半边天就塌了，就只能到儿女家里排班吃饭了。

空置的房子越来越多，过去的菜园，都被主人栽上了白杨树，过些年，老街可能就是一片森林了。小时候走惯了的那些小路，草都有没膝深。小时候千呼万唤都难见到的那些野菜，都堂而皇之地在墙根矗立，有半人高，看着让人心里发痒。

有时候我在街巷上走，会突发奇想。把老街这个地方都建成草场吧，养牛，或者养羊。或者什么都不养，只建成一片平展展的草地，供父亲的那些老兄弟们，在草场上漫步。如今他们日复一日地在我家门外的木墩上坐着，只要冬有阳光，夏无阴雨，准来。他们中的许多人，都离健康已经很远了。拄拐的，坐轮椅的。弓着腰背的。如果有谁连着几天不来，会被认为去"享福"了。他们没有谁对死亡感到大惊小怪，哪个老伙计当真走了，他们说起来，就像说一件再寻常不过的事。他们非常羡慕那些突然死亡的人，不受折磨，觉得是前世修来的福分。

让我觉得村庄老了的另一个原因，是那条长堤。我小的时候，觉得那条长堤很高，很伟岸。河堤斜着有一条路，那是几代人的脚板，把河堤磨出肉来了。现在再从我家门前看河堤，无论如何没有当年那种感觉了。大堤上的那些树，都是些柳树、柴榆树、野桑树，我小的时候什么样，几十年过去了，仿佛仍是什么样。那些柴榆树的叶子，一到夏天就被虫子吃光了，只留下蜘蛛网一样的叶脉，花花打打，锈痕斑斑。过去乡邻们喜欢栽榆树，是因为榆树浑身都是宝。饥馑之年，叶子可以充作野菜，树皮可以当粮食。树干也柔韧，盖房子比柳木受欢迎。何况春天的榆钱，简直可以称作美味佳肴。可榆树的不爱长也是出名的，几百年的榆树，大概也只能长到一尺粗。所以若要榆树成材，也是千辛万苦的事。有一年，大堤上的树被统统伐光了，大堤成了一个秃顶人，让人很不习惯。许多村民议论纷纷，尤其是常到大堤走动的人，忽然听不见蝉鸣和鸟语，忽然被白花花的太阳晒得一览无余，就不只是不习惯了。

　　那条年老的河堤，几年以后突然返老还童了。河堤被几户人家分段承包了，栽了一水的白杨。第一年还不觉得什么，那些树苗都很孱弱，顶着为数不多的几片叶子。可两三年后，便觉得那些树苗疯了似的长，因为主人给它们施了足够的肥水。我在大堤上散步，就见长长的皮管子像蛇一样在草丛中出没，源源不断地冒出新鲜的河水。白杨树的绿，是那种深厚的颜色。鸟儿大概也是喜欢的，成群的山喜鹊不知从哪里飞了来，隐匿在树林间。我小的时候，从没见过喜鹊也是成群的。喜鹊都是黑白两种颜色，我每次看见它们，都会情不自禁地说一声：漂亮！

后　记

　　这组稿子写完之际，我专程回了趟村里。村庄是我熟悉得不能再熟悉的地方，可我每次回去，都会有新的感悟。母亲种的玉米地，都成青纱帐了。这里原本是片菜园，因为种的蔬菜实在吃不了，从去年开始，妈在大部分土地上，种了玉米。邻家有养鸡的，铺了鸡粪做底肥，玉米便长得像树一样。我们下次回家，就可以吃到青玉米了。再下次回家，就可以吃到新鲜的玉米面了。玉米垄里，套种着绿豆、爬豆、红离豆。绿豆做汤，爬豆熬粥，红离豆做豆沙。家里的孩子烙饼米饭吃腻了，妈就会蒸一锅暄腾腾的豆沙馅大包子。

　　周遭的石头墙上，爬着倭瓜、瓠子、丝瓜、苦瓜。妈往年没种过丝瓜，因为我爱吃，妈便从别人家里移来两棵苗。每次电话里，妈都告诉我丝瓜的生长情况，开花了，结果了。有筷子长短了，只是还细，没有手指头粗。园子的南部分，还种着蔬菜。有豆角、西红柿、辣椒、茄子、黄瓜。黄瓜还分早晚，这一架要下架了，

另一架才刚开花。韭菜有两畦，我说妈种多了。妈告诉我，半个
村的人都吃这两畦韭菜。有时候割韭菜的人，会排着队来。有一
畦葱我看着眼生，妈告诉我，是邻家的嫂子没地方种，种到我家
园子里来了。我抿着嘴笑，想这可是新鲜事，找把菜吃在乡间属
平常，借别人的地种自己的东西，这我还没听说过。

吃西瓜时，妈告诉我，这个西瓜是谁送的，另一个西瓜又是
谁送的。说着话，又有人来送西瓜了。是一个叫大叔的人，怀里
抱着两个西瓜，在院子里就叫妈大嫂子。原来他的女儿炖好了鱼
用盆子给父母端了来，家里种了西瓜，顺便驮来了几个。妈嘴上
说着客气话，把西瓜接了过来。大叔说，来也不白来，顺便找把菜。
妈说，园子里有，想吃啥随便摘。

大叔走了以后，妈跟我发了好一阵子感慨。大叔的女儿，嫁
到了十几里地远的地方，中午炖了鱼，先给父母送来，然后才回
去自己吃。每次都是这样。有一回，还来送牛肉馅饺子。那是冬天，
饺子上盖了塑料布和小棉被，打开来还热气腾腾。大叔要留女儿
一起吃，女儿说什么也不肯。要是天底下的儿女都这样惦念父母，
父母就没有烦心事了。妈还说了许多女儿的好话，说谁谁晚年遭
罪，就是因为他年轻时候太神气，光知道生儿子。

睡醒午觉后，我到村里转了转。意外地碰见了我在服装厂时
的几个老同事，因为住得远，我有好几年没有见她们了。眼下她
们在一家私人服装厂里打工。老板就是从过去的服装厂里退下来
的，大概凭着过去的一些老关系，重操旧业。从她们嘴里知道，
村里办了好几个私人的小型服装厂，都还红火。我到车间转了转，

是对面厢房，有冷气，人虽不多，可也热火朝天。大厂解体为几个小厂，集体解体为个人，这有点像当年的土地承包。几个同事边同我聊天边从容地做着手里事，在她们的脸上，我甚至没有看到岁月。

我在大堤上遇见了放羊的三哥。羊一共有三十几只，却分别属于三家。另有两个女人，手里拿着鞭子，在一旁说闲话。三哥是从老街搬出去的，我们熟。他结婚的时候，我们还给他的新娘子头上戴过花。羊混在一起吃草，我担心会把羊认错了。三哥说，羊认得人，人也认得羊，一只也错不了。果不其然，一个女人挥着鞭子说了声走了，她的羊便一只一只地跟她走。有只羊回头吃了一口草，就紧跑了两步，跟上了队伍。后来只剩下了三哥的羊，有十几只。我问怎么不多养些，俗语说，一只羊也是放，两只羊也是轰着。三哥说，还要种地，多了没处放，也养不过来。我问起收成，三哥说，洼里的地包了出去，只剩下每人半亩口粮田。国家给补贴，负担轻多了。可收益还是少。化肥去年68元一袋，今年涨到了102元。过去收种都是自己劳作，现在都等着机器。庄稼人也懒了。我问粮食够不够吃，三哥对我这个问题表示不屑。三哥说，吃不了的。

我读高中那年，我们乡里连续三年没有高考上线的。村里就更不用说了。我高中毕业之后，乡办高中就取消了。之后连续几年，高考得中的人凤毛麟角。我在外边听到种说法，说我们村的人做买卖鬼头（聪明），念书不行。对我说话的人郑重其事，我都不知道怎么应对。两千多口人的大村庄，如果都念书不行，无论怎么说都不是光彩的事。二十世纪八十年代，因为村里的企业红火，我们老街有几个孩子，初中没毕业就去厂里上班了（全村有多少，我没统计过）。有的是自愿去的，看别人挣钱眼热。有的则是家长财迷转向。我就曾经帮忙做过工作，一个小妹妹托我去劝她的父母，说她想读书。我去了没说几句话，就被她的父母"冷"了出来。她的父母说，家里还有弟弟，弟弟念书打紧。女孩子念多了书也没用，认识男女厕所就行了。

我在当老师的本家哥哥那里，知道今年村里考过 600 分的有两个孩子，其中一个就是从老街搬出去的，父母都不太识字，可孩子却争气得很。本家哥哥的脸上，也洋溢着喜庆，眉里眼里都是笑。本家哥哥说，这几年村里孩子的高考成绩越来越好。前年几个过了重点本科，去年谁考上了名牌大学，如数家珍。我在本家哥哥那里受了感染，一个晚上都兴高采烈。原先我以为，只有像我这样嫁出去的女儿，才会关心村庄里的人和事，原来关心的人真不少，只是我不知道。

对于女儿来说，哪里有父母，哪里就是家。小家，大家。